LOCUS

LOCUS

LOCUS

LOCUS

to

fiction

to 133

犁過亡者的骨骸

Prowadź swój pług przez kości umarłych

作者：奧爾嘉・朵卡萩 Olga Tokarczuk
譯者：鄭凱庭
責任編輯：林立文
美術設計：高偉哲
電腦排版：楊仕堯
法律顧問：董安丹律師、顧慕堯律師
出版者：大塊文化出版股份有限公司
105022 台北市松山區南京東路四段 25 號 11 樓
www.locuspublishing.com
讀者服務專線：0800-006689
TEL：(02) 87123898　FAX：(02) 87123897
郵撥帳號：18955675　戶名：大塊文化出版股份有限公司

總經銷：大和書報圖書股份有限公司
地址：新北市新莊區區五工五路 2 號
TEL：(02) 89902588　FAX：(02) 22901658
初版一刷：2023 年 2 月
初版二刷：2023 年 4 月
定價：新台幣 480 元
Printed in Taiwan

犁過亡者的骨骸

Prowadź Swój Pług Przez Kości Umarłych

奧爾嘉・朵卡萩 Olga Tokarczuk ◎著
鄭凱庭◎譯

獻給茲比雪克和阿嘉塔

Contents

總導讀

拆解生命的地雷：奧爾嘉．朵卡萩小說讀想

釜山大學中文系客座教授／翁智琦

波蘭作家奧爾嘉．朵卡萩（Olga Nawoja Tokarczuk）於二〇一九年獲得二〇一八年度的諾貝爾文學獎，當時授獎辭如此描述奧爾嘉的文學：「（她的）敘事想像力帶著百科全書式的熱情，呈現出由各種邊界交錯而成的一種生命形式。她是位速寫大師，捕捉那些在逃避日常生活的人。」

朵卡萩以詩歌起家，後來陸續有散文、小說、評論以及近年的繪本創作，共出版十八部不等，許多作品已翻譯多種外文版本廣為流傳。其中，最受讀者歡迎與讚譽的是小說作品，《太古和其他的時間》、《雲遊者》、《犁過亡者的骨

骸》、《雅各之書》、《怪誕故事集》等作都相當具代表性。尤其《太古和其他的時間》讓她奪得波蘭重要文學獎，一舉在波蘭文壇成名，而後又因獲頒諾貝爾文學獎，使得波蘭克拉科夫市政府決定在市外種植一片森林，並將之命名為「太古」。

一九六二年朵卡萩出生於波蘭的蘇萊胡夫小鎮，靠近德國邊境；一九九八年，朵卡萩搬到波蘭新魯達的小鎮，靠近捷克邊境。朵卡萩出生的年代恰好是波蘭在脫離法西斯統治之後，一段經濟復甦、風雨飄搖的時期。當時的波蘭受到社會主義執政黨各種不當經濟建設措施影響，進入經濟衰頹期，人民因此累積許多不滿情緒。朵卡萩的童年時期，學生運動、工人運動開始活躍，她從小見證許多國家動蕩不安、社會能量卻又如此飽滿的景象。這段時期，父母時常帶領她至圖書館閱讀童話故事，而後她也在那讀到拉美魔幻寫實主義文學，深受吸引。

朵卡萩成年後，進入華沙大學就讀心理學，畢業後任職於心理健康諮詢所並兼任心理學雜誌《性格》編輯。一九八九年六月四日，波蘭團結工聯在國會大選中擊敗波蘭統一工人黨，獲得勝利。波蘭政權和平轉移，成為民主國家。朵卡萩在這年開始寫詩，並出版詩集《鏡中之城》，正式踏上作家之路。朵卡萩曾在一次訪問中提到，中歐敘事傳統以及捷克作家弗朗茨．卡夫卡、波蘭作家布魯諾．舒爾茨的作品，都是深刻影響她的文學養分。

由於心理學的專業訓練與實作經驗，讓朵卡萩學習並擅於傾聽，也因此讓她的作品充滿許多知覺感官的體驗描述，造成斷裂、破碎、不連續、重複、超現實等獨特的魔幻寫實形式。朵卡萩時常將一個小村鎮或特定空間打造成故事場景，藉由魔幻寫實技法，打破日常或生命中的常規、準則、迷思，將關懷議題拉出極大維度，卻又都聚集在同一個整體空間裡。

朵卡萩的作品，閱讀門檻雖頗具挑戰，卻也因此提供我們許多拆解漫布於人類世界中各種地雷的機會。對她而言，這可能是「不討好」卻相當必要的工作。她甚至曾因指出波蘭人做過包含屠殺猶太人等可怕事情後，遭受到死亡威脅，並被她的波蘭國人以「叛徒」、「猶太抹布」和「妓女」等字眼羞辱。這就是朵卡萩文學的工作目標，拆解人類世界的地雷、引爆，從而帶出不同議題的複雜度與反思空間。

由於波蘭運命多舛的歷史，朵卡萩創作初期即特別關注神話與歷史、性別權力、身分認同與疆界、帝國資源分配等問題，近年更可在作品中見出動物權與生命倫理的詰問，它們在朵卡萩文學中糾纏出繁複難解卻也顯得豐富多元的圖景。

朵卡萩擅用《聖經》典故、斯拉夫神話、波蘭傳說作為作品中許多角色功能或者情節設計的根據，並予以變形或諷刺。歷史上的波蘭一直是歐洲軍國主義強權占領、瓜分、侵略之地。一九八〇年代末，面臨社會主義政權的瓦解，知識社群也有了後殖民、後現代等的批判論述，在反思的一代受高等教育的朵卡萩，此時亟欲找回波蘭自己的故事。因此，她挪用《聖經》與民間文學建構敘事主體，《太古和其他的時間》是這階段的朵卡萩交出的作業，而她更在《世界墳墓中的安娜．尹》中運用蘇美神話發展故事，喻託世界整體觀與人類幸福生活的關係。

雖說這一類的題材與嘗試，往往會因為符合主流社會的強國健身之期盼而容易受市場歡迎，朵卡萩此時卻又將性別權力、身分認同與疆界等關懷，化為粗細不一的針，綿密地擺放在故事裡，這也使得她的作品往往容易刺傷主流社會敏感而易怒的心。比方說，朵卡萩著重刻劃女性自主與情慾的展現，最著名的當屬

《太古和其他的時間》中的「無業蕩婦」麥穗兒。她用身體與已婚男人交換日常所需，且性愛時從來不肯按一般男女的方式躺倒在地上。

小說裡是這樣寫的：「她說：『幹麼我得躺在你的下面？我跟你是平等的。』她寧願靠在一棵樹上，或者靠在小酒店的木頭牆上，她把裙子往自己背上一撩。她的屁股在黑暗中發亮，像一輪滿月。」要知道，若這樣的麥穗兒是男性，他往往是風流倜儻、瀟灑不羈的形象，較少遭受負面觀感，反而能被正面欲望。然而正因為麥穗兒是女性，因此她勢必得比男性承受更多的責難與非議。即便如此，朵卡萩讓這樣的女性生出自主、跳脫社會桎梏。麥穗兒不只是太古知名蕩婦，她更是一名自由的蕩婦。

類似的「非典型」女性，在《世界上最醜的女人》、《世界墳墓中的安娜．尹》又或者《犁過亡者的骨骸》、《怪誕故事集》等作中，也頻繁出現。尤其《犁過亡者的骨骸》以一位熱衷占星術與威廉．布萊克詩歌的英語教師為主角，她是一名被他人認為長相與行為都有些怪異的老婦。她因為小鎮裡的一連串死亡事件，不停向公權力提出重新思索生命與認識世界的主張，然而，她鮮少成功說服他人。儘管如此，她仍用了獨特方式，在波蘭邊境的小鎮引起日常內爆。

除了女性角色外，朵卡萩對於異人、畸形等邊緣角色頗有關懷，這些人物往往是社會刻意忽視的生命角落，他們是被社會包圍在「外」的一群。他們雖有名有姓，社會卻不希望與之有關。因此，朵卡萩以《犁過亡者的骨骸》中的這位老婦為孤獨的行動倡議者，她主張拋棄所有人物的官方名字，改以綽號稱呼這些與她的生命有所關係的人們，綽號命名源由來自他們的性格與外型特徵。老婦認為，官方名字只是一種老套符號，過於平庸又脫離個人，而每個人與他人建立關係時，都展現不完全相同的面貌，因此每個人都是有很多名字的人。從這裡，朵卡萩透過老婦視角，翻轉了命名的敘事與傳統，名字不再是重點，「關係」才是必須被呼喊、辨認的對象。

朵卡萩除了持續在作品中關照女性與畸人之外，她也熱衷描寫跨境旅人形象。旅行、穿越邊界的議題，其實來自朵卡萩對人類心靈知識的思考與其獨特生命經驗。一方面，她篤信人類有著游牧民族的天性；另一方面，朵卡萩皆因不同理由，在幾個國境附近居住。因此，穿越邊界對她而言，除了是挑戰，也是一種內心深切的渴望。她所居住的小鎮，附近一座森林裡還遺留著古老界標，她總和狗狗們玩著跑進森林跨越界標的遊戲，只為滿足內心渴望，獲得清爽而原始的愉悅。在那一刻，朵卡萩感覺自己是自由人，因為邊界其實並不真的存在。

《雲遊者》是朵卡萩的旅人形象集大成之作，它關注每一次旅行對於旅人的巨大破壞與耗損，透過描寫不同時空、地點、形式的旅行，在旅行過程中揭露人類歷史文明發展中，往往是以男性及殖民者為中心的各種自大、傲慢與徬徨心態，並深刻檢視旅人在時差與異質空間的情境中，內向世界能有何種體驗？旅人自身與他人的關係，在旅行之後又能何去何從？身分、疆界一旦出現變化，原始意義竟顯得如此不穩。這可以是朵卡萩式的搖晃，藉此鬆開固著於世界中的思考零件，再次組裝。

《怪誕故事集》又再度發揮這些雲遊故事，並將核心問題指向「恐懼」。書名是《怪誕故事集》，事實上是集結朵卡萩文學議題中的諸多葛藤，成為一座記憶博物館。它展示了人類記憶中不同層面的恐懼，包含提前占據心理位置的恐懼、知識分子偏離帝國與資源中心的恐懼、失去摯愛的日常恐懼、身分差異模糊的恐懼、面對生命不同樣態與選擇之恐懼等等。這些恐懼在生活中成為怪誕且突梯的日常，有時粗暴挑釁，有時不明所以、難以言喻，更多時候則是不知所措、無法面對。

朵卡萩是素食主義者，她利用諾貝爾文學獎金創建基金會，除了提供作家、譯者的寫作計畫外，也積極進行生態運動。然而，朵卡萩強調，她絕對不是行動主義者，她只是使用文學去拓展想像的邊界。此次翻譯出版的《怪誕故事集》與《犁過亡者的骨骸》就反映了朵卡萩近年的核心關懷：生態與動物權。

中學時的生物老師開啟朵卡萩對人類與生命倫理的探索契機，她相當在意人類與動物之間的權力關係。比如《怪誕故事集》中的「綠孩兒」，作為戰爭受害者，他們在森林裡讓大自然養育長大。當波蘭國王出巡到莊園時，獵人帶回綠孩兒。外貌襤褸的綠孩兒被國王當成森林裡的珍禽異獸看待，準備將他們綁在行李上，到另一個城市檢查。後來綠孩兒意外治療了長年困擾國王的痛風病，此後國王立即像對待人一樣對待綠孩兒。朵卡萩以「綠孩兒對國王的病有用」這件事，尖銳地指出人與動物的界線區隔，其實只在於人或動物究竟對人有沒有「貢獻」。甚至於，有時候人權並非不容侵犯，假如他「像動物一樣」。

《犁過亡者的骨骸》則更深刻思考了動物權議題，比如小說中第二章的開頭語：「一隻狗餓死在主人門前，這預示著國家的毀滅。」在動物權的論述中，狗進入人類社會已有上萬年，基本上與人類關係相當深厚。狗既然已是具體的人類社群成員，人類自然必須承擔具體的責任。又或者第七章指出「動物能展現一個國家的真相，尤其是這個國家對動物的態度。如果人們對動物殘酷行事，民主就只是空談，毫無用處。」顯然，朵卡萩主張動物權，她不停透過故事，許下世界生命的互動能彼此尊重、豐富，且不剝削的心願。然而，動物權議題恐怕也是目前政治上的一個地雷，畢竟不同國家、族群、文化的人，在許多日常儀式與實踐中，動物於文化傳承的功能實在太過重要。

朵卡萩如此致力於諸多「不討好」的議題，來自她相信「世界是一個鮮活的、完整的實體，而我們每一個生命在它眼中，皆是一個個微小而強大的存在」的世界觀。她篤信世界的連動性，並努力成為溫柔的敘事者，因而能以渺小個人在文學中做出在我看來幾近偉大的志業。身為讀者的我們，何其幸運？在世界被戰爭、仇恨、成見與疫病所困住的當下，我們仍能在朵卡萩的作品中，看見如此之大的柔軟與自由。

翁智琦

政治大學臺文所博士，曾任巴黎高等社科院訪問學人、政治大學陳芳明人文講座講師、靜宜大學兼任講師，現為韓國釜山大學中文系客座教授。曾獲玉山文學獎、文化研究學會博士論文優選等。合著有《遇見文學美麗島》、《二二八．「物」的呢喃》、《性別島讀：臺灣性別文學的跨世紀革命暗語》等。

1 現在你們可注意了！

「曾經，正義之人踏上險路，堅定地走過死亡之谷。」

我已經到了這把年紀，處於睡前總得把雙腳好好洗乾淨的狀態，以免救護車得在夜裡把我接走。

要是這天晚上我檢查了星曆表，知道天空中正發生什麼事，我根本就不會去睡覺。那時我睡得可沉了。我以啤酒花茶助眠，還吞了兩粒纈草錠。因此，半夜的敲門聲把我吵醒時——敲得急促、逼人，由此可知是不祥的——我無法清醒過來。我猛然起身站在床邊，因為睡眠迷濛而搖來晃去，鬆軟的身子無法從純真的睡夢切換到現實中。我覺得很虛弱，踉踉蹌蹌，就像快要失去意識。很不幸，最近這才剛發生在我身上，與我的一些疾病有關。我不得不坐下，並重複對自己說好幾次：我在家裡、現在是半夜、有人敲門。這才成功控制住自己的神經。我在黑暗中尋找拖鞋時，聽到那名大力敲門的人正在屋外喃喃自語走來走去，我的防身噴霧在樓下的電錶櫃裡，是迪歐尼西給我防盜獵者用的，而我現在確實認為有盜獵者。我在黑暗中順利找出熟悉且冰涼的噴霧罐，以此武裝自己，並點亮外頭所有的燈，透過側邊窗子盯著門廊。雪地沙沙作響，一位被我稱為「怪人」的鄰居出現在我視線裡。他以雙手將舊羊皮大衣的雙襟按在腰間。當他在房子附近做事，我有時會看見這件大衣。兩條穿著條紋睡褲和登山靴的腿從羊皮大衣底下伸出來。

「開門。」他說。

他毫不隱藏訝異，瞥了一眼我的夏季亞麻西裝（我睡覺時都穿著這套西裝，每年夏天教授夫婦都想把它丟掉，它卻能讓我回味舊時潮流和年少時光——我以此連結實用與感性），並毫無歉意地走進屋裡。

「請妳穿好衣服。大腳死了。」

我驚訝得一時說不出話，靜靜穿上高筒雪靴，套上從衣架隨意抓起的羊毛衫。外頭的雪在門廊射出的光線下成了一場緩慢如夢的落雪。高䠷纖瘦的怪人默默站在我身旁，瘦骨嶙峋，像是以鉛筆撇了幾筆的人形。他每動一下，雪片便會從他身上抖落，像從沾滿糖粉的天使翅膀[1]落下。

「怎麼會**死了**呢？」開門時，我仍舊用緊縮的喉嚨問了出口，但是怪人沒回答。

他的話原本就很少，水星大概落在沉默的星座上，我認為是摩羯座，要麼是合相、四分相，要麼就是與土星相沖。也可能是水星逆行——那麼特徵便會不那麼明顯。

我們走出房子，立刻受到熟悉、冷冽的潮溼空氣籠罩。每次冬季都提醒著我們，這世界並不為人類而生，至少有大半年的時間都對我們表現出敵意。冰霜狠

1 一種以麵粉製成的脆餅，上面灑滿糖粉，因其扭結形狀得名「天使翅膀」，是波蘭於復活節大齋前的胖胖星期四（Fat Thursday）常吃的食物。

狠掃過我們臉頰，白色熱氣從我們嘴裡流出。門廊的燈自動熄滅，我們在一片漆黑中走過沙沙作響的雪地。怪人的頭燈不算在內，它在他前方一個正移動的點上，刺穿一片黑暗，我則在黑暗中搖搖晃晃跟在他背後。

「你沒有手電筒嗎？」他問。

我當然有了，但是在哪裡？這我得等到早上，藉著白天的光亮才能知道。手電筒總是這樣的，只有在白天時才看得見。

大腳的家有些偏僻，所在的位置比其他房子都高。那是全年都有人居住的三間房子之一。只有他、怪人和我不畏懼寒冬、住在這裡。其他的住戶早在十月就緊緊鎖上家門，排空水管裡的水，回到城市。

我們現在轉出約略清過積雪的道路。這條路行經我們的聚落，並岔成通往每棟房子的小徑。深厚的積雪被踏出一條通向大腳家的小徑，路窄到得迅速將一腳踩在另一腳前，不斷保持平衡。

「那可不是什麼怡人的畫面。」怪人一邊出言警告，一邊轉朝向我。我一下子頭暈目眩。

我也沒期待會看到別的景象。他沉默了一陣子，似乎想為自己解釋，然後接著說：

「他的廚房燈和那隻母狗的絕望叫聲打擾到我了。妳什麼都沒聽見嗎？」

沒有，我沒聽見。我睡著了，被啤酒花和纈草迷昏了。

「那隻母狗現在在哪裡？」

「我帶回我家了，餵牠吃過東西，現在牠或許已經冷靜了下來。」

又是一陣沉默。

「他通常很早就熄燈睡覺，很省電，這次卻把燈打開、任它亮著。從我的臥室可以看到雪地上有一道亮光，所以我就走過去他家。我想他可能喝多了，或是在對狗做些什麼，牠才會那樣嚎叫。」

我們經過一座廢棄穀倉，過了一會兒，怪人的手電筒引出黑暗中兩雙亮著綠色螢光的眼睛。

「你看，是麃鹿！」我抓住他羊皮大衣的袖子，興奮地低聲說：「牠們走得離房子這麼近，不會害怕嗎？」

麋鹿站在差不多及腰的雪裡，冷靜地盯著我們，彷彿被我們逮到正在進行什麼無法理解意義的儀式。因為太暗，所以我無法判斷牠們是不是秋天時從捷克來到這裡的母麋鹿，又或是新來的？而且為什麼只有兩隻？那群麋鹿至少有四隻。

「你們回家吧！」我揮著手對牠們說，牠們抖了一下，但沒有移動，平靜地目送我們到門口。我的背脊都涼了。

與此同時，怪人正在那間疏於照料的小屋門前跺腳，抖落靴子上的雪。小窗以鋁箔和紙封起，木門被黑色焦油紙蓋住。

玄關的牆壁疊滿柴火，全是不均勻的原木。這個空間令人感到不適，沒什麼好說，亂七八糟又骯髒。到處都是潮溼、木頭和土地的氣味——溼濡且貪婪。長年的惡臭煙霧在牆壁上結成一層煙垢。

廚房的門半掩著，我立刻看見攤在地上的大腳屍體，目光一觸碰到他便閃開，花了一段時間才有辦法再次看向那兒。那個畫面很嚇人。

他以詭異的姿勢扭曲地躺著，雙手抱著脖子，似乎想奮力扯下勒在上頭的衣領。我像被催眠般慢慢靠近，看到他睜開的雙眼盯著桌下某處。髒兮兮的T恤在靠近喉嚨處被撕破。看上去就像肉體在與自己的搏鬥中遭到打敗、並且陣亡。恐懼令我感到寒冷，凍結了血管中的血液，我感覺血液退入我體內最深處。昨天我看到這副身體時，他還活跳跳的。

「我的天啊！」我喃喃說道。「這是怎麼了？」

怪人聳了聳肩。

「我聯繫不了警察，又被捷克的訊號蓋住了。」

我從口袋裡掏出手機，輸入從電視上看到的號碼——997，過了一會兒，捷克的自動語音在我的手機上響起。這裡的情況就是如此，訊號游移不定、無視國界。有時候，電信公司的邊界會在我的廚房裡停留許久，有時又在怪人的房間或陽臺上待個幾天，但它多變的性格令人很難預測。

「得走出去到高一點的地方，去小山上。」我的建議來遲了。

「等不到他們抵達，他就會完全僵硬。」怪人說道，用一種我特別不喜歡在他身上聽到的語氣：好像他什麼都懂。他脫下羊皮大衣，掛在椅背上。

「我們不能讓他就這樣躺在這兒，他看起來糟透了，畢竟他也是我們的鄰居。」

我看著大腳淒慘蜷曲的屍體，難以相信我昨天還對此人感到恐懼。我不喜歡他。說不喜歡或許還言之過輕。我或許該說他讓我覺得噁心、嫌惡。事實上，我根本不覺得他算人類。現在的他躺在汙跡斑斑的地板上，穿著髒兮兮的內衣，渺小又乾癟，無力且無害。就只是一塊物質，藉著令人摸不著頭緒的轉變，變成與一切分離的脆弱實體。這讓我感到難過驚恐，因為，即使是像他一般令人厭惡的人，也不該死。可是誰又該死呢？同樣的命運正等著我和怪人，以及外面那群麃鹿。我們最終也不過就是一具具的屍體。

我看向怪人，想從他那兒尋求一絲安慰，但他忙著在一團亂的破爛沙發床上鋪髒被單，所以我只好試著在腦中安撫自己。那時，我突然有個想法：大腳的死就某種意義上是件好事。死亡讓他從生命的混亂中解脫，其他生命也從他手中解脫。噢，對，我突然意識到死亡有多美好、多正義，就像消毒劑、吸塵器一般。

我承認我當時就是這麼想。事實上，我到現在仍這麼認為。

他是我的鄰居，我們的房子相距不到半公里，但是我很少和大腳打交道。真是萬幸。我總是遠遠看著他——看他肌肉發達的瘦小身軀，總是搖搖晃晃地在風景中移動。他會一邊走一邊嘟囔，高地上的風響偶爾會把片段獨白遞到我這裡，基本上都是些簡單又沒變化的話語。他的字典主要用咒罵組成，只在其中加入些特定的名字。

他熟悉這片土地的每一方、每一寸，因為他在這裡出生，而且從來沒有去過比克沃茲科更遠的地方。他對森林很有一套，知道如何賺錢，什麼該賣給誰。蘑菇、莓果、盜砍的木材、柴火、陷阱、年度越野車拉力賽、打獵。森林餵養著這隻小地精，他照理也該尊重森林，然而他並沒有。某年八月，適逢乾旱，他把整片莓果林給燒了。我打給消防隊，但挽救不了太多。我從來都不明白他為何這樣做。夏天的時候，他會拿著鋸子在附近遊蕩，砍掉滿是汁液的樹木。當我努力控制怒火，有禮貌地提醒他，他會直接了當答道：「滾開，死老太婆。」還真不客氣。他總是以偷竊、順手牽羊、處理贓物來賺錢。當來過暑假的人們在庭院裡留下手電筒或高枝剪——大腳立刻就嗅到機會，扒走所有東西，因為之後可以在城裡變賣。在我看來，他早該受到懲罰，甚至坐牢去。我不知道他是怎麼躲過的。也許有天使守護著他。有時天使也會站錯邊。

我也知道他無所不用其極地盜獵。他把森林當成自家農場——裡頭所有的東西都屬於他。他也是一種盜賊。

好多個夜裡我都滿是無力感，因為他的作為而無法入眠。我打了好幾次電話到警局——話筒會被接起，禮貌受理我的報案，之後卻音訊全無。大腳又會再次上路，肩上掛著一綑陷阱，發出不祥的嚷叫。小惡魔。心懷不軌且讓人猜不透。他總是帶著一點醉意，或許這釋放了他內在的惡。他會喃喃自語地用棍子敲打樹幹，好似想把它們從自己的路徑驅離。他這種輕微的恍惚狀態似乎是與生俱來。有好幾次，我走在他走過的路上，收集他設下的簡易圈套陷阱：圈環綁在往地面彎折的幼木上，落入陷阱的動物便會像是遭彈弓射出、高高飛起，懸在空中。有時，我會找到些死去的動物——野兔、獾和麃鹿。

「我們得把他移到沙發上。」怪人說。

我不喜歡這個主意。我不想碰到他。

「我覺得我們應該等警察來。」我說。但是怪人已經準備好沙發床上的位置，還把毛衣的袖子捲了起來。他用那雙淺色的眼睛銳利地看著我。

「你大概也不會想這副模樣被發現、在這種狀態下。畢竟這很沒人性。」

噢，是的，人的身體當然沒人性了。何況成了屍體。

我們得處理大腳留下的最後一個麻煩——他的屍體，只剩我們兩位他不尊重、不喜歡，更沒放在眼裡的鄰居。這難道不是暗黑悖論嗎？

在我看來，死後物質應該要湮滅。這是最適合身體的方法。湮滅的身體能藉此回到他們所誕生的黑洞之中，靈魂則以光速去到光裡——如果靈魂這類的事物真的存在。

我克服了強烈的反抗感，照著怪人所說去做。我們抓住手腳、抬起身體，把他移到沙發床上。我很驚訝屍體居然這麼重，而且一點也沒有癱軟，反倒像是從熨平機出來的上漿床單，頑固地僵在那兒。我也看見了他的襪子，又或說是腳上的東西——骯髒破布、以撕成條狀的床單做成的裹腳布——現在成了灰色，滿是汗漬。不知為何，這個裹腳布的畫面重擊我的胸口、橫隔膜和整副身體，我再也忍不住啜泣了起來。怪人淡淡看了我一眼，眼神中帶有明顯的斥責。

「我們應該在他們抵達前幫他穿好衣服。」怪人說道，而我也看見他因目睹這人間苦難，下巴顫抖起來（儘管因為某些原因，他不願承認）。

因此，我們先試著拉起他又髒又臭的汗衫，但是沒辦法從頭上脫下，所以怪人只好從口袋掏出一把樣式複雜的小刀，從胸前劃開衣料。大腳現在裸著上身，躺在我們面前的沙發床上，像隻毛茸茸的山怪，胸前和手臂上有一些疤痕，身上的刺青已經無法辨認，我看不出任何有意義的東西。破損的內褲從他的灰色運動褲下露出來。我們想在他諷刺地瞇起雙眼、身體永遠變硬、回歸到物體的本質——一坨普通物質以前，從凌亂的衣櫃裡翻出像樣的衣服。

我小心翼翼地解開噁心的裹腳布，看見了他的雙腳。我很驚訝。我總認為雙腳是我們最親密也最私密的身體部位，不是生殖器官，不是心臟，甚至也不是大腦，這些無關緊要的器官被看得太重了。雙腳藏著一個人所有的故事，身體裡重要的感官都流向雙腳，諸如我們究竟是誰，如何對待大地。大地與身體的接觸點蘊藏了所有祕密——我們由物質的元素組成，同時又與之不同、與之分離。腳是我們連結的插頭。而今，這雙赤裸的腳對我來說就是大腳出身不同的證明。他不能被當成人，他肯定是某種無名的形式。是那些——如布萊克[2]所說——融化金屬成無限、轉變秩序為混沌的其中一種。也許他是某種類似惡魔的東西。惡魔踩踏在大地上的印記不同，人總是得以透過雙腳辨認出他們。

這雙腳很長也很窄，纖細的腳背長有未修齊的黑色指甲，看起來善於抓握。腳姆趾與其他趾頭分開一些，活像是手的大拇指。他的雙腳長滿濃密的黑色毛髮。有人看過這種腳嗎？我和怪人交換了眼神。

我們在半空的衣櫥裡找到了一套咖啡色西裝，上頭有些汙漬，但是根本很少穿。我從來沒看過他穿西裝。不管是什麼季節，大腳總是穿著毛氈長靴和破爛的長褲，搭配格子襯衫和鋪棉背心。

2 威廉．布萊克（William Blake, 1757-1827），英國詩人與藝術家。

◆

替死者著裝讓我聯想到愛撫，我不認為他在世時曾體會過這種溫柔。我們抱起他，輕輕地撐在他手臂下，把衣服拉到身上。他的重量依在我胸口，在一陣令我作嘔的反感過後，我心中突然有股想法：我想擁抱這副身體、拍拍他的背，安撫他說：沒事的，一切都會好的。不過因為怪人在旁邊，我沒有這樣做，不然他可能會覺得我是變態。

未付諸的行動轉變為想法，我對大腳開始產生遺憾。或許他遭母親拋棄，一輩子過著不快樂的生活。長年的不快樂比起致命疾病更能讓人走下坡。我從沒看過他有客人，也沒有任何家人或朋友出現過。就連採菇的人都不會駐足於他的屋前攀談。人們都害怕他，也不喜歡他，似乎只有獵人們與他有交集。但也不常見。依我看，他大概五十歲上下，我想知道海王星與冥王星在他的第八宮是否有所交織、火星是否落在上升位置。由此，我能得到許多資訊，因為他健壯的手中握著齒鋸，就像個掠奪者，活著只為播下死亡的種子，以及施以折磨。

為了替他穿上西裝，怪人把他扶起呈坐姿，我們就是在那時瞧見他嘴裡腫脹的舌頭頂著什麼。於是，一陣猶豫之後，我厭惡地緊咬牙關，一次次收回我的手，最後輕輕抓住那東西的底部：我的指間夾著一根小骨頭，又長又細，鋒利如匕首。他已斷氣的喉頭發出咕嚕咕嚕聲，空氣竄了出來，細微的氣鳴聲與嘆息無不相似。我們兩人從死者身邊跳開，怪人肯定和我一樣驚恐，特別當大腳的嘴裡出現暗紅近似黑色的血液那瞬間。一股不祥之氣向外流去。

我們倆嚇壞了站在原地。

「什麼嘛，」怪人用顫抖的聲音說，「他噎住了，他被骨頭噎住了。骨頭留在他喉嚨裡，骨頭卡在他喉嚨裡。他噎住了。」他緊張地重複。接著，彷彿是為了讓自己安心點，他加上「繼續吧。雖然這不是什麼開心的事，但是對鄰居盡責任本來就不一定開心。」

我看他似乎把自己當成這個夜班的負責人，也就從善如流。

我們現在完全投入這份無人領情的工作：幫大腳穿上咖啡色西裝，安置成有尊嚴的模樣。我已經許久沒有觸碰過別人的身體，更遑論死人。我覺得好像無時無刻都有靜止物質流入這副身軀，讓他一分一秒漸漸石化，所以我們才得如此匆忙。而當大腳穿好禮儀西裝躺平，他的臉上也終於失去了人類的神情，毫無疑問成了一具屍體。不過，他右手食指不願遵從傳統的禮儀交握姿勢，而是向上翹，似乎想以此引起我們的注意，要我們暫停緊張且倉促的工作。「現在你們可注意了！」手指說。「現在請注意，這裡有一些你們看不見的東西，過程的關鍵要點就藏在其中，值得你們高度的關注。正是因為它，我們才會在這個地方。此時此地，在高地上的小屋裡，在白雪繚繞的夜色中。我是一副屍體，你們是不太重要的衰老人類。但是這只是開端，一切才正要開始。」

我和怪人站在冰冷、潮溼的房間中，在冰封的虛無之間，被灰暗的時間籠罩。我想，這便是那個離開身體的東西留下的，就在吸走了一大塊的世界後，無論好壞，有罪抑或毫無瑕疵，都留下了巨大的虛無。

我看向窗外：天空逐漸轉灰，雪花開始慵懶地填滿這片虛無。雪片在空氣中飄蕩，像羽毛般繞著自己的軸心打轉，緩緩落下。

大腳已經走了，只剩一副穿著西裝死去的肉體。你很難對他生出怨念或恨意，現在他看起來既平靜又滿足，彷彿靈魂終於從物質中釋放而喜悅，而物質則因終於脫離靈魂而歡欣。在這短短的時間裡，發生了一場超自然的離異。那些都已逝去。

我們坐在開著門的廚房裡，怪人把手伸向桌上一瓶開過的伏特加。他找出乾淨的玻璃杯倒酒——先給我，接著才給他自己。黎明透過覆滿雪花的窗戶緩緩到來，在柔和一如醫院燈泡的光下，我看到怪人未剃鬍子的臉，他的鬍碴與我的頭髮一樣灰白，褪色的條紋睡衣從凌亂的羊皮大衣下露出來，而羊皮大衣則被各種汙漬弄髒。

我喝了好幾杯伏特加，身體因而暖了起來。

「我覺得我們盡了對他的責任。不然有誰會這麼做呢？」怪人說，但比較像在對著自己，而不是對我。「他是個可悲的畜生，但那又怎樣呢？」

他又給自己倒了一杯，一口氣喝下，接著因為反感而抖了抖，明顯看得出他不常喝酒。

「我去打個電話。」他說完便走了出去。我想是酒精讓他覺得不太舒服。

我起身環顧這一片狼籍，希望能找到註記大腳生日的身分證明文件。我想算他的星盤。

鋪著破爛油布的桌子上放著烤盤，裡頭是烤過的動物肉塊，而甜菜湯上頭覆著一層白色的油脂，沉睡在一旁的鍋裡。切下的麵包片、金色的奶油。幾塊動物殘骸散落在殘破的油氈地毯上，隨著盤子一起從桌上掉下，地上還有玻璃杯和餅乾的碎片，全被碾碎、踩進骯髒的地板裡。

那時我在窗臺的錫盤上看見一個東西，花了一段時間才認出來，我的腦袋是如此不想面對：一顆被切開的麃鹿頭，旁邊還躺著四隻腿。鹿半開的眼睛隨時警覺地查看我們的動靜。

噢，正是那群母麃鹿其中一隻，在冬日之中，被結凍的蘋果引誘，受困陷阱，遭折磨得奄奄一息，窒息鐵線之中。

我慢慢理解這裡發生了什麼事，恐懼一秒接著一秒籠罩上來：他設陷阱抓麃鹿、殺了牠，還把牠肢解，烤了並吃下肚。寂靜的夜裡，一種生物默默地吃下另一種生物，沒有人抗議，沒有天打雷劈。儘管死亡不出自任何人之手，懲罰仍找上了惡魔。

我迅速用顫抖的手把那些遺骸小骨頭收拾成一堆，之後好埋葬。我找到舊塑膠袋，把小骨頭一根接著一根放進這塑膠壽衣之中。我也小心地將頭擺入塑膠袋。

我實在太想知道大腳的出生日期，開始緊張地尋找他的證件，碗櫥裡只有幾張紙、月曆和報紙。接著我翻看各個抽屜。鄉下房子裡的文件總是擺在那兒——果然就是——證件包在破爛的綠色封皮下，肯定已經過期。照片上的大腳約莫二十多歲，不對稱的長臉與瞇起的雙眼，甚至連年輕時看起來都不討喜。我以殘餘的鉛筆芯寫下出生日期和地點。大腳於一九五〇年十二月二十一日出生，就在這個地方。

我應該補充一下，這抽屜裡還有其他東西：一疊照片，還是全新、彩色的。我順手快速翻看，不過其中一張吸引了我的注意。我才拿近眼前一看，就想把它放回去。我久久無法理解我所看到的畫面。我在突然降臨的一片寂靜之中眼神發直、繃緊身軀，已經準備好奮力抗戰。我的頭很昏，耳中響起悶暗的嗡嗡雜音，彷彿地平線那端有成千上萬的軍隊朝我殺來——遙遠的人聲、鐵器的鏗鏘、車輪嘎吱響。憤怒能讓思緒變得清晰敏銳，也能領會更多。能排開其他情緒、支配身體。無庸置疑，憤怒集結了所有智慧，因為憤怒能夠跨越所有界線。

我用顫抖的雙手把照片放進口袋，立刻聽見所有動作都回歸了秩序，好像世界的引擎點燃、機械開始運作——門嘎吱響，叉子掉落地上。我的眼裡滿是淚水。

怪人站在門邊。

「他不值得你的眼淚。」

他抿起雙脣，專注地按起數字鍵。

「還是捷克的訊號，」他說。「得走上小丘，你要跟我去嗎？」

我們輕輕關上身後的門，在雪地裡跋涉前進。山頂上，怪人開始轉來轉去，拿著兩支手機伸長手到處找訊號，整個克沃茲科谷就在我們眼前，沐浴在濛濛銀色的晨曦之中。

「嗨，兒子，」怪人對著手機說。「我沒吵醒你吧？」

模糊的聲音回答了什麼，我沒聽懂。

「我們的鄰居死了。我覺得他是被骨頭噎到窒息的。現在。今天晚上。」

電話那頭又說了些什麼。

「沒有。我等等就打，之前都沒訊號。我和杜薛伊可女士幫他穿好了衣服，你知道，就我那位鄰居太太，」他看了我一眼，「為了不變硬……」

聲音再次傳來，聽上去似乎緊張了些。

「不管怎樣他都已經穿上西裝了……」

這時，電話那頭的人開始說了一大堆話，口氣很急，因此怪人把手機從耳邊拿開，露出反感的表情。

接著，我們打給了警察。

2 睪酮自閉症

「狗侍主而餓斃，預告國家之衰亡。」

我很感謝怪人邀請我過來用點熱食，我覺得自己徹底崩潰。一想到得回到空蕩蕩的冰冷房子裡就讓我難受。

我和大腳的母狗打了聲招呼，牠在怪人這兒已經待幾個小時了。狗認得我，看到我時明顯很高興，還搖著尾巴，肯定早就不記得曾從我身邊逃走過。有些狗很傻，人也一樣，而這隻母狗絕對是這種類型。

我們坐在廚房裡的木桌旁，這桌子乾淨得都能把臉頰貼在上面了——我也真的把臉貼了上去。

「妳累了嗎？」他問道。

這裡的一切既明亮又乾淨，溫暖而舒適。擁有一間乾淨又溫暖的廚房是何等幸運啊。我就從未有過。我一直無法維持自己周圍事物的秩序，對此我早已釋懷，不然能怎麼辦呢？

我還來不及環顧四周，面前就擺上了一杯茶。盛在有手把的秀氣金屬小桶中，放在杯墊上。糖罐裡是方糖——這畫面令我想起了甜蜜的童年時光，也讓糟糕透頂的心情轉好許多。

「或許我們真的不該移動他。」怪人說。他拉開桌子抽屜，把小茶匙遞給我攪拌茶。

母狗在怪人的腳下轉來轉去，彷彿不希望他從自己瘦小身軀的軌道上離去。

「你會撞到我的。」怪人以粗獷而溫柔的態度對牠說。看得出這是他人生中第一次養狗，還不太知道該怎麼做。

「你要叫牠什麼？」我問，第一口茶溫暖了身體，那團卡在喉頭的情緒也隨之融化。

怪人聳了聳肩。

「我也不知道，大概會叫蝴蝶結或是球球吧。」我不喜歡這種名字，不過什麼也沒說。考量到牠的過去，這些名字都不適合牠。得特別為牠想些其他名稱。

這樣可就浪費了那些被發明出來的正式名字和姓氏。這些名字從來就不會被記住，全都是些老掉牙的東西，與本人也毫無關聯。再說，每個世代都有自己的流行，總在突然間所有人都叫瑪格札塔、派翠克，或——拜託，真是夠了——亞尼娜。我也因此盡量不用姓名，反而使用第一次見到人時自然聯想到的東西。比起在無意義的詞語間切換，我相信這是使用語言最恰當的方法。舉個例子，怪人姓斯維爾希欽斯基，門上，他的姓氏前寫著：「斯」。有「斯」這種名字嗎？他總是這樣自我介紹：「斯維爾希欽斯基」。但他大概也不指望別人能說出這拗口的姓吧。我認為，我們所有人都以自己的方式看別人，也因此有權利為他人取自己覺得合適的名字。所以我們能有很多名字。我們擁有的名字就和擁有的關係一樣多。我叫斯維爾希欽斯基「怪人」，因為我覺得這反映出他的個性。

而今，當我看著這條母狗，一個人名突然閃現腦中——馬里莎。或許因為故事中的孤兒總叫這個名字，母狗正好又是那麼瘦弱不堪。

「牠有時候是不是叫做馬里莎？」我問。

「可能吧，」他回。「應該就是。牠叫做馬里莎。」

大腳的名字也差不多是這樣來的。這並不難，當我看到雪地上他的腳印，這名字就烙印在他身上了。怪人一開始曾叫他「毛怪」，但後來借用了我的「大腳」，這說明了我比較會取名字。

不過，可惜的是我無法為自己取一個合適的名字。我認為寫在文件上的名字與我不搭，甚至錯得離譜——亞尼娜。我想我真正的名字是艾蜜莉雅或是尤安娜。有時我也覺得我很像伊姆特魯德，或是波日涅娃，又或者納沃雅。

怪人也極力避免直呼我的名字，這也意味著什麼。他總是莫名其妙，突然喊我一聲「妳」。

「妳會和我一起等到他們來嗎？」他問。

「當然了。」我欣然答應，意識到自己不敢對著他叫「怪人」。成為近鄰的時候，便也不需要以名字互稱。當我經過他的花園，看到他在除草，我不用為了和他交談特意喊他的名字。這是某種程度的親密。

我們的家園是坐落高地上的幾幢小屋，與世隔絕。這片高地是斯托沃維山脈[3]在地質上的遠親，是它遙遠的前驅。戰前，我們這塊地方叫做盧夫祖格，意為「氣流」，由此演變為現在非正式的名字「盧夫茨格」。因為正式來說，我們沒有名字。在地圖上只看得見一條路和幾棟房子，沒有任何文字。這裡總是在颳風，大量空氣從西邊流入山區、進入東部，從捷克流向我們。冬天的風猛烈且刺耳，會在煙囪裡嚎叫。夏天時，風則散在樹葉之間，沙沙響著。這裡從來都不安靜。許多人有能力在城裡擁有一間全年可居住的正式房子，而第二間——比較少住、用來帶孩子去玩——會在在鄉下。這些房子看起來確實很稚氣。矮小、坐落於高處，有人字屋頂及小窗子。所有房子都是在戰前以同樣的方式建造：面東和面西的牆較長，南邊則短一些——連著穀倉的北邊也是。就只有「作家」的房子有些古怪，到處都加蓋了露臺與陽臺。

人們會在冬天時離開高地也不意外。我很清楚，這裡十月到四月間很難居住。每年都會下大雪，而風則小心翼翼地將落雪雕成雪堆與雪丘。近幾年氣候變遷，什麼都變暖了，就是沒暖到我們的高地，情況還反過來。尤其是二月，降雪變多，又要特別久才會融化。整個冬天數次出現零下二十度，而且在四月冬天才會真正結束。路況很糟，霜和雪破壞了市府以少量金費修繕的部分，你得在遍地車轍的泥路上行駛四公里才能到達柏油路。此外，也沒什麼去那裡的理由——往山下庫多瓦的公車早上發車、下午回程。夏天，這裡為數不多的孩子放暑假時公車根本就不開。村里有條公路，就像一根魔杖，在不知不覺中把村子變為小城的郊區。若是想要，可以沿著這條公路到弗羅茲瓦夫[4]或是捷克。

不過，也有人對這一切不為所動。若我們想做這份調查，就得在此提出許多

3 斯托沃維山脈（Góry Stołowe）是波蘭與捷克的山脈，由上白堊紀的砂岩沉積而來。

4 弗羅茲瓦夫（Weocław）位在波蘭西南部，二戰前為德國城市，也名為布雷斯勞（Breslau）。

假設。心理學和社會學能在此揭露許多線索，但我對此並不感興趣。

就說我和怪人吧，我們勇敢地面對冬天。說「面對」是個不太貼切的描述，應說我們是以好戰姿態伸長下顎，有如村裡小橋上的男人。當他們受到不中聽的字眼挑釁，會好鬥地說：「想怎樣？怎樣啊？」就某種意義而言，我們也在挑釁冬天，但是冬天就如世上所有事物，無視我們——兩個老番顛，承蒙上帝恩典的嬉皮們。

冬天以白色的棉花將這裡包裹得漂漂亮亮，極盡所能縮短了白晝，因此，若是不小心熬了夜，起床時可能已是隔日的暮色，這——我得承認——這從去年開始越來越常發生在我身上。又暗又沉的天空掛在我們頭頂上，像是髒兮兮的螢幕，上演著雲朵肆意妄為的戰爭。這就是我們房子的作用，保護我們免受這片天空的傷害，否則它將滲入我們如小玻璃球的身體，那個住著我們靈魂的地方。若是這種東西真存在的話。

我不知道這黑暗的幾個月裡怪人都在做些什麼，我們沒有密切聯繫，雖然——我也不隱瞞——我希望能更常有接觸。我們幾天才見到一次，見到時只是打聲招呼。畢竟我們搬來這裡不是為了與鄰居一起喝茶。怪人比我晚一年買房子，看來他也下定決心開始新生活，一如原本生活已成死灰的每個人。聽說他曾在馬戲團工作，但我不知道他是在那裡當會計師還是雜耍人。我比較希望他是雜耍人，這麼一來，當他跛著腳走路，我便能想像在很久以前，美麗的七〇年代某一天發生了什麼事，以至於他的手沒抓好桿子，從高處摔落鋪滿木糠的地板上。進一步思考後，我得說會計師也是個不壞的職業，會計師對秩序與生俱來的熱愛令我佩服、認可，也讓我有著無法言喻的尊敬。怪人對秩序的熱愛從他的小農場上就看得出來：冬天的柴火精心排成螺旋狀，疊出有著黃金比例的木材堆——都可以把這木材堆看作是地方藝術了。我很難抗拒美麗的螺旋秩序。每當我經過，總會駐足片刻，欣賞雙手與智慧的合作，以平庸如柴火的物品展現出宇宙間最完美的運動。

怪人門前的小路上鋪滿如一個模子印出來的礫石，大小類似，甚至讓人覺得這些礫石很特別，覺得這是由妖精經營的地下岩石工廠手工嚴選而來。窗上掛著乾淨的窗簾，每一褶都相等。他肯定用了特別的設備。花園裡的花也乾淨又整齊，長得筆直苗條，彷彿有在哪兒健身。

怪人在準備茶給我的同時也沒在廚房閒著，我還看到碗櫃裡的玻璃杯以等距排列、乾淨的桌巾上放著縫紉機——他甚至有一臺縫紉機！我慚愧地把手塞進膝蓋之間。我很久沒有關注它們了。哎，我就勇敢承認吧，我的指甲是髒了點。

當他取出小茶匙，我無法將視線從他的抽屜移開。既寬又淺、像個托盤的抽屜裡頭，所有餐具和其他廚房用具整齊地躺在隔板內。每個東西都有自己的位子，雖然大部分我都不認識。怪人瘦巴巴的手指特意挑起了兩隻小茶匙，它們立刻躺上挨在茶杯旁的灰綠色餐巾紙。真可惜有點慢了，因為我已經喝完了我的茶。

怪人是個寡言少語的人，很難與他交談，而既然他無話可說，就只好保持沉默。與某些人交談常常不太容易，尤其是男性。我對此有個理論。許多男性隨著年紀增長會患上罣酮自閉症，這種病會引起社會智力和社交能力衰退，也會損害思想形成。受此病症影響會變得沉默寡言，似乎陷在自己的世界。患者會對不同的工具與機械特別感興趣，第二次世界大戰與名人自傳——特別是政治人物和罪犯——對他們特別有吸引力。他們也幾乎完全喪失閱讀小說的能力，罣酮自閉症會擾亂對人物的心理理解。我覺得怪人患有這種疾病。

不過這天清晨確實很難讓人侃侃而談；我們全都意志消沉。

另一方面，我也鬆了好大一口氣。有時候，當一個人想得廣一點，不去顧及某些理智的連結，也不將行為的結果考慮進來，就會意識到某些人的生命對其他人來說根本一點好處也沒有。我想每個人都會同意我的看法。

我又要了一杯茶，其實只是想用那漂亮的小茶匙攪拌一下。

「我曾經向警察告發大腳。」我說。

怪人在擦乾餅乾盤子的時候頓了一下。

「因為狗嗎？」他問。

「對。還有盜獵。我也寫過針對他的抱怨信。」

「然後呢？」

「沒有然後。」

「你想說的是，他死了也好，對吧？」

去年聖誕節前，我甚至去了一趟區政府親自申告。目前為止我一直都在寫信。就算法律規定有義務要回覆公民，但從來就沒有人回。警察局看上去不大，像是蘇聯時期的獨戶集體住宅，到處都有修補痕跡——就是經典的蘇聯時期產物，頹唐、可悲。這裡的氣氛也是如此。上滿油漆的牆壁到處都貼著紙張——每張的標題都是「公告」。順道說一句，這是個多可怕的字眼啊。警察使用的許多詞語都特別令人討厭，例如：「死者」或是「同居人」。

在這冥王星的巢穴裡，先是一位坐在木圍欄後的年輕男子試圖把我打發走，接著是他年長一點的上司。我想要見局長，我確信在我的堅持下，他們最後都會失去耐心、讓我見他。我不得不等上許久，擔心商店會關門，我還得去買些東西。就這樣，直到迎來黃昏，差不多四點——也就是說我等了兩個多小時。

就在辦公時間結束前，走廊上終於出現一名年輕女子，她說：「您可以進來了，請。」我等得有些精神渙散，所以現在得恢復一下。收拾好思緒後，我跟上那名女子走了一層樓，到地方警察局長辦公室會面。

局長是個肥胖男子，年齡與我相仿，但他對我說話的方式好像我是他的母親或是祖母。他瞥了我一眼，說道：

「你們坐吧[5]。」

他發覺這個說法暴露了自己的農村出身，清了清喉嚨，改說：

「請坐，女士。」

我幾乎能聽見他內心的想法——肯定是把我稱為「可憐的女人」，而隨著我的控訴越趨強烈，對我的稱呼也漸漸會變成「肥婆」、「老妖婆」，或是「瘋婆

---

5 斯拉夫語系的語言中，以第二人稱代詞「你們」（wy）為尊敬式來稱呼他人，但波蘭語是個例外，在使用pan（先生）、pani（女士）、panstwo（先生女士們）第三人稱代詞後，以「你們」為尊稱的方式便漸漸消失。不過波蘭的方言中保留了此用法，二十一世紀仍有許多鄉村地區使用；對內仍以第二人稱表示尊敬，例如：「媽媽，請坐。」（siadajcie mamo），而第三人稱的尊敬式是對外人使用的。

子」。我意識到他的眼神摻雜厭惡，一面觀察我的舉動，並評斷我的品味（負面地）。他不喜歡我的髮型，不喜歡我的衣服及我的桀驁難馴。他越來越勉強地掃視我的臉。不過我倒在他身上看到了更多訊息——中風患者、飲酒過量、對油膩的食物沒有抵抗力。在我訴說的過程，他光禿禿的頭由後腦杓紅到鼻尖，雙頰浮現一束束擴張的血管，像是不平凡的戰時紋身。他當然慣於發號施令與接受他人的服從，而且很易怒。是個木星型。

我也看出他不太懂我在說什麼。一來，我的論點對他來說明顯很陌生，但這也是因為他知道的字彙不多；二來，這種人會鄙視任何他不懂的東西。

「他對許多生物、人類或非人類都是威脅。」我結束對大腳的抱怨，也提出了自己的觀察和懷疑。

他不知道我是在鬧他還是碰上了瘋子，因為不會有第三種可能。我看到他的血液不一會兒便衝上臉部，毫無疑問，他是會死於中風的矮闊型[6]人。

「我們不知道他在盜獵。我們會處理這件事，」他咬牙切齒地說。「您請回吧，別擔心。我認識他。」

「好吧。」我就此打住。

他用雙手撐起身體，這場會面顯然已宣告結束。

到了這把年紀，必須接受人們永遠都會對我們不耐煩。以前我從來沒有意識到——快速點頭、避開視線，像塊手錶一樣重複「噠、噠」[7]表示同意——這些舉動的存在及重要性。或是查看時間、揉揉鼻子。現在我很了解，這些戲碼背後就是直白的一句：「別煩我，老太婆。」我不只一次在想，要是說話的是年輕好看的熟男，或是上圍豐盈的棕髮妞呢？人們也會這樣對待他們嗎？

他大概期待我會跳下椅子離開房間，但我還有一件重要的事要說呢。

「這個人整天把他的母狗關在棚舍。棚舍內沒有暖氣，因為很冷，狗就在裡面嚎叫。警察可以管管這件事嗎？把狗帶走、樹立警方威信、懲罰他一下？」

6 德國精神病學家與心理學家恩斯特・克雷奇默發現體型與人格有關，將人分成四類：矮闊型、衰弱型、壯健型與發育不良型。

7 波蘭語中，「噠、噠」與「對、好」（tak）聽起來相似。

他沉默地看著我，臉上清楚露出我一開始認為他的態度——鄙視。他的雙唇微微噘起、嘴角下垂。我也看到他試圖做表情控制，以麻木的笑容蓋過，露出老菸槍的大黃牙，說：

「我說女士啊，這不是警察管的事。狗就是狗，村莊就是村莊。狗就是繫在狗鏈上、關在狗屋裡，不然您還期待什麼呢？」

「我就是因為發現了惡事才向警察報案，不找警察我要找誰？」

他從喉嚨發出哼哼聲，笑了起來。

「既然您說是惡事，可能要去找神父？」他回話，對自己的幽默頗為滿意，但明顯意識到我覺得不怎麼好笑，因為他表情立刻嚴肅了起來。「肯定有些關懷動物的機構或類似的組織，您可以在電話簿裡找到聯絡方式，動物保護聯盟——去那裡吧。我們警察只管人的事。弗羅茲瓦夫有動物保護員，請打去那裡吧。」

「打去弗羅茲瓦夫！」我大吼。「您怎能推卸責任！這畢竟是地方警察的職權範圍，法律我還是懂的。」

「喔！」他戲謔地笑。「現在您是要告訴我地方警察該做什麼、不該做什麼嗎？」

我想像著我方軍隊在平原上一字排開、準備戰鬥。

「喔！我很樂意。」我準備好要繼續說下去了。

他驚慌地看了看錶，克制對我的厭惡。

「好、好、好，我們會調查這件事。」過了一會兒，他敷衍地說道，開始把桌上的紙張收入文件夾，準備從我身旁逃離。

那時我就覺得不喜歡他——不，更嚴重：那股強烈的厭惡感就像辣根[8]一樣尖銳。

他果斷地從辦公桌後起身，我瞥見他那顆連制服皮帶都繫不上的大肚腩。出於羞愧，這顆肚子努力藏在下面某處，就在被遺忘的生殖器附近，不甚舒適。他的鞋帶還是解開的，大概在辦公桌下脫掉了吧。他不得不用最快的速度把腳塞進去。

---

8 有著類似山葵刺激鼻竇的香辣味，常作為肉類的佐料。

「我可以問一下您的出生年月日嗎？」他到門邊時，我禮貌地問。

他驚訝地愣在那兒。

「您要做什麼？」他疑惑地問道，替我撐住了往走廊的門。

「我會算星盤，」我回答。「您想算嗎？我可以幫您算看看。」

他的臉上閃過一抹得意的微笑。

「不用了，謝謝。我對占星不感興趣。」

「這樣您就能知道人生中可能會發生什麼事，難道您不想知道嗎？」

他故意向坐在櫃檯的值班員警使了個眼色，好像參與了一場開心的孩童遊戲，帶著嘲諷的微笑將他的資料告訴我。我寫下生日，一邊拉上帽兜一邊道謝，走向大門。我在大門口聽見他們兩人輕蔑的笑聲，我意料之中的詞語也傳到了耳邊：

「老妖婆。」

◆

那天傍晚，黃昏才過，大腳的狗又開始嚎叫。天空成了如刀鋒般銳利的藍，無起伏而低沉的聲音充斥其中，令人不安。死亡就在門前，我想著。反正無論白天還是黑夜，死亡一直在我們的門前，我這麼告訴自己——自己與自己對話至少不會產生誤會。我躺在廚房的沙發上，因為除了躺著，我什麼也做不了，只能聽著那令人煩悶的叫聲。前幾天我跟著調解員去大腳家，他甚至沒讓我進到他家，就直接叫我別管他人的閒事。不過，這個狠心的人確實把母狗放出去了幾小時，可是後來又把牠關回黑暗中。所以牠又在夜裡嚎叫了。

我躺在廚房的沙發上，試圖想點別的事情，但是當然一點用也沒有。我感到一股癢癢的振動能量滲入肌肉，要是再多一點，便會把我的雙腿撐爆。

我跳下沙發、套上鞋子和外套、拿起鐵鎚、鐵棍還有其他手邊有的工具。不一會兒，我已氣喘吁吁地站在大腳的棚舍前。他不在家，燈沒亮，煙囪裡也沒冒出煙。他把狗關起來就消失了，不知道什麼時候才會回來。不過就算他在家也不會有所不同。忙了幾分鐘後，我已渾身大汗，但我成功破壞了木門——門鎖邊的木板鬆落，因此得以拉開門閂。裡頭又溼又暗，一些生鏽的舊腳踏車被丟在這，還有塑膠桶和其他垃圾。母狗的脖子被釘在牆上的繩子繫著，站在一疊木板上。旁邊一堆糞便也很醒目，看來牠一直都在同一個地方解便。牠猶疑地搖著尾巴，以溼潤的雙眼喜悅地盯著我。我剪斷繩子，把牠抱在懷裡就回家了。

我不知道接下來該怎麼辦。當人在憤怒之中，一切都很簡單，很理所當然。憤怒會帶來秩序，能清晰簡要地呈現出世界。在憤怒中，看清事物的天賦也會回歸，這在其他狀態是很難達到的。

我把牠放在廚房的地板上，很驚訝牠只有這麼小一隻。從黑暗中的嚎叫聲來判斷，會期待這隻狗至少有西班牙獵犬的大小，而牠是一種在地的狗種，因為長得不太好看，被叫做蘇臺德醜犬。牠們的體型不大，纖細的腿經常是彎的，毛是灰棕色，體重會隨年齡增加，最明顯的特徵是咬合不正。嗯，這位夜間歌手沒什麼看頭。

牠很不安，渾身發抖。喝了半公升的熱牛奶後，小肚子便渾圓得像顆球，我還與牠分享了抹奶油的麵包。我沒料到會有客人，所以冰箱是空的。為了安撫牠，我一直在對牠說話，讓牠知道我的一舉一動，而牠則一臉疑惑地盯著我，顯然不太理解這突如其來的變化。後來我躺上自己的沙發，同時也建議牠找個休息的地方。最後牠擠在暖氣扇片下睡著了。我不想讓牠一個人在廚房裡過夜，所以也就待在廚房的沙發上。

我睡得不太安穩，體內明顯仍有情緒在翻滾，重複擾動，製造出這種夢：無盡的鍋爐房內，牆壁紅而滾燙，爐子裡的炭火通紅，燃著熊熊火光。困在爐中的火焰要求釋放，要是成真，便能「轟」一聲以駭人的爆炸衝向世界，讓一切化成灰。我認為這夢可能是我的病引起的夜間發燒症狀。

我在清晨時醒來，天空還是黑的。不舒服的姿勢讓我的脖子完全麻痺。母狗站在我床頭邊，可憐兮兮地直盯著我。我只好發著牢騷起身，把牠放出去——畢竟牠喝下的所有牛奶都得有個出口。一陣溼涼的空氣灌了進來，伴著一股大地與物質腐敗的味道，彷彿從墳裡而來。母狗蹦跳著跑到屋前尿尿，好像分不清自己是公狗還是母狗，竟還滑稽地抬起了一隻腿。然後牠悲傷地盯著我——我可以大膽認定牠深刻地注視著我——接著便跑向大腳的房子。

母狗回到了牠的監獄。

就這樣結束。我喊了喊牠，因為自己被欺騙感情而生氣，也為自己對所有類型的奴役無能為力而氣憤。我已經準備穿鞋，但是這灰得可怕的早晨令我恐懼。我有時候覺得我們都住在一個龐大寬敞、可以住上很多人的墳墓裡。我看著世界受到令人不適的冷冽灰暗籠罩。監獄不在外頭，而是在我們每個人的心中。或許就是因為這樣，我們不知道失去了它該如何活。

幾天之後，在下大雪前，我看見大腳家前面停著警用波羅乃茲[9]。我承認這景象讓我心喜。是的，我很滿意警察終於找上他。我排上翻出的兩張牌卡，想像他們逮捕他、替他的雙手上銬、沒收他的陷阱環、拿走他的鋸子（這種工具應該要像武器一樣發放許可證，因為這會對植物造成極大的破壞）。但是車子沒把大腳載走，暮色很快就降臨，下起了雪。他又整晚把母狗關著。早上，我在一片無瑕的美麗雪白中看到的第一樣東西，就是大腳搖搖晃晃的足跡，以及我的銀色雲杉周圍一片黃色尿痕。

◆

坐在怪人的廚房裡讓我想起了這件事。以及我的女孩們。

怪人一邊聽這個故事，一邊把蛋煮得半熟，現在他正把蛋放到瓷製蛋杯上。

「我沒有你那麼信任權威。」他說。「所有事情都得靠自己。」

我並不知道那時他心裡在想什麼。

9 波羅乃茲（polonez）是波蘭汽車品牌。

3 永恆之光

「萬物生於大地，噬於大地。」

我回家的時候，天已經很亮了，我也完全失去了警戒心，似乎又聽見女孩們在玄關地板上輕快的跑步聲，看到牠們疑惑的目光、皺著眉頭的笑。而我的肢體已為歡迎儀式和給予牠們溫柔做好了準備。

只是家裡卻空蕩蕩。冬天的雪白以柔軟的波濤流進窗戶，高地巨大的開放空間強擠進室內。我把麃鹿的頭收進冰冷的車庫裡，放在爐子上。就這樣，我便去睡覺，而且還睡死了。

◆

「亞尼娜女士。」

過了一會兒，又傳來一次。這次大聲了點：

「亞尼娜女士。」

夢裡低沉害羞的男聲叫醒了我。有人以我討厭的名字喊我。我生了兩次氣，第一次是覺得怎麼又來擾人清夢，再來是為什麼用我不喜歡也不接受的名字叫我。那是父母在偶然且不加思索的情況下給予我的。有的人就是這樣，沒思考過字詞的意義就貿然使用，尤其是名字。我不允許別人叫我「亞尼娜女士。」

我起身拍了拍衣服，因為它看起來狀態不好——我已經穿著它睡了兩個晚上。我從房間看出去，玄關一灘融化的雪上站著兩個村裡來的男人。兩人都很高，有著寬肩膀，留著小鬍子。因為我的門沒關，他們便走了進來，或許因為這樣，兩人流露出些許內疚。

「我們想邀請您去一下那裡。」其中一人以渾厚的嗓音說道。

他們抱歉地笑了笑，我看見他們一模一樣的牙齒，我認得他們，他們是伐木工。我曾在村子裡的商店見過。

「我才剛回來而已。」我碎念。

他們說警察還沒來，還在等神父，說路在夜裡被雪覆蓋，還說甚至連到捷克和弗羅茲瓦夫的路都無法行駛，貨車全卡在長長的車陣中。不過，消息傳得很快，有些大腳的朋友徒步過來。我很高興聽見他有朋友。我覺得這糟糕的氣候舒緩了他們的心情，畢竟面對暴風雪總比面對死亡好。

我跟在他們身後，在蓬鬆的白雪中前進。低照的冬陽在新鮮的雪上添紅暈。男人替我清開小路，兩個人腿上都穿著毛氈靴——結實的橡膠底與毛氈鞋面，這是此地唯一的男士冬季時尚。他們寬大的鞋底幫我踏出了一條小道。

房子前面站著另外幾名正在抽菸的男子。他們眼神迴避，猶疑地互相點點頭。友人的死亡會奪走每個人的自信，他們臉上的表情一模一樣——莊重、嚴肅與儀式性的悲傷。他們以氣音交談，抽完菸的人就走進室內。

這些人無一例外，全都留著小鬍子。他們憂傷地站在放屍體的沙發床周圍。門每隔一陣子就會打開，走進新的人，把雪和金屬的氣味帶進房間。他們主要都是以前的國有集體農場工人，現在靠著政府補助過活，偶爾砍砍樹。其中一些人去過英國工作，但是不知為何很快就回來，大概是害怕陌生事物吧。還有一些人執著於經營不事生產的小農場，能夠過活得感謝歐盟的補助款。這裡全是男人，空間裡漫著他們的氣息，現在能聞到淡淡的酒味、菸草與潮溼的衣物味。他們快速偷瞥過屍體。我聽見吸鼻子的聲音，但是無從得知是因為霜凍，還是真的因為這個大男人眼裡盈滿的淚水沒有出口，流進鼻子裡。怪人不在這，也沒有任何我認識的人。

一個男人從口袋裡抓出一把裝在金屬小杯中的蠟燭，以理所當然的手勢交給我，我則反射性地接下，但是不太知道我要這些蠟燭做什麼。過了好一陣子，我才明白他的意思。喔，是的，得在周圍放上這些蠟燭、點燃它，這個動作能讓這裡變得嚴肅又莊重。或許蠟燭的火焰能催出眼淚、浸入濃密的鬍子裡，為一切帶來解脫。因此，我便忙起蠟燭的事。我想，他們之中許多人對我的出現有所誤解：他們把我當作主持人、葬禮聚會的領唱者。因為當蠟燭的火光亮起，他們突然安靜了下來，以哀傷的眼神瞧著我。

「開始吧。」有個男子我好像在哪見過，他小聲地對我說。

我沒聽懂。

「您開始唱吧。」

「我要唱什麼？」我感到極其彆扭。「我不會唱歌。」

「什麼都可以，」他說。「最好唱《永遠安息》。」

「為什麼是我唱？」我不耐煩地低聲問道。

那時，站得離我最近的男人以堅定的語氣回道：

「因為您是女人。」

啊，這樣啊。於是今天的調子就此展開。我不知道我的性別與歌唱何干，但我不想在這種時刻反抗傳統。《永遠安息》，我記得這首小時候唱過的喪禮詩歌，成人之後我就沒參加過葬禮了。不過我不記得歌詞。然而，似乎只需要哼個起頭，這聲音渾厚的合唱團就會立刻加入我微弱的哼唱，各種游疑不定的聲調混雜其中，在重複多次以後變得越來越統一，我也突然如釋重負，聲音變得自信，很快就記起〈永恆之光[10]〉的簡短內容，我們相信它會擁抱大腳的。

我們就這樣唱了一個小時，一遍又一遍，直到字詞失去意義，像是海中的石子，在浪濤中無盡滾動，變成圓潤且個個相同的砂礫。這無疑帶來了一絲緩解，躺著的屍體變得越來越不真實，直到成了這狂風颼颼的高地上、辛勤勞動的人們聚會的藉口。我們所唱的光存在於遠方，現在我們還看不到，但是只要死後就能看見。而今，我們透過玻璃在扭曲的鏡子上注視它，但是總有一天，我們會與它面對面。屆時它將擁抱我們，因為這道光就是我們的母親，我們從它而來。我們每個人身上甚至都有它的一部分，連大腳也是。因此我們其實應該對死亡感到喜悅。我邊唱歌邊這樣想，但是說到底，我從來就不相信分送給每個人的光。沒有任何一位神或天上的會計師在處理這件事。身為無所不知的個體，很難承受這

10 天主教為逝者祈禱的禱詞。

麼多苦痛。我認為他會在這種苦痛的擠壓下崩解，但或許他此前已備好了防禦機制，比如說：人。只有機器才能背負整個世界的苦痛。只有機械，簡單、有效又公正。倘若一切都是機械性地發生，我們的禱告也就沒有必要了。

我走到外面時，那些小鬍子男士正在門前與被請來的神父打招呼。神父被困在車陣中到不了這裡，現在才順利以拖拉機把他送來。窸窣神父（我在心裡這樣叫他）拉一拉神父袍，以優雅的動作跳下拖拉機，迅速走進室內，誰也沒看一眼。他經過我的時候，距離近到我能聞到他的味道——古龍水和火爐煙燻味。

我看到怪人打理得很好，穿著他的羊皮大衣，井井有條，把咖啡從中國製的大保溫壺倒入塑膠杯裡，分發給弔唁者。我們於是站在門前喝著熱騰騰的甜咖啡。

警察過不久就到了——兩名穿著制服的警察，和一名穿著黑色大衣的人。他們是走路來的，因為沒有雪胎，得將車子留在柏油路上。他們喘著氣、踏著沾滿雪的鞋子到達門口時，我們已經全部走出來到房子前面。在我看來，我們表現出對權威的禮貌與尊重。兩名制服員警一派高冷，擺出警察的模樣，顯然正在壓抑對雪、漫漫長路以及這起案件的怒火。他們抖一抖鞋子，一語不發消失在房子裡。同時，穿著黑色大衣的男子卻出乎意料走向怪人與我。

「您好，女士。嗨，爸。」他說：「嗨，爸。」而且是對著怪人。我做夢也想不到怪人會有個在警界的兒子，而且還穿著這種好笑的黑色大衣。

怪人有些不好意思，尷尬地介紹我們認識，但我甚至不記得那位黑大衣的真名，因為他們立刻走去一旁。我聽見兒子責備父親：

「我真的要瘋了，爸，你為什麼要移動屍體？你沒看過電影嗎？每個人都知道要是發生了什麼事，警察來之前絕對不能動屍體。」

怪人微弱地替自己辯護，好像在和兒子對話時被制服。我還以為會是反過來，與自己孩子對話只會獲得力量。

「兒子啊，他看起來很慘，要是你也會這樣做。他被什麼噎住了，整個人蜷了起來，還很髒……這畢竟是我們的鄰居，我們不想把他就這樣留在地上，就像……像……」他尋找著適當字詞。

「……動物一樣。」我邊說邊走近。我沒辦法忍受黑大衣這樣狠狠訓斥自己的父親。「他被盜獵來的麋鹿骨頭噎死了。出墳的復仇。」

黑大衣瞥了我一眼，轉身對父親說：

「你可能會被指控妨礙偵查；您也是，女士。」

「你在跟我開玩笑吧，再怎麼說我都有個檢察官兒子在。」

那人決定結束這場無奈的對話。

「喏，爸，你們兩個等一下得做筆錄。可能會進行屍檢。」

他以溫柔的手勢拍拍怪人的手臂，動作中帶有支配意味，好像在說：好了，親愛的老頭子，現在交給我處理吧。之後他就消失在死人的房子裡，而我沒有等候安排就走回家。我很冷，喉嚨還變沙啞。我受夠了。

從我的窗戶能看到從村子裡來了幾輛鏟雪車，我們這邊叫它「小白俄羅斯」。多虧小白俄羅斯，晚上靈車才開得進來——窗子拉上黑色窗簾，又長又扁的黑色轎車。但就只是開得進來而已。大概四點，黃昏來臨之前，我走到露臺上，看見遠處路上移動的黑點——是那群小鬍子男。他們正勇敢地推著載有朋友屍骨的靈車上山，讓他長眠於永恆之光中。

電視通常從吃早餐就整天開著。這能使我平靜。當窗外被冬季的霧氣籠罩，或是晨曦在一天的幾個小時後不知不覺成了暮色，我會有種時空靜止的感覺。看著窗外時，玻璃只反射出廚房內那微小、凌亂不堪的宇宙中心。

這就是需要開著電視的原因。

我有許多電視節目可選，那個有點像搪瓷小碗的天線是迪西歐之前帶來給我的。電視有幾十個頻道，但是這對我來說太多——其實十個對我來說也太多。都很多。其實我只看氣象。我找到氣象臺時，很高興有了我需要的東西，甚至弄丟了遙控器。

於是，大氣鋒面圖從早便伴隨著我，地圖上美麗的藍色與紅色抽象線條，帶著布拉格又或是柏林才剛呼吸過的空氣，從西邊自捷克和德國的上空逼近，無可阻擋。它們來自大西洋上空，快速掃過整個歐洲，或許可以說這裡的山中吹著海風。我尤其喜歡氣壓圖顯示在螢幕上，這圖解釋了從床上起身時的意外阻力及膝蓋痛，或者是——無以名狀的悲傷。悲傷肯定有著鋒面的特性，像是大氣中反覆無常的蛇行人物[11]。

衛星雲圖與地球曲率都觸動著我。所以說，我們活在暴露於行星視線的球面上，被遺棄在一大片虛空，而在虛空中墜落後，光會碎成小片飛濺，是嗎？確實，我們應該時時提醒自己，因為我們總是忘記。我們認為自己是自由的，而上帝會寬恕我們。但我個人不這麼認為。我認為，每個行為都會成為光子微弱的震動，最終會如電影所示——往宇宙移動，被其他行星注視，直到世界末日。

當我為自己泡咖啡，通常電視會播出給滑雪者的天氣預報。顯示山脈、雪坡、谷地的崎嶇世界，還有變化無常的積雪。地球粗糙的皮膚只有某些部分被雪染白。春天時，過敏者取代了滑雪者的位置，圖上滿是色彩。柔軟的線條標示出危險區域，紅色的地方遭到自然猛烈的攻擊。整個冬天，自然都在沉睡中伺機而動，以便在春季時攻擊人類脆弱如絲的免疫系統。自然總有一天會以這樣的方式完全把我們撐開。週末前會有給司機的天氣預報，不過，他們的全世界就是幾條國內少用的高速公路。氣象預報把人類分成三組——滑雪者、過敏者與駕駛者——對我來說非常有說服力。這是聰明又簡單的分類。滑雪者就是沿著坡道被運上運下的享樂主義者。駕駛者傾向於將命運掌握在自己手中，雖然時常因此而背痛。大家都懂：生活不易。至於過敏者——總是身處抗戰中。我肯定是過敏者。

我還想要一個與星斗和星球有關的頻道，可以叫做《宇宙的影響》。這種節目實際上也會包含地圖，顯示出行星爆炸的範圍與影響線圖。「火星升上黃道，親愛的觀眾朋友，晚上火星將會越過冥王星的影響帶。請將車子留在車庫裡或有遮蔽的停車場，同時也請收好刀子，走下地下室時務必小心。當火星經過巨蟹座，我們呼籲觀眾避免泡澡，並退出家庭紛爭。」纖瘦、空靈的主持人大概會這樣說。這樣我們就能知道今天火車誤點的原因，知道為何郵差的五角星[12]把自己埋進雪裡、美乃滋為什麼沒擠好、為何沒吃藥頭痛就好了，或是頭為什麼又突然

11 一種繪畫與雕塑風格，使人物看起來更有活力。

12 飛亞特的一款汽車。

痛起來。我們能知道何時可以染頭髮，以及何時能計畫婚禮。

晚上我會觀察金星，密切關注這位維納斯小姐的變化。當它彷彿被召喚而憑空出現，並隨太陽西下，我更喜歡叫他「長庚[13]」。它是永恆之光的火花。黃昏正是趣事上演的時段，因為那時所有單純的差異都將被抹去。我可以永遠活在黃昏裡。

4 九百九十九個死亡

「懷疑所見之人，請求與之背離。
太陽與月亮若有疑，便將傾刻退下天際。」

第二天，我將麃鹿的頭安放在房子旁的墓地裡。我把從大腳家取來的各種東西放進地上的洞裡，沾有血跡的塑膠袋掛上了李樹的枝椏，以茲紀念。雪立刻就落在上頭，而夜裡的霜凍使它成了冰。我費盡千辛萬苦才在冰凍的岩土上挖出一個洞，臉頰上的淚水還凍住了。

13 《詩．小雅．大東》，「東有啟明，西有長庚。」指在黃昏時刻西方天空的金星。

一如往常，我在墳上放了一塊石頭。我的墓園裡已經有許多這樣的石頭。安息於此的有：一隻老貓，我買下這間房子時在地下室發現的，還有隻半野貓，分娩時與牠的小寶寶一同死去；一隻狐狸，森林裡的工人聲稱牠患上了狂犬病，把牠殺了；還有幾隻鼴鼠和去年冬天被狗咬死的麃鹿。這只是其中一些動物。那些在森林裡亡於大腳陷阱中的動物，我只是把牠們移到別的地方，至少還有誰能以牠們為食。

這座小墓園的位置很好，在池塘邊一個緩坡上，能眺望整座高地。我也想在此安息，永遠守護這裡的一切。

我盡量每天在我的封地上巡個兩次。既然我已經擔下了責任，就得時刻留意盧夫茨格。我會走過一間間交付予我照顧的房子，最後再爬上小丘，一覽整座高地。

從這個角度能看到平時看不到的東西：雪上的痕跡記載著這裡冬季時的一舉

一動，沒有什麼能躲過。白雪就如謹慎的記錄者，寫下動物與人類的腳步，使幾條汽車胎痕永垂不朽。我會仔細查看我們的屋頂，是否有雪形成了冰錐，之後可能會破壞排水檐槽或是——上帝保佑千萬不要——卡在煙囪旁、慢慢融化，自瓦片下滲進屋內。我會檢查窗戶是否完好、上次造訪時是否疏忽了什麼、燈是否關上。也會留意農區、房門、大門、棚舍及木材庫。

當鄰居投入冬季事務與城裡娛樂，我便是他們財產的守護者——我代替他們在這裡過冬，在寒冷與溼氣下守著他們的房子，照顧他們脆弱的財產，以此解除他們參與黑暗寒冬的責任。

很不幸，我的毛病又犯了。這病會因壓力或其他不尋常的事件而加重。有時，僅是一夜失眠就足以造成問題。發作時，我的雙手會顫抖，會覺得有電流竄過四肢，好像身體被一張看不見的電網罩住，有人隨時在我身上施予小小的懲罰。那時，肩部或腿部會有突如其來、不舒服的痙攣。現在我感覺到整個腳掌麻痹，僵硬且刺痛，只能跛著腿、拖著腳走路。另外，幾個月前開始，我的眼睛就一直水汪溼潤，眼淚會無緣無故突然落下。

我決定今天就算疼痛也要爬上山坡，從頂上看看一切。世界肯定還在自己的位置上。這或許能讓我沉澱下來，也能讓我的喉頭放鬆些、感覺好一點。我一點也不為大腳感到遺憾。但是當我從遠處看著他的房子，想起了咖啡色西裝下那死去的猶如精怪的身體，接著，所有快樂待在家裡、還活得好好的朋友的身體也會進入我腦中。還有我自己，我的腳，以及怪人乾癟精實的身體，一切都與可怕的悲傷交相緊扣，令人無法承受。我看著黑白的高地，明白了「悲傷」在世界的定義裡是個重要的字眼。悲傷是一切的根本、是第五元素，是精髓。

我面前的景觀以黑白兩色組成，田野間小路邊一排排樹木交織。雪未能以全白覆蓋田野上未修剪過草的地方。草葉從雪下傾出，遠遠看去，好似一隻大手正要開始勾勒出抽象的圖形，先以這簡短、細緻且微妙的筆觸擬稿。我看見田野上美麗的幾何圖案，條狀與矩形，每塊的紋理與色調都各不相同，以不同角度傾向匆匆流逝的冬暮。而我們的房子，全數七間，皆散落於此，宛若自然的一部分，彷彿就是在這裡長出來。還有溪流與小橋，似乎都經過審慎的規劃排放，或許這也是透過那雙練習素描的手而來。

我也能以記憶勾勒出一張地圖。我們的高地是一輪厚厚的彎月，一側緊鄰與捷克共有的矮山群——銀山。另一側是波蘭的白丘，上頭只有一個聚落，就是我們這一個。村子和小鎮位在山腳下，就與其他地方一樣坐落於東北。高地與克沃茲科谷之間的海拔高度差並不大，但是登上高處時仍能感覺到這裡高了些，一切盡收眼底。道路從山下吃力地向上攀爬，北邊還算平坦，但是高地往東相當陡峭，冬天時並不安全。嚴冬時，道路管理局——或者不管這機構到底叫什麼——都會封閉此路。那時我們會自己擔著風險，非法駛於這條路。當然了——前提是要有輛好車。這裡我指的是自己。怪人只有一臺電動腳踏車，而大腳是靠自己的雙腳。我們叫這陡峭的部分為「隘口」。那附近還有個石崖，倘若有人覺得是自然形成，可就錯了。這裡也有以前的採石場遺跡，高地慢慢被侵蝕，最後大概會被挖土機之口完全吞噬。聽說他們計畫重啟這座採石場，到時，我們就會被機器吃掉，從地表消失。

穿過隘口的泥路會通到村子，只有夏天能行駛。西邊的路與其他非主要但是較大條的道路相連。這條路旁有座村子，因為氣氛的緣故，被我稱之特蘭西瓦尼亞[14]。那裡有教堂、商店、壞掉的滑雪纜車和活動中心。因為地平線很高，該處終年被暮光籠罩。這就是它給我的印象。村莊的尾端有一條通往狐狸農場的小岔路，但我沒去過那個方向。

過了特蘭西瓦尼亞，快進入國際道路時，有個時常發生車禍的急轉彎。迪西歐叫它「牛心彎」，因為他看到一輛從地方權貴的屠宰場駛出的卡車，在這裡落下了一箱內臟，牛心就這樣散落在路上——至少他是這樣說的。我覺得這個故事很恐怖，不知道他是否真的看過。迪西歐對於某些主題有時很敏感。柏油路將谷地上的城鎮連在一起。天氣好的時候，從我們的高地上可以看見那條路和被串在上面的庫多瓦、雷溫、遠一點的新魯達和克沃茲科，以及戰前叫作法蘭克斯坦的宗布科維采。

那已經離高地很遠了。我通常開著我的「武士[15]」經過隘口去城裡。過了隘口可以左轉，開到蜿蜒曲折的邊界，每段長距離的散步往往一不小心就會穿過國界。進行每日巡察來到附近時，時常不經意地就這麼穿過。不過我也常常特別跨境，故意來回走動。十幾次、幾十次。就這樣玩上半小時穿越邊境的遊戲。這讓我很高興，因為我還記得無法這樣做的時代。我真的很喜歡跨越邊境。

我通常先檢查教授夫婦的房子，那是我最喜歡的一棟房子。有著白色牆壁，小而簡樸，沉默且孤獨。他們很少來這裡，反而是他們的孩子會與朋友一起出現，那時，他們吵鬧的聲音便在風中飄蕩。百葉窗大開，燈火與大聲的音樂充斥，房子都被震聾、陷入呆滯。伴著裂開的窗口，它看起來十分笨拙。他們離開以後，房子才能做回自己。陡峭的屋頂是他的弱點。雪從屋頂落下後，會在北邊的牆下躺到五月，溼氣也因此滲入室內。那時我得剷雪，這是一件吃力不討好的

14 吸血鬼德古拉公爵的居住地。
15 鈴木的一款車型。

工作。春天時，我的任務是照料花園——播下花的種子，並照看那些已經長出屋前岩地的花兒。我很喜歡這項工作。要是需要進行小維修，我便打給在弗羅茲瓦夫的教授夫婦，他們會把錢轉到我的帳戶，我得自己找工人來、親自監工。

這個冬天我還注意到他們的地下室住進了蝙蝠大家族。因為我貌似聽見地下室漏水的聲音，不得不進入查看，要是管線爆裂就慘了。我看到牠們在石造天花板上蜷在一起睡覺，一動也不動地掛在那兒。然而電燈泡的光反射在蝙蝠睜開的眼睛上，感覺牠們好像在睡夢中看著我。因沒有發現問題，我便輕聲向牠們道別，躡手躡腳地回到樓上。

畫家的房子裡則是有貂大批出沒。我沒有給牠們取名字，因為我既無法數出牠們的數量，也無法分辨。貂就像幽靈，不容易看見，往往迅速出現消失，讓人無法相信自己看到了什麼。貂是美麗的動物，要是我有需要，我願以牠們做為家族的族徽。牠們看似又小又天真，但這只是表象，事實上牠們危險又狡猾。牠們與貓咪、老鼠和鳥兒爭鬥不休。貂群擠進屋頂瓦片與閣樓隔熱層的空間，我懷疑牠們摧毀了那裡，破壞礦棉、把木板啃破。

作家通常五月上來高地，帶著一車子的書與異國食物。因為她的脊椎有問題，我常幫她整理行李。她大概曾經遭遇事故，得戴著矯正環走路。又或者是寫作造成了她的脊椎問題。她活像一名從龐貝城倖存下來的人，身體被灰燼掩蓋，臉與唇都是灰色，還有雙灰色眼睛，長長的頭髮以髮圈緊緊束起，在腦後紮成一顆小髮髻。要是我對她再不了解一點，肯定會讀她的書。但是因為我還算了解她，所以不敢看。或許我會發現她在書裡以我無法理解的方式描寫我，或是發現我心愛的這個地方對她來說完全是另外一回事。就某方面來說，像她這樣揮灑筆墨的人都很危險，會令人心生懷疑，覺得這個人不是他自己，只是雙不斷觀察的眼睛，將所見都轉化成字句，以此削去事實最重要的部分——不可言傳的特性。

她通常在這裡待到九月底。作家不太出門。有時候雖然吹著風，但在酷熱且溼黏難耐時，她會把自己灰溜溜的身子攤在躺椅上，在陽光下動也不動，晒過太陽的她看起來更加灰暗。要是我有機會看看她的腳掌，或許會發現她也不是人類，而是另一種變體的存在——羅格思[16]的寧芙[17]、仙子。有時候，一位擦著亮麗唇膏、深色頭髮的健壯女性友人會來看她。她的臉上有胎記，是一隻棕色的小老鼠，我想她出生時金星落在第一宮。她們會一起做飯，彷彿兩人在進行原始的家庭儀式。去年我和她們一起吃過幾次飯：椰奶辣湯、雞油菌馬鈴薯餅。她們做飯非常好吃。這位友人對「灰女子」非常溫柔、照顧有加，好像灰女子是孩子似的。她肯定知道自己在做什麼。

最小的那間房位在潮溼的森林下方，不久前被弗羅茲瓦夫一個吵鬧的家庭買下。他們在科爾奇基開了一間雜貨店，有兩個被慣壞的胖小孩，都還未成年。這間房子計畫要改建成波蘭式莊園，增建一些廊柱和門廊，房子後方加上游泳池——他們的父親是這樣告訴我的。不過首先，整個建物都得以混凝土鑄成的圍籬圍起來。他們付錢付得很大方，請我每天到裡面檢查是否有人闖入。房子本身很老舊，且有損壞，我覺得它想一個人待著，永遠腐爛下去。然而今年有場革命正等著它，因為此時已經運來了一座沙山、傾倒在門前。風一直把蓋在沙上的鋁箔膜吹開，我花了很多力氣才將它蓋回去。這塊地上有小泉源流，他們打算在那兒蓋池塘和燒烤爐。這家人姓「司徒傑尼[18]」。我考慮了許久是否該幫他們取個別名，但是後來我認為，這是我所知姓氏與性子相符的唯二例子之一。他們確實自井中來——那種很久以前掉進井裡的人，現在在井裡生活，以為井就是全世界。

最後一間房就位在路旁，是一間出租屋，租客最常是帶著孩子的年輕夫婦，在週末時來此找尋自然。有時候是戀人，也有懷疑人生的那種人——喝酒喝通宵，整晚醉醺醺大呼小叫，再一路睡到下午。這些人都像影子一樣閃過我們的盧夫茨格。一個週末。一個瞬間。此外還有一間未經整修的無人小屋，屬於附近最富有的人，他在每座谷地與高地上都有一些資產。這個男子姓「芙內札克[19]」

16 英語：Logos，古希臘哲學、西方哲學及基督教神學的概念。有支配萬物的規律性或原理之意；在基督教神學中是耶穌基督的代名詞。

17 希臘神話中的女神。

18 波蘭語 Studzienni，有「水井」之意。波蘭姓氏多具有含義，有的以父輩名字形成，有的根據人物、個性、體型、職業、動植物、地點、食物等特徵而成，時常可見有趣的姓氏，例如姓麵粉（Mąka）、烏鴉（Gawron）、捷克（Czech）、安靜（Cichocki）、木匠（Cieślak），甚至是波蘭酸湯（Żurek）。

19 波蘭語 Wnętrzak，有「內部者」之意。

——這正是姓氏恰恰符合主人性子的第二個例子。據說他是出於土地的原因買下這間房。他一直在購入土地，為了將來能把這裡變成採石場做準備。據說這整片高地都會變成採石場。我們大概住在一條名為花崗岩的黃金礦脈上吧。

我真的得盡心盡力才能把一切處理好。我也得確認小橋是否一切無恙，水是否破壞了上次洪水後加蓋的支架，是否侵蝕出了一些洞。當我結束巡視，我還會看看周遭。事實上，我該為了什麼都不缺而高興。畢竟這些很有可能不存在，可能只會有草——一簇簇被風鞭笞的草，以及刺苞菊的蓮座狀葉叢。原本看起來就該如此。亦或是根本就什麼也沒有，只是宇宙空間中的一個空地。或許這樣對一切都比較好。

巡視期間，當我在原野或荒野上漫步，我喜歡想像幾百萬年後會是什麼樣子。同樣的植物還會在嗎？而天空的顏色又會相同嗎？板塊是否會運動？這裡是否會擠壓出高聳的山脈？又或是，這裡會不會變成海洋？在浪潮慵懶的運動中，「地方」這個詞使用的理由是否會消失？有一件事是肯定的——在這裡的房子都會不見，我的努力十分微不足道、無關緊要，一如我的生命。這點不能忘記。

接著，在我走出我們的木圍籬後，風景就改變了。這裡到處都是驚嘆號、插著突出的針。當視線捕捉到它們，我的眼皮顫抖，立在原野、田埂和森林邊緣的木造物弄傷了我的眼睛。整座高地上總共有八座，我之所以這麼清楚，是因為它們之於我便是風車之於唐吉軻德。木板釘成十字狀，再以十字枝幹組合而成。這可笑的東西有四條腿，上頭設有一座帶著射擊窗的棚屋。講道壇[20]。這個名字總令我震驚與氣憤。在這些講道壇上能學到什麼？能傳講什麼樣的福音？把這種殺生的地方叫做講道壇，難道不是高傲邪惡的想法嗎？

我顫抖的眼皮下仍能看見它們。我瞇起眼睛，以此模糊它們的形狀，讓它們消失。我這樣做只是因為無法忍受它們的存在。事實上，感到憤怒卻毫無行動，便是在散播禍災。我們的布萊克是這樣說的。

我站在那兒望著講道壇時隨時可以轉移視線，捕捉輕柔如髮絲、呈尖銳鋸齒狀的地平線。望向地平線後方，那裡是捷克，是太陽在此看夠了這些暴行後離開

---

20 波蘭語中，教堂內的講道壇與打獵用的狩獵樹架都叫做ambona。

之處，是我的女孩在夜裡墜落的地方。噢，是的，維納斯都去捷克就寢。

晚上我都這樣度過：坐在廚房的大桌子邊做我最喜歡的事。廚房裡的大桌子上放著迪西歐給我的電腦，我只用來跑一個軟體而已。還有星曆表、筆記紙和幾本書、工作時吃的乾麥片與一壺紅茶；我不喝別的茶。

其實我可以手動算完全部，我甚至還有點遺憾自己沒這樣做。不過現在還有人在用計算尺[21]嗎？要是有天得在沙漠中算出星盤，就算沒有電腦、電子產品以及任何工具，我也能搞定。我就只需要我的「星曆表」，所以要是有人突然問起（但很遺憾，沒有人這麼問）我會帶什麼書去無人島，我會回答這本：《行星星曆表 1920-2020》。

我對於能否在人的星盤中看出他們的死亡日期很感興趣。星象中的死亡看起來是什麼樣？會如何表現出來？哪個行星代表著摩伊賴[22]？蒼穹之下，法律在烏里森[23]的世界中運行。從星空到道德良知，嚴苛的律法沒有憐憫、也沒有例外。

既然「生」的順序存在，為何沒有「死」的順序？

這些年來，我收集了一千零四十二筆出生日期，還有九百九十九個死亡日期。這項沒有歐盟補助而由廚房支持的小研究仍在進行中。

我總認為占星學應該透過實作來學習，這是一門強大的經驗知識，與心理學一樣科學。你得仔細觀察一些身邊的人，將他們生命中的時刻和行星的排列連起來，還得查驗、分析不同人參與的同一事件。你很快就會注意到，類似的星圖會描述類似事件。感受到「喔，沒錯，秩序是存在且唾手可得的」。那便是入門級。恆星與行星建立秩序，天空則是模板，我們生活的模樣由此而生。經過長時

21 在電子計算機普及前使用於對數計算的工具。
22 也作命運三女神、諾倫三女神，在希臘神話中，負責操弄所有人與神的命運絲線。
23 威廉·布萊克神話中的虛構人物，代表理性與法律。

間的研究，便能在地球上以小細節猜測天上行星的排列。午後的雷雨、郵差從門縫塞進來的信、廁所壞掉的燈泡。沒有什麼能夠脫離這種秩序。占星對我來說像是酒精，或是我想像中能使人擁有純粹喜悅的某種新藥物。

你得將眼睛與耳朵打開，把事實連在一塊兒。在其他人看到的相異之處上能看出其相似性。記住，一個事件會發生在不同的層面上，或是換句話說：許多事件是某一事件的其他層面。還有，世界是一張大網、是一個整體，沒有任何東西獨立於它之外。也要記得，哪怕是世上最小的碎片，也與其他複雜的宇宙相關聯——這是普通人難以理解的。占星就是這樣運作，一如日系車輛。

迪西歐能夠沉浸在針對布萊克的奇文異符思緒中，對占星卻沒有我那麼熱情。那是因為迪西歐太晚出生。他這一代的人因為冥王星落在天秤座，警覺性被稍微削弱。他們正試著平衡地獄，而我不覺得他們會成功。他們或許能寫報告和程式，但是大部分的人都失去了警覺性。

我生長於美麗的時代，可惜的是那已不復存在。那個時代裡，人們很願意去改變，且有樹立革命願景的能力。現在已經沒有人勇於想出新東西，全都不斷談著現狀、發展陳舊的觀念。現實與任何活體都受制於同樣的規則——老化。會逐漸老去、衰退。而它最小的成分——感官，也會如身體細胞那樣經歷細胞凋亡。細胞凋亡是由疲憊與物質枯竭造成的自然死亡，這個字在希臘文的意思是「花瓣凋萎」。世界的花瓣凋萎了。

不過隨後總會有新的東西出現——這難道不是個好笑的悖論嗎？天王星現在位於雙魚座，當它經過牡羊座就會產生新的週期，而現實也將重生。那會是兩年後的春天。

研讀星象讓我快樂，甚至在我發現死亡的規律時也是如此。行星的運動總有種催眠性，且十分美麗，無法催促抑或留住。這秩序遠遠超出了亞尼娜·杜薛伊可的時間與空間。想想也好，畢竟得以完全依靠某些東西也不錯。

所以是這樣的：要知道是否為自然死亡，我們會先觀察「生命主」，也就是從宇宙為我們吸取生命能量的身體。日生者優先考慮太陽，夜生者則是太陰，在某些情況下——上升位的守護星會成為生命主。死亡通常發生在生命主與第八宮的守護星，或位於第八宮的行星形成不和諧的相位之時。

考慮到暴力死亡威脅的可能，我也得注意生命主、其所在的宮位與宮內的行星，從而得知哪一顆凶星——火星、土星、天王星——比生命主更強、與其生成凶相。

那天，我從口袋拉出寫著大腳資料的那張皺巴巴的紙，想要檢查他的死是否在正確的時間到來。當我輸入他的生日，瞥了一眼寫著資料的那張紙，看見我把資料寫在了一張名為「三月」的狩獵月曆紙上。表格中排列著三月可以捕獵的動物形象。

我面前的螢幕跳出星盤，足足吸引了我的視線一個小時。我首先看了土星。土星在固定星座[24]上，通常是勒死、窒息或吊死的象徵。

大腳的星盤讓我苦讀了兩晚，直到迪西歐打電話來。我苦勸他別來拜訪。他那勇敢、年邁的「小東西[25]」可能會卡在溼漉漉的雪中。就讓這位金童在工人賓館裡翻譯布萊克吧。讓他在自己的思緒暗室裡，從英文否定式喚出波蘭文句子。他星期五再來更好，到時候我就能跟他講所有的事，並展示精準星象規律的證據。

我得小心。現在我敢說：很遺憾，我不是一位好占星師。我性格中的某種小缺陷會捏造行星分布的樣子。我經由自身的恐懼看星盤，雖然人們認為我就是外面看來天真、單純、快活的表象，我卻像在昏暗的鏡子或黯淡的玻璃下看盡一切。我看待這世界的方式就如人們看待日蝕，而我看的是地球蝕。我看見我們有如遭殘酷的孩子捉進盒裡的甲蟲，在無盡的黑暗中摸索。我們很容易被傷害，而我們以複雜方式造出的奇異存在也很容易粉碎。我認為一切都不尋常、十分糟糕且具威脅。我只看見災難。但是既然初始便是沉淪，那還有可能跌得更深嗎？

無論如何，我知道自己死亡的日期，因此我感到自由。

---

24 星座三分類法中，依特質將星座區分為主要星座、固定星座與變動星座。

25 飛亞特126，因其外型而得名。

5 雨中微光

「監獄以律法之石而起，妓院以宗教之磚而砌。」

砰砰聲自遠方傳來，好似有人在隔壁房間擊破充氣的紙袋。

我坐在床上，心中有股不祥的感覺。有壞事正在發生。這個聲響可能是某條生命遭到處決。聲響接連出現，我開始倉促地穿上衣服，連腦袋都還沒清醒過來。我被毛衣卡住，停在房間中央，突然一陣無助——我該做什麼？天氣之神顯然偏愛獵人，這種日子是一如往常的晴天，陽光明媚。太陽才升起不久，因奮力攀爬而一片通紅，投射出懶洋洋的長影。我走到屋前，又再次以為女孩會跑經過我、直直奔向雪地，享受這般日子。牠們會奔放、不害臊地表現出自己的喜悅，連我也被感染。我會朝牠們丟雪球，而牠們會把這當作瘋狂的藉口，立刻開始追來追去，追逐者會突然變成被追逐者，每秒奔跑的理由都不盡相同，而牠們的喜悅最後會無法收拾，沒有其他表達的方法，就只能瘋狂地在房子附近奔跑。

我又感覺到臉頰上的淚水，或許我該為此去找阿里醫生。他是皮膚科的，但是他無所不知、什麼都懂。我的眼睛大概病得很重。

我快步踏上武士時，拉下了李樹上結滿冰的塑膠袋，在手裡掂著它的重量。*Die kalte Teufelshand*，久遠的記憶浮現腦海。是浮士德嗎？冰冷的惡魔之拳。武士一次就發動，低聲下氣，像是知曉我的心情，奔馳上了雪地。鏟子和備用輪胎在後頭咯咯響。槍聲被樹牆反彈後成倍增加，很難確認位置。我駛向路口，在距山崖兩公里處看見他們的車——幾輛時髦的吉普車和一輛小貨車。有個人站在車邊抽菸。我踩下油門從這座營地旁駛過，武士顯然知道我想做什麼，因為它熱絡地朝四周噴濺溼漉漉的雪泥。那個人在我後面幾公尺揮手追著我，大概想試圖攔住我。但我沒有理他。

我看見他們正以鬆散的隊伍行軍。二、三十名男子，穿著綠色迷彩服，頭戴插羽毛的蠢帽子。我停下車，跑向他們。這下子我認出了其中幾個人，他們也瞧見我，驚訝地投來目光，打趣地交換眼神。

「這裡到底是在幹什麼？」我吼道。其中一位幫手走向我。是那位在大腳死後隔天來到我家的小鬍子男。

「杜薛伊可女士，別靠近這裡，很危險。請離開這裡，我們在打獵。」

我在他面前揮了揮手。

「該離開的是你們，不然我要報警了。」

又一個男子脫離隊伍走向我們，但我不認識他。他穿著一襲經典的獵人裝，戴著帽子。胸前舉著獵槍的隊伍開始移動。

「女士，這沒必要，」他禮貌回應。「警察這就來了。」他自以為是地笑著。確實，我遠遠就看見警察局長的大肚子。

「幹麼？」有人吼道。

「沒什麼、沒什麼，就是盧夫茨格那位老太太。她想找警察。」他的語氣充滿諷刺。

我恨他。

「杜薛伊可女士，請別做傻事。」小鬍子友善回應。「我們真的是在這裡打獵。」

「你們不准射殺生靈！」我使盡全力大吼。風抓住我的字詞，直直從嘴邊傳向整片高地。

「沒事的，您請回吧。我們在打野雞。」小鬍子安撫著我，好似明白我的抗議。另一名男子以甜滋滋的語調說道：

「別跟她多說，她是個瘋子。」

就在那時，一股真正的憤怒——或說神聖的憤怒——籠罩了我。滾燙的熱浪從體內席捲而來。我在這股能量中感到喜悅，彷彿被提在空中，而我的身體宇宙正在經歷小小的大爆炸。心中的烈火在燃燒，宛若一顆中子星。我撲向前方，出其不意地重重推了一把戴著愚蠢帽子的男人，讓他跌進雪裡。當小鬍子上前幫他，我攻擊了小鬍子，用盡全力捶打他的手臂，而他痛苦地呻吟著。我可不是弱女子。

「喂！喂！妳這女人是怎麼樣？」他的嘴因疼痛而扭曲，試圖抓住我的手。

那時，原本站在車邊的男子顯然開車追了上來，從後方跑向我們，箝制住我。

「我送您回車上。」他在我耳邊說，不過他根本不是想把我帶走，只是把我往後拉倒在地。

小鬍子扶我站起來，但我厭惡地把他推開，一點機會也不給。

「您就別生氣了，我們的行為都在法律的規範內。」

他說了「法律的規範內」？我從雪地脫身，朝車子走去，氣到渾身顫抖，走得跌跌撞撞。他們的隊伍此時已經消失在低矮的柳樹幼木中，進入潮溼的樹林。過了不久，我又聽見槍響。他們對鳥開槍。我在車上呆坐著，雙手在方向盤上動彈不得，過了一會兒才有辦法開車。

我無助地哭著開回家，雙手顫抖，我已經知道結局會很糟糕。武士鬆了一口氣，停在屋前，我覺得至少還有它站在我這邊。我的臉貼著方向盤，喇叭的悲鳴聲像在哭嚎，也像弔唁的嘶喊。

◆

我的病背叛了我。無從得知何時到來，卻在此刻出現。毛病發作時，我的體內會不知怎麼連骨頭也開始痛。不僅疼痛難耐，還很噁心——我就是這麼形容的。痛感會一直持續，沒有幾個小時不會停，有時候甚至會痛上一整天。沒有辦法緩解這分痛楚，也沒有任何藥物或注射劑能幫上忙。一如河水必須流淌、火焰必須燃燒，也只能放任他痛。這痛楚惡意地提醒著我，我是由隨著時間消亡的物質粒子所組成。或許可以習慣、與它共存。如同住在奧斯維辛鎮或廣島市的人，完全不去思考此前發生過什麼，只是活著。

只不過，在骨頭疼痛後隨之而來的是肚子、內臟、肝臟、所有體內的臟器全都止不住地痛起來。這種痛會在攝取葡萄糖後慢慢緩解，所以我的口袋裡總帶著一包包葡萄糖。我不知道它什麼時候會給我致命的一擊。我有時覺得，事實上我是由病徵組成，是疼痛構成的幻影。當我不知道該怎麼辦，我便想像腹部有條從脖子連到會陰的拉鍊，我會從上到下慢慢拉開它，從手裡伸出手、腳裡伸出腳，再把頭從頭裡拉出來。我逃脫出自己的身體，而身體猶如脫掉的衣服，從我身上落下。我變得更小、更輕盈，幾乎透明，有著水母的乳白色身體，閃閃發光。

這個幻想是唯一替我帶來緩解的方式。噢，對了，那時的我是自由的。

這個星期的尾聲，星期五，我和迪歐尼西約得比平時要晚一些，因為我覺得很不舒服，決定去看醫生。

我坐在等候室的隊伍中，想起我是怎麼認識阿里醫生的。

去年，太陽又再次把我蒸熟。我一定看起來很慘，竟然嚇壞了櫃檯的護士，直接把我帶往診間。護士叫我在診間裡等著，我覺得有點餓，便從包裡拿出灑滿椰子粉的蛋糕塞進嘴裡。醫生一下子就來了。他有著榛果般的亮棕色皮膚。他看著我說：

「我也喜歡椰子『當糕』。」

他就這樣收服了我。看來他有自己的「特色」，一如所有長大後才學波蘭語的人，他常常講出意思完全不同的詞語。

「我來砍您哪裡有問題。」這次他說。

除了我的皮膚外，這個人也鉅細靡遺對我的病做了檢查。他黝黑的臉龐總是祥和，不疾不徐地對我說些難以理解的奇聞軼事，還一邊量我的心跳與血壓。噢，這肯定遠遠超出皮膚科醫生的職責。阿里來自中東，他採用非常傳統但有效的皮膚病療法，讓藥局的人準備工法繁複、以多種成分煉成的藥膏與塗料。我猜附近的藥局因此而不喜歡阿里。他的配方顏色驚人，味道也挺嚇人。或許阿里認為，治療過敏性皮疹的方式得和疹子本身的排場一樣大。

他今天還仔細地看了我肩上的瘀青。

「這是怎麼弄的？」

我輕描淡寫地帶過。小小的撞擊就足以讓紅斑跟著我一整個月。他也檢查了我的喉嚨，摸摸淋巴結、聽了肺。

「請你給我一些能讓我麻痹的東西。」我說。「肯定有這種藥吧？我很樂意服用。讓我失去知覺、睡覺時不會憂慮，有可能嗎？」

他開始寫下處方。每張處方都讓他咬著筆梢猶豫許久，最後我拿到了一疊紙，上面的每種藥都得特別配製。

我很晚才到家。天黑許久，昨天開始颳起大風，雪因此在眼前融化，下起討厭的雪雨。幸好火爐還沒熄滅。迪西歐也會晚到，都是那溼軟滑溜的雪，他又再次無法開上我們這條路，把自己的小飛亞特留在柏油路上，徒步進來，渾身溼透，凍慘了。

迪西歐。迪歐尼西每個星期五都會出現在我家，因為他下班後直接過來，我便負責準備這天的晚餐。我一週就煮這麼一次，因為對我來說，只要星期天煮好一大鍋湯，之後每天再加熱就好。這樣就足以讓我撐到週三。星期四就吃吃櫃子裡的乾糧，或是在村裡吃個瑪格麗特披薩。

迪西歐的過敏非常棘手，所以我不能在料理上自由發揮創意，必須幫他準備不含乳製品、堅果、甜椒、雞蛋、麵粉的食物，這也大大局限了我們的菜單。尤其是我們都不吃肉。有時候，要是不經意嘗試了不合適的東西，他的皮膚就會起癢疹和小水泡。那時他會下意識地抓撓，而抓破的皮膚就成了潰爛的傷口，所以最好別做這種實驗，連阿里也無法緩解迪西歐的過敏症狀。它的本性神祕又奸巧，症狀還很多變，從來沒有在測試時逮到它過。

迪西歐從破舊的後背包裡拿出筆記本和一堆五顏六色的筆，吃飯的時候頻頻看向那些東西。吃完飯、喝完紅茶（我們不喝其他的），他便報告起這個星期他做了什麼。迪西歐翻譯布萊克的作品。自從下了決定，他便慎重地朝目標努力。

很久以前，他是我的學生。現在他已經三十多歲，仍和當年在大學入學英文測驗時，被反鎖在廁所裡的迪西歐沒什麼不同。因為他羞於出聲求助，因此沒通過考試。他一直都很嬌小，看上去就像個孩子，甚至像女孩——有著小小的手掌和柔軟的頭髮。

奇怪的是，在那不幸的大學入學測驗多年後，命運讓我們在城裡的廣場上相遇。某天我看到他從郵局走出來。他去領網路上訂的書。不過我可能變了太多，他沒有立刻認出我，而是張著嘴、眨著眼，直盯著我看。

「是老師嗎？」過了半晌，他一臉驚訝地輕聲說道。

「迪歐尼西？」

「老師你怎麼會在這裡？」

「我住在這附近，你呢？」

「我也是呀，老師。」

接著我們就投入了彼此的懷抱。原來他之前在弗羅茲瓦夫工作，在警察局裡當資訊員，但沒能逃過重組和改制，被派到鄉下工作，直到他找到房子前，警局甚至還提供飯店給他當臨時住處。但是迪西歐一直沒找到住處，所以就住在那間地方工人賓館裡。所有去捷克的嘈雜旅行團都會停留在那巨大、醜陋的混凝土建築，公司也會在那裡舉辦團隊活動，一路喝到天明。迪西歐住在有前廳的大房間，與他人共用該樓層的廚房。

他現在正在翻譯《烏里森之書》，就目前看來，這比之前我幫助他的《地獄箴言》和《天真的預言》要難上許多。我確實遇上了難題，因為我不理解布萊克的文字所勾勒出的淒美畫面。他真的這麼想嗎？他在描述什麼？這在哪裡？是在何時、何地發生？這是童話還是神話？我這麼問迪西歐。

「這無時無刻，到處都在發生。」迪西歐眼裡閃著光亮說道。

他每完成一段，便會鄭重地一行行讀給我聽，等待我的意見。我有時候覺得，每個字的意思我都懂，但是完全沒辦法理解它的含義。我不知道該怎麼幫他。我不喜歡詩歌，世上任何一首詩對我來說都晦澀難懂。我不懂為什麼這些真相披露就不能以人話——用散文來寫？那時，迪西歐會失去耐心，生起氣來。我喜歡這樣逗他。

我並不覺得我真的有幫到他，他比我厲害多了，他的智能比我更快、更數位，真要說的話，我的智能仍停留在類比時代。他很快便能領會，並以全新的角度觀看譯句，擱下對字詞不必要的依戀，跳脫出句子，再帶著全新的美麗文字回歸。我總是拿鹽罐給他，因為我有一套自己的理論：鹽有益於神經突觸間的衝動傳導。他學會將沾了唾液的手指伸入罐子裡，然後舔掉鹽粒。我的英文已經忘得差不多了，就算把整座維利奇卡[26]都吃下肚也沒用。再說，這種得費盡心思的工作很快就讓我厭倦。我完全幫不上忙。

孩子用來遊戲而念的對白要怎麼翻呢？怎樣才不會老念著「點名，點名，點到誰就是誰」呢？

Every Night & every Morn
Some to Misery are Born
Every Morn & every Night
Some are Born to sweet delight,
Some are born to Endless Night.

這是布萊克最有名的一首詩，不過無法在不失節奏、韻律與孩童式精簡的情況下翻成波蘭文。迪西歐試了許多次，像在解字謎一樣。

現在他喝完了湯，身體暖了起來，連臉都紅了。摘下帽子的頭髮產生靜電，在他頭上形成了有趣的小光環。

這天晚上我們很難專心翻譯。我感到疲憊，同時也很焦慮、無法思考。

「妳怎麼了？今天心不在焉的。」他說。

我承認他說對了。我的疼痛減輕，但是還沒完全消逝。天氣糟透了，颳風下雨。颳大風的時候很難專注。

「為什麼惡魔要創造這種可憎的虛無？」迪西歐問。

這天晚上，布萊克與我們的心情契合。我們感覺到天空壓得很低，留給地上生物的生存空間很小、空氣很稀薄。又低又黑的烏雲整天都在天上趕路，不知去哪。而今，在這深夜裡它正以自己溼潤的肚子摩擦著山脈。

我說服他在這裡過夜，就像之前一樣。我會幫他鋪好小休息室裡的沙發，開啟電暖爐，並把我寢室的房門打開，讓我們能聽到彼此的呼吸聲。但是今天他不能留下。他疲倦地撐著額頭解釋，警察局正在更換系統。我並不想知道細節，重

26 位在克拉克夫郊區，自十三世紀起就開採的鹽礦，為世界文化遺產。

點是他因此有許多工作要做，清晨就得回到那裡，而這裡還有融雪阻撓。

「你要怎麼去？」我擔憂地問。

「只要到柏油路就好處理了。」

我覺得他要走去的這個想法不妥當。我套上兩件刷毛上衣，戴上帽子。兩人都穿上橡膠黃色雨衣，看起來像小矮人一樣。迪西歐的大衣底下是破舊的夾克，鬆垮地掛在身上，鞋子雖然已經在暖氣扇片上烘過，卻沒有乾。我送他到路口，不過其實很願意和他一起走到柏油路上，可是他不希望我陪他走。我們在路上道別，就在我朝著房子前進時，他在後面喊住我。

他的手指往隘口的方向，那裡有東西閃著微弱的亮光。很奇怪。

我走了回去。

「那是什麼東西？」他問。

我聳了聳肩。

「或許有人在那拿著手電筒遊蕩？」

「走，我們去看看。」他像個身處神祕道路上的童子軍，抓著我的手拉我走。

「現在？大半夜的？別鬧了，地上那麼溼。」我對他的固執感到驚訝，喊了喊他。「或許是怪人弄丟了手電筒，在那兒發光。」

「那不是手電筒的光。」迪西歐說，並往上走去。

我試圖攔住他、拉住他的手，但是我手中只剩下手套。

「迪歐尼西，別去，我們別去那。拜託。」

他肯定被什麼東西附身了，因為他一點反應也沒有。

「我要留在這。」我試圖恐嚇。

「好，那妳回家，我自己過去看看，可能發生了什麼事。妳回家吧！」

「迪西歐！」我氣憤地大吼。

他沒回應。

因此我只好跟著他，以手電筒替我們照亮前方。手電筒在黑暗中照射出一塊明亮，上面的顏色全都褪去。雲低得都能掛在上頭，隨它去到遙遠的南方，抵達溫暖的國度。可以在那裡直接跳入橄欖園，又或是摩拉維亞產出美味綠葡萄的酒莊。而此時此刻，我們的腳陷入黏答答的雪泥，雨水奮力打進帽兜，沒完沒了地拍著我們的臉。

我們終於看到了。

隘口停了一輛車，是一輛大型越野車。四個門敞開，也因此內部亮著微弱的光。我停在幾公尺遠的地方不敢靠近，感覺就快因為恐懼與緊張而像孩子一樣嚎啕大哭起來。迪西歐拿走我的手電筒，慢慢靠近汽車。他照亮車內。車子是空的，後座躺著黑色資料夾，還有一些塑膠袋，大概裝了些買來的東西。

「我跟你說，」迪西歐輕聲拉長音節。「我看過這輛車，這是我們局長的豐田。」

現在他藉著手電筒的光在車子周圍搜索。車子停在道路左轉的地方，右側是茂密的灌木叢，這裡在德國人占領前有過房子和風車，現在則是灌木叢生的廢墟，還有一顆大核桃樹，秋天的時候附近的松鼠都會來這裡。

「你看！」我說，「你看雪上有什麼！」

手電筒的光照出奇怪的足跡——一大堆硬幣大小的圓點，密密麻麻，車子附近與路上到處都是。還有男人的厚底橡膠鞋鞋印。因為正在融雪，暗色的水滲入每個鞋印，所以清晰可見。

「這是蹄印。」我邊說邊蹲下，仔細查看那些又小又圓的圖案。「這是麃鹿的腳印，你看到了嗎？」

但是迪西歐看向另一頭，那裡的融雪被踏平了。手電筒的光接著滑向草叢，過了一會兒，我聽見他的低吟。他就靠在路邊樹叢中的古井口邊。

「我的上帝，我的上帝，我的上帝啊！」他機械式地重複說著，令我慌張了起來。毫無疑問，上帝既不會來，也不會管這裡的事。

「天啊！這裡有人！」他低泣著。

這讓我整個人都熱了起來。我走向他，搶過他的手電筒照向井內，看到了慘不忍睹的畫面。

淺井中躺著一個人，頭朝下、身體扭曲。從一邊的肩膀可以看到部分的臉，雙眼瞪大、流滿鮮血，有著厚實橡膠鞋底的鞋露了出來。這口井多年前就填了起來，所以很淺，只是個坑。我自己曾用樹枝蓋住它，讓牙醫的羊不要跌進去。

迪西歐蹲下，無奈地摸著那雙鞋。

「不要動！」我低聲說。

我的心發瘋似地狂跳，覺得那顆鮮血淋漓的頭馬上就會轉向我們，凝結的血流下，眼白會閃閃發光，而雙唇因想說些什麼而蠕動，接著整副魁梧的屍體會慢慢爬起來、活過來，因自己之死而發狂，怒得抓住我的脖子。

「或許他還活著。」迪西歐哽咽地說。

我祈禱他已經死了。

我和迪西歐兩人站在那，又冷又驚恐。迪西歐直顫抖，好像抽筋了一樣。我對此有些擔心。他的牙齒還打著顫。我們環抱彼此，迪西歐便哭了起來。

水自天上傾瀉而下、從大地流出，好似大地是一塊被冷水慢慢浸溼的巨大海綿。

「我們會得肺炎的。」迪西歐嗚咽地說。

「走吧，我們去找怪人，他會知道該麼做。我們走吧，別站在這了。」我提議。

我們就像受傷的士兵，互相攙扶著走回去。我感覺我的頭因突如其來的不安思緒而燃燒，我幾乎能看見那些思緒在雨中蒸發成了雲朵，投入黑暗的烏雲中。當我們在融雪後的地上滑行前進，我的嘴裡擠滿了話，很想對迪西歐說，很想大聲說出來，但是現在還辦不到。那些話逃離了我，我不知道該從何開始。

「上帝啊！上帝！」迪西歐抽泣著。「是局長，我看見他的臉了，是他！」

迪西歐對我很重要，我不想要他覺得我是個瘋子。不能是他。當我們已經走近怪人的家，我鼓起勇氣，決定進行下一步，告訴他我的想法。

「迪西歐，」我說。「這是動物對人類的報復。」

迪西歐總是相信我，但是這次他根本不聽我的。

「這不是什麼奇怪的事，」我繼續說。「動物很強大，也很聰明，我們甚至不知道牠們的能耐。動物也曾站在法庭上，還遭到過審判。」

「妳在說什麼？妳到底在說什麼？」他不太清醒地喃喃說道。

「我讀過老鼠被起訴的故事，因為牠們造成了巨大的損害。不過，因為老鼠沒有出席，這樁案件被延期了。最後法院還指派辯護律師給牠們。」

「上帝啊，妳到底在說什麼？」

「好像是在法國吧，十六世紀的時候。」我繼續說。「我不知道最後怎麼樣了，不知道牠們是否被定罪。」

他突然停住，用力抓著我的肩膀搖我。

「妳肯定嚇壞了，妳在胡說什麼？」

我很清楚自己說了什麼。我決定有機會一定要查證一下。

怪人頭上戴著頭燈，從圍籬後面出現。他的臉在燈光下看起來一片死白、怪異至極。

「怎麼了？你們怎麼大半夜在路上走？」他以哨兵的口吻問道。

「局長死在那裡，在車旁邊。」迪西歐說，牙齒打顫、用手指向後方。

怪人張開嘴，雙唇無聲地動了動。我覺得他是真的失去了話語能力，不過很長一段時間後，他說道：

「我今天有看到他那輛大車，看來應該是這樣沒錯：他酒後駕車。你們打給警察了嗎？」

「我們應該打嗎？」我問，內心擔憂著顫抖的迪西歐。

「你們找到了屍體，所以是證人。」他走向電話，過了一會兒，我們便聽見他以冷靜的語調報案有人死亡。

「我不要回去。」我說道。我知道迪西歐也不想。

「他躺在井裡。腳在上，頭朝下，渾身是血，到處都是腳印，小小的像是鹿蹄。」迪西歐連珠砲似的說。

「死的是個警察，肯定會成為話題。」怪人淡淡地說。「希望你們沒有破壞那些腳印。你們應該看過犯罪電影吧？」

我們進到他溫暖明亮的廚房，而他在家門前等警察來。我們都沒有說話，像兩尊蠟像坐在椅子上，動也不動。我的思緒像厚重的積雨雲般快速奔流。

警察一個小時後駕著吉普車到來，黑大衣走下車子後座。

「喔嗨，我就知道老爸在這。」他語氣挖苦，可憐的怪人真是哭笑不得。

黑大衣與我們三位以軍人方式握手，好像我們是童子軍，而他是我們的隊長，因為我們做得很好，所以他向我們致謝。他只面帶疑惑地看了看迪西歐。

「我們是不是認識？」

「嗯，可能，我在警察局工作，或許我們見過。」

「這是我朋友。他每個星期五都來找我，我們一起翻譯布萊克。」我快速解釋。

他以反感的表情看著我，禮貌地請我們隨他上車。我們開到隘口後，警察在井邊以膠帶圍起封鎖線，打開探照燈。此時還下著雨，燈光下的雨滴成了長長的銀絲，宛若聖誕樹上亮閃閃的線。

我們在警察局度過整個早晨，三人都是，雖然怪人其實是無辜受牽連。把他捲入這些事我很愧疚，對他十分抱歉。

他們訊問我們的方式就好像我們就是殺害局長的人。幸好這警察局裡有臺不錯的咖啡機，能煮出熱巧克力。它的熱巧克力很好喝，立刻讓我活了過來，不過因有疾病在身，我還是得多加注意。

我們被送回家時已是傍晚時分。火爐已經熄滅，所以我得費力再生一次火。我坐在沙發上時睡著了，連衣服都沒來得及換，牙齒也沒刷。我睡得像個死人。就在黎明之前，窗外的黑暗還在發威，我突然聽見奇怪的聲響，我覺得是中央暖氣的爐火停止運作，它輕微的嗡鳴聲也停止了。我隨意套上衣物，走到地下室，打開爐房的門。

我媽媽就站在那裡，身穿夏天的花洋裝，肩上掛著包包，困惑又擔憂。

「天啊，媽，妳在這做什麼？」我驚訝地喊道。

她張開嘴，似乎想回答我，無聲地動起嘴巴，接著便放棄了。她的眼神不安地在爐房的天花板與牆上移動，不知道自己在哪。她又試著說些什麼，接著再次放棄。

「媽！」我喚著她，想抓住她飄移的視線。

我對她很生氣，因為她畢竟過世了這麼久。已經離世的母親才不會這樣做。

「妳從哪來的？這不是屬於妳的地方。」我開始譴責她，但是一股龐大的憂傷卻籠罩著我。她用驚恐的眼神注視我，又開始四處張望，無所適從。

我意識到自己不小心把她從某處拉了出來；這是我的錯。

「媽，妳離開這裡吧！」我輕柔地說。但是她不聽我的，或許她根本就聽不到我說話。

她的眼神不想停留在我身上。我生氣地甩上爐房的門，站在門的另一邊專注聽著。我只聽到窸窸窣窣的聲音，像是老鼠的刮擦聲，或是樹上的甲蟲。

我回到沙發上。早上一醒來，就想起了這一切。

6 瑣事與陳腔濫調

「森林裡遊蕩的鹿，帶給人類靈魂不安。」

怪人或許生來就是活在孤寂中，我也並無不同，只是我們各自的孤寂無法有所連結。在那些戲劇性的事件後，一切都回到了正軌。春天來臨，怪人因此活力充沛地大掃除，他可能已經在棚舍裡準備好各種器具，讓我的夏天生活充滿壓力，諸如電鋸、碎木機，還有我最討厭的除草機。

我有時會在每天的巡查儀式中看見他纖瘦、苗條的身影，不過總在遠遠的地方。有一次，我甚至在小丘上對他揮手，但他沒有回應。大概沒有注意到我吧。

三月初，我的病又找上了我，情況非常嚴重，我想過要打電話給怪人，或是撐著身體走去他家敲門。連爐火都熄了，我甚至沒有力氣走到樓下。我從來就不喜歡去爐房。我承諾自己，當我的「顧客」夏天來這裡時，我要告訴他們，我明年無法再做這份工作。還有，或許這是我最後一年住在這裡。或許下一個冬天我得回到弗羅茲瓦夫，住在位於監獄街上的小房子，就在大學旁邊，可以看著奧德河固執又像催眠一般地將自己的河水打向北方。

還好迪西歐來找我，幫我在舊爐子裡生起火。他以手推車從木材間推來木材，全都被三月的溼氣浸溼了，生了很多煙，但是不太暖。他還用醃黃瓜罐頭和剩下的蔬菜做了美味的湯。

我躺了幾天才平息這場身體之亂。我耐心地扛住襲來的腿部麻痺以及難忍的灼燒感。還有血尿。我可以保證，馬桶裡滿是紅色的液體看起來非常恐怖。因為無法忍受雪地反射明亮的三月陽光，我拉上窗簾。疼痛簡直快剁碎我的腦。

我有一套自己的理論：要是小腦沒有正確且契合地連上大腦，就會發生可怕的事。這或許是我們系統上最大的錯誤：創造我們的人沒弄好。我們會因此被別的型號給替換掉。要是我們的小腦連上大腦，我們就會對身體構造有完整的了解，會知道身體裡正在發生什麼事。我們就會對自己說，喔，血鉀下降了；頸椎第三節突出；今天血液循環不好，需要動一動；昨晚吃了美乃滋蛋沙拉，膽固醇超標，所以得注意飲食。

身體活像一件麻煩的行李，我們對它基本上是一無所知，需要各種工具才能知曉其最自然的一面。上次醫生想知道我的胃有什麼問題，竟然要我照胃鏡，這難道不荒唐嗎？我得吞下一根粗管子，藉著相機的幫助，才能將胃的內部呈現在我們面前。粗糙、原始的工具給予我們的安慰就只有痛楚。獲得一副沒有使用說明的身體，對其一無所知，要是天使存在，肯定會在旁邊大笑不止。

不幸的是，一如其他錯誤，身體在一開始就已經錯了下去。

幸好我的睡眠時間又變了。我在清晨睡去、下午醒來，或許這是對日光、白晝、以及所有相關事物的自然防禦機制。有時候我會醒來，又或者其實一切都發生在夢裡。我常聽見女孩們在階梯上輕快的腳步聲，會覺得最近發生的事都是發燒引起的疲累幻覺。不過，那些都是美好的時刻。

半夢半醒之間，我還想到了捷克。邊界出現在我腦中，而邊界的另一邊是那美麗、平和的國度。陽光照亮萬物，覆上閃閃金光。田野在斯托沃維山腳下均勻地呼吸，這般設置只是為了看起來美麗。道路筆直、流水清澈，每家都有黇鹿與摩弗倫羊。兔子在穀堆中嬉戲，收割機上繫著鈴鐺，和善地將牠們趕至安全處。人們不趕也不急，不彼此競爭、不做白日夢。他們對自己的樣子和擁有的一切感到滿意。

不久前迪西歐告訴我，他在捷克納霍德的一間小書店裡找到了一本不錯的布萊克作品。所以我們現在會想像，住在邊界另一頭的善良人們說著輕柔、孩子般的語言，下班後會生起火爐的火，讀起布萊克。要是布萊克還活著，他看到這一切或許會說，宇宙間還有這樣的地方未沉淪，世界還未天翻地覆，伊甸園仍存在。這裡的人不被愚蠢、僵化、理性的規則指引，而是跟隨自己的心與直覺。人們不說沒必要的話，不做沒意義的事，不炫耀自己所聞，而是運用想像力創造非凡。國家不再是束縛或日常的負擔，而會幫助人民實現他們的理想與願望。人不是系統裡的某顆齒輪或角色，而是自由的個體。這些想法蜂擁而至，我躺在床上的時光也因此愉快許多。

我常在想，或許只有病了才是真的健康。

就在感覺好一些的第一天，我勉強穿好衣服，滿懷責任感進行我的巡查。我虛弱得就像在黑暗地窖中長出的馬鈴薯芽。

看來融雪破壞了作家的排水檐槽，現在水直接潑上了木牆，成了蕈菇之牆。我打給作家，她當然不在家裡，大概也不在國內。也就是說，我必須自己處理檐槽的問題。

每個挑戰都會激發我們真正的生命力，這是個不為人知的祕密。我真的覺得好多了，只有左腳仍感到電流通過般的持續陣痛，所以我站得很僵硬，好似那是根義肢。後來，就在我不得不搬來梯子時，根本也管不了我的毛病。我遺忘了疼痛。

我舉著手在梯子上站了一個小時，努力將檐槽掛回半圓的鉤架上，最後還是沒有成功。而且其中一個鉤架還斷了，大概正躺在房子下方的雪堆深處。我其實可以等迪西歐，他晚上會帶著新翻好的四行詩和雜貨過來，但是迪西歐很瘦弱，他那像女孩的小手真要說的話是有點笨拙。我這麼說是出於全心的愛，這並不是他的缺陷。世界上這麼多特徵和特質，每個人都配備了一些，我是這麼想的。

我在梯子上看見解凍為高地帶來的變化。到處都是深色塊狀，尤其是南邊和東邊的山坡——冬日軍隊撤離了那裡，但是仍未棄守田埂與森林邊緣。整個隘口仍是一片白茫茫。為何作田比長著草的土地要溫暖？為什麼森林裡的雪融得比較快？為什麼樹幹旁的雪上會出現圓環？木頭是暖的嗎？

我問怪人這些問題，去請他幫忙把作家的櫓槽裝回去。他只無奈地看著我，什麼也沒說。等他的時候，我瞧見他的採菇獎狀，那是「牛肝菌採菇人協會」每年舉辦的活動。

「我都不知道你這麼會採蘑菇。」

他一如往常沒有回話，淡淡地笑了笑。他帶我去他的棚舍，那裡有如一間外科診所，一大堆抽屜和架子，上面排列著各種專門用來修理小東西的特別工具。他在盒子裡翻找許久，最後拉出一捲被壓扁的鋁線。

「固定夾。」他說。

他慢慢地、一個字接著一個，像是在與麻痺的舌頭搏鬥般向我坦承，他已經好幾個星期沒與人交談了，所以語言表達能力明顯下降。最後，他清清喉嚨告訴我，大腳的死因是被骨頭噎死，還說這是一件不幸的意外，屍檢報告的結果大概就是這樣，他從兒子那聽來的。

我笑了起來。

「我還以為警察會有更有力的發現呢，噎死不是一眼就能看出來的事嗎……」

「沒什麼是一眼就能看出來的。」他說道，這句話相較於他的個性，語氣太過強烈了，因此我記得很清楚。

「你知道我是怎麼想的吧？」

「妳是怎麼想的？」

「你記得站在房子旁的麃鹿嗎？就是我們走過去時看到的那幾隻。是牠們殺了他。」

他陷入沉默，專注地看著固定夾。

「怎麼殺的？」

「就是殺了。我也不知道細節，大概是在他像個野蠻人那樣吃著牠們的姊妹時，把他嚇了一跳吧。」

「妳是想說麃鹿私設公堂、共謀殺害他？」

我久久未回應。他似乎需要很長的時間來整理思緒，接著才能消化。他應該多吃點鹽。正如我所說，鹽能幫助快速思考。他連穿上雪靴和羊皮大衣也很緩慢。

我們走在溼漉漉的雪上時，我說：

「那井裡的局長呢？」

「妳指的是什麼？他的死因嗎？我不知道，他沒說。」

他指的當然是黑大衣。

「不，不是，我知道他在井裡的死因。」

「是什麼？」他一副滿不在乎地問道。

所以我也沒有立刻回答，等到我們走過通往作家房子的小橋時，我才說出來。「一樣。」

「妳是說，他也噎死了？」

「別傻了。是麃鹿殺了他。」

「抓好梯子。」他以此回應。

他爬上梯階，擺弄檐槽，而我繼續我的理論。我搬出第一名證人——迪西歐。我和迪西歐兩人知道得最多，因為我們是案發現場的第一組人，我們看到了警察後來看不到的東西。警察抵達時已經又黑又溼，雪在眼前融化，抹去了最重要的東西——井邊那些奇怪的腳印，密密麻麻、一大堆小點狀，好似鹿群包圍著人。

怪人在聽，但是沒有回應，不過這次是因為他的嘴上啣著螺絲。於是我便繼續說，「或許起初他是開著車的，但是不知為何停下來。或許麃鹿，也就是兇手其中之一裝病，而他欣喜著自己找到了野味。就在他下車後，牠們便將他包圍，把他逼向井邊……」

「他的頭流了血。」怪人鎖上最後一顆螺絲時在上頭回應。

「對，他因此撞到頭，接著跌進了井裡。」

「好了。」過了好一陣子他才回答，並從上面爬下來。

檐槽真的牢牢固定在鋁夾上了，舊的鉤架待雪融化以後大概再一個月就能夠找到。

「如果可以，妳別再說這個理論了，這非常不妥，也可能會傷到妳自己。」怪人語畢，轉身走向他的小屋，一眼也沒看我。

我想他也把我當成瘋子，如同其他人，他也為我感到難過。真是有理說不清。不過布萊克說過：「反對才是真正的友誼。」

郵差送來的掛號信傳喚我去赴另一場偵訊，因為他得從城鎮開上高地，所以對我很生氣，而且怨氣表露無遺。

「應該禁止大家住在這麼遠的地方。」他一到門口便說。「你們躲在世界之外到底有什麼好？還不是會被找到。」他的語調中流露出惡意的滿足感。「請在這簽名，這是檢察署來的信。」

對了，他不是女孩們的朋友，女孩們總是明確地讓他知道牠們不喜歡他。

「住在象牙塔裡，在渺小人類的頂上，鼻子都能碰到星星——感覺怎麼樣？」他問道。

這是我最厭惡的人類行為——冷嘲熱諷。這是種非常懦弱的態度。對一切嗤之以鼻，從不參與任何事，全都覺得與己無關，活像個無用之人。自己從未體驗過喜悅，卻極盡所能去詆毀。冷嘲熱諷是烏里森的基本武器，是無能者的裝備。嘲諷者總是得意地炫耀自己的世界觀，儘管他們能滔滔不絕地說，可是一探問細節便能知道，都是些瑣事與陳腔濫調。我從來就不敢說別人愚蠢，也不想自視甚高地譴責郵差先生。我請他進來坐坐，幫他泡了「郵差喜歡的咖啡」——裝在玻璃杯裡的濃烈土耳其式咖啡。我還請他吃薑餅，是我在聖誕節前烤的，希望沒有變得太硬，不會傷到他的牙齒。

他脫下外套，坐在桌邊。

「我最近送了許多類似的信，我想這都與局長之死有關連。」他說道。

我很好奇檢察署還把信寄給了誰，可是沒有表現出來。郵差等著我拋出問題，卻沒等到。他在椅子上動來動去，啜飲咖啡。而我是個懂得與沉默相處的人。

「比如說，他所有的朋友都收到了信。」最後他說道。

「噢，是喔。」我不在意地說。

「一丘之貉。」他不情願地緩緩說出口，不過可以看出他已上緊了發條，不會就此結束話題。「他們全都握有權力。您以為他們那些房子和車子怎麼來的？就說芙內札克好了，您相信屠宰能賺錢嗎？」他意味深長地拉了拉下眼皮[27]，露出黏膜的部分。「還是靠狐狸呢？杜薛伊可女士，這全是幌子。」

我們沉默了半晌。

「據說他們是一夥的。他之所以會在那口井裡，是有人推了一把，我早就知道了。」郵差得意地說。

他說鄰居壞話的欲望是如此之大，要他開口一點也不難。

「大家都知道他打撲克賭很大，還有他那間新餐廳『卡薩布蘭卡』等於妓院與活體動物交易所。」

我認為他誇大其詞。

「據說他們也從邊境走私名車，全是偷來的。這都是別人告訴我，我就不說是誰了。他說清晨時看到一些漂亮的BMW駛過泥路，是從哪來的呢？」他反問，大概期待倘若真相揭露我會更為震驚。

他說的內容肯定全是捏造。

「他們大量收受賄賂，不然怎麼能開好車？就說局長好了，以警察的薪水開得起那種車嗎？要是您說權力沖昏了他們的腦袋，那可說對了。人會失去大部分的正義感，為了區區幾毛錢就把我們波蘭給賣了。我很久以前就認識局長，他以前也是個平凡的警察，與其他人一樣，因為不想去玻璃廠工作才去當警察。我們二十年前還一起踢球呢，現在他甚至不認得我了，就這樣漸行漸遠……我就是個普通的郵差，而他——堂堂警察局長；我開飛亞特五角星，他開吉普切諾基。」

「豐田。」我說。「豐田陸地巡洋艦。」

郵差重重地嘆了口氣，我突然替他難過起來，因為他也曾是純潔之人，而現

27 在波蘭拉拉下眼皮表示「不相信」的意思。

在巨量的膽汁湧向他心頭。他的生活肯定不好過，大概也是因為那分苦，才令他如此忿忿不平。

「上帝以喜悅、富足造人，但狡猾使純潔之人貧窮。」我籠統地引用了一句布萊克的話。不過這也只是我的想法。

只是我會把「上帝」一詞加上引號。

迪西歐下午過來，他感冒了。我們一起翻《精神旅行者》，才開始我們就有了爭辯，「mental」這個字該翻譯成「心靈」還是「精神」？迪西歐打了個噴嚏，讀道：

I travel'd thro' a Land of Men
A land of Men & Women too,
And heard & saw such dreadful things

As cold Earth wanderers never knew

我們先各自翻譯自己的版本，再來互相比較，將我們的想法交織在一塊兒。這有點像是益智遊戲，一種複雜的拼字。

我越過人類的大陸
男人與女人的國度
看見且聽見可怕之事
甚至無人道出

或者：

我穿越人類的大陸
男人與女人的國土

聽見且看見可怕之事
迄今無人清楚

或者：

我行經人類的大陸
前往男人與女人的疆土
看見與聽見駭人聽聞之事
迄今無人清楚

「我們為什麼要把『女人』放在句尾[28]？」我問。「要是我們這樣：『男人與女人的國家』這樣韻腳就會在『國家』上了。比如說『raj』、『maj』[29]。」

迪西歐咬著指甲沒說話，最後他得意洋洋地提議：

我漫遊於人類的大地
男人與女人的地域
我在那看見了可怕的事情
土地上無人相信

我不喜歡「地域」這個詞，但是我們快馬加鞭地翻下去，十點我們就翻好了整首詩，然後吃了橄欖油烤歐芹，以及蘋果肉桂飯。

飽餐一頓後，我們不知不覺地進到局長的話題，而不是繼續探究詩的奧妙。迪西歐清楚知道警方知道的消息，畢竟他有進入警政系統的權限。不過，因為局長之死的調查由高層進行，他當然也不是什麼都知道。再說，迪西歐必須遵守職

28 波蘭語中，句子內的詞可以任意替換位置，意思基本上不變，此詩句三段原文都為「……Mężczyzn oraz Kobiet」（kobiet 意為女人）。

29 國家的波蘭文為 kraj，與天堂（raj）、五月（maj）同韻腳。

業保密契約，不過不是對我。將最高機密交托予我，我又能拿來做什麼呢？我甚至連八卦別人都不會。也因此，通常他什麼都會跟我說。

已知的線索包括：因遭堅硬物品擊中頭部而死，可能是猛然跌落井中所致；還有，他體內測出酒精，這能緩衝跌落的力道，酒醉的人身體會比較柔軟。與此同時，頭上的撞擊程度比起一般跌落井裡又太強，得要從十幾公尺高跌落才能有這般撞擊力道。然而他們尚未找到可能的解釋。他撞到太陽穴、缺乏可能的工具、沒有線索。他們採集了一些垃圾——糖果紙、塑膠袋、舊鐵罐、用過的保險套。天氣很糟，而且特別小組很晚才抵達。颳風又下雨的，雪融的速度很快。我們都清楚地記得那個晚上，他們拍了些地上奇怪的足跡，就是我堅持是麃鹿腳印的那些。但是，警方並不能肯定這些腳印是否真的存在，若是真的存在，又是否與死亡有關。在這些條件下無法證實什麼，而鞋印也不明顯。

不過他們發現到，局長身上帶著兩萬茲羅提，放在灰色信封中，塞在褲頭內。鈔票平均分成兩疊，用橡皮筋緊緊捆起。這是最令人困惑的疑點。為什麼兇手沒有把錢拿走？因為不知道他有錢嗎？還是給他錢的人殺了他？為什麼給他錢？通常對偵辦方向毫無頭緒時，肯定都會與錢有關。他們是這樣說的，但是我認為這真是簡化得太離譜。

也有一說認為這是不幸的意外，但是這說法非常勉強——他酒後尋找藏錢處，因此掉進井裡死亡。

不過迪西歐堅持這是一起謀殺案。

「我們一到現場直覺就這樣告訴我。妳記得那裡的空氣裡瀰漫著犯罪感嗎？」

我也這麼覺得。

7 對貴賓狗說話

「鞭傷的馬陷泥窪，天國呼喚，血債血償。」

警察又追問了我們許多次，我們守法地出席偵訊，也順道在城裡辦點事——買種子、申請歐盟補助金，有一次還去看了電影。就算只有其中一人需要出席，我們還是一起去。怪人在警局坦言，那天下午局長行經我們附近時，他聽見呼嘯而過的車聲。他說局長喝醉的時候總是會開這條小路，所以他對此一點也不奇怪。聽他陳述的警察肯定很尷尬。

不過很不幸，就算我很想，卻無法證實怪人的陳述。

「我在家裡沒聽到任何車聲，也沒看到局長。顯然那時我在爐房裡添柴，那裡聽不到路上的聲音。」

雖然過去幾週附近的人都在談論這件事，還提出了越來越詳盡且合理的假設，我很快就拋諸腦後，盡力將思緒從這個話題上移開。是否因為周圍的死亡太少，所以人們對這樁死亡特別迷戀？

我重新回到研究的懷抱。這次我仔細地分析電視節目單，盡可能納入多些頻道，研究某天放映的電影內容與行星位置的關聯。它們的關聯性非常清晰，看起來很明確。我常常想，安排電視節目的人是否在向我們炫耀自己淵博的占星知識，還是他只是無意識這麼安排，對這廣大的學問並無涉獵。或許關聯存在我們外部，而我們在不知不覺中接收了。我的研究範圍目前很小，只做幾個主題。比如說，我注意到一部感人又奇怪、劇名為《中》的電影，在太陽與冥王星呈現某相位時，以及冥王星落在天蠍座上時，它正好在電視上播映。這部電影講述對永生的渴望，以及如何占有人的意志。它提及瀕死狀態、性占有和其他與冥王星有關的事。

我也在一系列關於外星人的電影中發現類似規律。這個部分則是冥王星、海王星與火星之間微妙的關係作用。只要火星同時與這兩顆慢速的行星都產生相位，電視就會播外星人的電影。這難道不迷人嗎？

我很驚訝這種結合的存在。我擁有的經驗資料夠多，都能寫成一本書了。不過，目前我只彙整成短文，寄給幾間週刊。我不認為會有人想刊登，但是他們或許會考慮一下。

三月中旬，當我覺得自己已經完全康復，便開始進行比較大型的巡視，也就是說，我不只將重點放在我看管的房子，而是繞更大圈，進到森林、經過草原、到達公路，直至山崖邊。

這個季節的世界最令人討厭。雪仍是白茫茫的一大片，堅硬又結實，很難認出它就是聖誕節時為了取悅我們所落下、純潔又美麗的絲絨。現在它鋒利得像把刀，猶如金屬表面，會束縛住腿，難以行走。要不是有高筒雪靴，小腿早就受傷了。天空很低，灰溜溜的，我覺得要是去到更高處，或許伸手便能碰到天空。

我邊走邊想，我不可能在這高地上的小屋裡永遠住下去，不可能一直替別人照顧房子。最後武士也會壞掉，無法再開著它去城裡。木梯會腐爛，雪會破壞檐槽，爐子會損壞，某個二月的霜凍會使管線爆裂。而我也會日漸衰弱。我的毛病會無情地慢慢摧殘我的身體。我的膝蓋會痛，並隨著年紀增長越來越嚴重，而我的肝會明顯不堪負荷。不過，反正我已經活很久了。我這樣想著，心中十分感傷。不過某些時候也不得不開始好好思考這個問題。

那時我看見一群靈活、敏捷的田鶇。田鶇這種鳥只會成群出現，像一隻鏤空的大型空中生物，靈巧移動。我曾讀到過，當掠食者——比如說無聊地在空中如幽靈般盤旋的老鷹——攻擊牠們，牠們會群起防禦。鳥群會進行特殊而兇狠的戰鬥。牠們也懂報仇——快速升空，像是收到命令般排泄在加害者身上，任幾十坨白色的鳥屎掉在老鷹美麗的翅膀。糞便會弄髒翅膀，並讓羽毛黏在一起、被酸液侵蝕。掠食者受此情況所迫，不得不停止追捕，只能不甘願地降落在草地上。老鷹很可能是被羽毛給髒死的，這得花上好幾天清理，老鷹因此不睡覺，因為牠無法帶著骯髒的翅膀睡去。牠會覺得渾身發臭，像老鼠、青蛙，也像屍骸，感覺糟糕透頂。牠無法以喙清除結凍硬掉的排泄物，而這時雨水很容易滲入黏在一塊兒的羽毛，碰到牠脆弱的皮膚。牠的同類也會避開牠，好似牠是痲瘋病患，會傳染惡疾。而牠的威權也岌岌可危。這一切都讓老鷹不堪負荷，因而死去。

現在田鶇意識到自己團結的力量，在我面前消磨時間，展現複雜的空中陣型。

我也觀察到兩隻喜鵲，我很訝異牠們在高地徘徊。不過我知道，喜鵲比其他鳥類繁衍得快，再過不久就會到處都是，就如現在的鴿子。「一隻喜鵲大不幸，兩隻喜鵲得幸福。」我小時候人們都是這麼說的，不過那時牠們的數量很稀少，現在則都能看到兩隻以上了。去年在繁衍季節過後，也就是秋天，我看見數以百計的喜鵲出現在牠們的夜間聚集地。真想知道這是否意味著很多倍的幸福。

喜鵲在融雪灘裡泡澡，牠們斜眼看我，不過明顯不懼怕，因為牠們大膽地以翅膀濺起水花，把頭埋進水中。看牠們喜悅地振翼，便能知道泡澡有多愜意。

若不常洗澡，喜鵲好像就無法生存下去。除此之外，牠們也既聰明又卑鄙。眾所皆知，喜鵲會偷其他鳥類築巢的材料，並替換上閃閃發亮的東西。我還聽說喜鵲有時候會搞混東西，銜著發光的煙蒂進鳥巢，結果成了燒毀自己鳥窩材料的縱火犯。不過，喜鵲的拉丁文名字非常可愛，叫做「Pica pica」。

世界是這麼大，處處充滿生機。

我還從遠處看見一隻熟悉的狐狸。我見過牠幾次，叫牠「領事」——以牠的行為命名。牠總是走同一條小徑。冬天掩蓋了牠好像經過計畫那樣如尺徑直的路徑。牠是個老男人，在捷克與波蘭間來回走動，明顯有跨境事務得在這兒處理。我從望遠鏡觀察牠：牠以輕盈的腳步迅速往下，走在上次留下的足跡——或許是為了讓潛在的追蹤者認為牠只走過這裡一次。我看著牠，好似在看自己的老朋友，此時卻突然發現領事這次偏離了既定路線，在我來不及反應以前便消失在灌木叢中。那裡有狩獵樹架，幾百公尺外還有另一座。我曾經和它們打過交道。狐狸消失在我眼前，反正我也沒事要做，便沿著森林邊緣走往牠的方向。

這裡的大片田野被雪覆蓋。因為秋天時犁過田，現在腳下半結凍的土塊讓人寸步難行。我開始後悔追蹤領事了。當我成功往上走一些，便看見了吸引牠的東西。

雪上有一大片黑色，是乾涸的血跡。領事就站在旁邊稍微高一點的地方，定定地看著我，冷靜且不為所動，好像在說：「妳看見了嗎？看見了吧？我帶妳到這裡了，現在妳得處理這件事。」然後牠便跑走。

我走近一看——是一頭還未成年的野豬，躺在褐色的血泊中。動物彷彿在這兒抽搐、摔滾過，周圍的雪都被擦平。附近也能見到其他動物的足跡——狐狸與鳥類，還有鹿蹄印。很多動物都曾出現在這裡，牠們親眼目睹罪行，為這位年輕人哀悼。我寧可看那些足跡，也不想看著野豬的屍體。究竟要看多少次屍體？難道沒有盡頭嗎？我的肺部有一股疼痛的擠壓感，感到呼吸困難。我坐在雪地上，淚水又開始落下。我身上有股無法承受的巨大重量。難道我非得成為每件罪行的目擊者嗎？我就不能走別條路、忽略領事黑色的足跡，不要跟著牠嗎？這麼一來這天就可以完全不同。或許其他的日子也能不同。我看到中彈的部位——胸部與腹部，也看到牠要去的方向——從樹林另一邊那座新的狩獵架往邊境去，到捷克。牠肯定是在那邊被擊中的，因此必須負傷再跑一段路。牠想逃到捷克去。

好沉痛。每次為死去的動物哀悼，我都感到非常沉痛，可是這卻永遠不會停止，一個接著一個，我無止境地在哀悼，這就是我的狀況。我跪在血跡斑斑的雪地上，撫過粗糙的毛皮，冰冷而僵硬。

「您對動物的憐憫更勝人類。」

「話不是這麼說的，我對兩者都一樣。只不過，不會有人對手無寸鐵的人類開槍。」那天晚上我對市政警衛隊的警官說。「至少現在沒有。」我補充。

「確實。我們是法治國家。」警官肯定道。我覺得他性情和藹，但是不太聰明。

我說：

「一個國家的狀況能從動物上看出端倪。若是人們野蠻地對待動物，那民主或是其他東西也都無濟於事。」

我只是到警衛隊報案。他們給了我一張紙，寫上事件經過就想打發我。我以為市政警衛隊也是治安管理的單位，所以才會來這裡。我承諾自己，要是這也行不通，我就去檢察署，第二天就去找黑大衣控告謀殺。

長得有點像保羅・紐曼的年輕俊俏男子從抽屜裡拿出一疊紙，現在正在找筆。穿著制服的女子從另一間辦公室走來，在他面前放上裝了飲料的馬克杯。

「您喝咖啡嗎？」她問我。

我感激地點點頭。我快凍死了，而且腿又痛了起來。

「為什麼他們不帶走屍體？你們覺得呢？」我問，只是完全不期待回應。他們兩人對我的到來都十分驚訝，不太知道該做什麼。我從親切的女子手上接過咖啡，自問自答：

「因為他們根本不知道自己殺了牠。他們看到什麼都開槍，這是非法的，所以他們甚至不記得射中了牠。他們覺得，要是牠倒下，也是在灌木叢中的某處，沒有人會知道他們在非法定狩獵許可期間射殺野豬。」我從包包裡拿出一張紙遞到男人眼前。「我確認過了。現在是三月，請看一看，現在已經不能獵野豬了。」我滿意地說完。就我看來，我闡述的方式沒有漏洞。雖然二月二十八日可以獵殺，可是一天以後便不行。這種邏輯我自己也不理解。

「很抱歉，女士。」那位保羅・紐曼回應。「這真的不是我們的管轄範圍。

請您去把野豬的狀況報告給獸醫，他會知道這種情況下該如何處理。也許野豬當時展現了攻擊性？」

我碰地一聲放下杯子。

「不，牠才不是有攻擊性的那個，殺了牠的人才是！」我喊道，因為我太了解這個論點。許多對動物的殺害都是建立在「牠們可能有攻擊性」之上。「牠的肺被射穿，肯定死於痛苦的掙扎。而他們打中了牠，認為牠會活著逃走。再說，獸醫和他們是一夥的，他也打獵。」

男人無力地看著他的同事。

「您希望我們怎麼做？」

「進一步處理這樁案件，懲罰肇事者、修改法律。」

「這太多了。您不能要求這麼多。」

「我可以！我能要求什麼由我自己決定。」我怒吼。

情況不在他控制內，他有些不知所措。

「好的、好的。我們會開始正式的流程。」

「什麼流程？」

「我們首先會請狩獵協會對此情況做出解釋，讓他們發言。」

「但是這已經不是第一次了，在高地的另一頭我還發現了帶著彈孔的野兔頭骨。你們知道那在哪嗎？就在邊界附近。現在我都叫那片林地『頭骨之地』。」

「他們可能掉了一隻野兔。」

「掉了！？」我吼道。「他們對所有動物開槍，只要會動都在劫難逃，先生啊！」我停頓了一下，因為我感到彷彿有隻巨大的拳頭正全力揍在我胸膛上。

「連狗他們都殺。」

「有時候村裡的狗會殺害動物。您不是也養狗嗎？我記得去年還收到您的投訴……」

我僵住了。這一擊疼痛非常。

「我已經沒有養狗了。」

這咖啡不好，是即溶的。我覺得胃在抽搐。

我彎下腰。

「怎麼回事？您怎麼了？」女人問道。

「沒事、沒事。」我回應。「我有病在身，不能喝即溶咖啡，我建議你們也別喝了，對身體不好。」

我放下馬克杯。

「所以怎麼樣？你要開始寫報告了嗎？」我問道，在我看來這是標準流程。

他們又互相交換了眼神，男人不情願地拿了一張表格。

「好吧。」他說道，而我也幾乎聽到了他的想法：我就隨便寫一寫，也不用給誰看。因此我補充：「請給我影本，要加蓋日期章和你的簽名。」

他在寫的時候，我試著讓思緒冷靜下來，但是或許已超過了許可的速度，思緒溢出腦袋，不知怎地進入了身體與血液之中。然而矛盾的是，一股異常的平靜慢慢從腳掌、自地面將我籠罩。那是我所熟悉的狀態——一種明亮的狀態，帶著神聖的憤怒，可怕且勢不可擋。我感覺雙腿發癢，一股火焰流入血液，快速流轉，將火送上腦部。此時我腦袋閃著火光，指尖與臉龐滿是火焰，整副身體似乎被閃亮的光環籠罩，將我從地上輕輕抬起。

「你們看看那些狩獵架幹的好事。這是一種惡行，你得將這種事實叫做背信棄義、精心策劃的狡詐惡行。建造乾草架、放上新鮮的蘋果和稻草，引誘動物，在牠們習慣並放下戒備後就從高處的狩獵架暗中開槍射殺。」我低頭開始小聲說道。我意識到他們不安地看著我，但我還是繼續說我的。「真希望我能懂動物的語言，」我接著說，「這樣就能寫下警告給牠們：『別靠近那裡！』這食物會招致死亡。他們在遠處的講道壇上不會傳來任何福音，你們也不會聽到任何好話。他們不會應許你們死後得到救贖，不會憐憫你們可憐的靈魂，因為你們沒有靈魂。他們不當你是自己的親人，不會給予你祝福。最惡毒的罪犯有靈魂，但是你，美麗的麃鹿啊！你沒有。野豬啊！你也沒有。野鵝啊，你也一樣。豬啊、狗啊，你們也都沒有。殺戮不受懲罰。因為不受懲罰，所以便無人在乎；因為無人在乎，所以殺戮便也不存在。你們經過掛著肢解的鮮紅肉塊的店鋪時曾否想過那是什麼？你們不會好奇，對吧？或是在點了烤肉串或肉排時，有想過你們得到的是什麼？你們覺得這不是什麼糟糕的事。罪行被視為尋常、成了日常。每個人都在犯罪。要是集中營變成常態，世界看起來就會是這個樣子。因為沒有人認為這是錯的。」

他在寫的時候，我這樣說道。女人走掉了，我聽到她正在講電話。沒有人在聽我說，但我繼續自己的講述，我停不住，因為字詞不斷從某處傳來，我不得不把它說出口。每說完一句，我心中的石頭就落下一塊。一位委託人帶著小貴賓狗走了進來，這使我更振奮，他顯然對我的語氣有所顧慮，於是悄悄關上門，並在紐曼的耳邊低語。只有他的貴賓狗靜靜地歪頭看我。而我繼續說道：

「畢竟人類對動物有重大責任——要幫助牠們生活，予以馴服的動物溫柔與愛，因為牠們對我們付出的，遠比從我們身上得到的要多。牠們必須尊嚴地過活，負起自己這輩子的因果業報——我既為動物，便活著、吃著；在青青草原上吃草，繁衍後代，以自己的體溫溫暖牠們。我築巢，做我應做的事。要是殺了牠們，牠們便是在恐懼中於草原上死去，一如昨天躺在我眼前那頭野豬，牠會在那裡一直躺下去，直到毫無尊嚴、渾身泥濘且沾滿鮮血的身體變成腐肉——當牠們被判下地獄，整個世界都成地獄。人們都沒看見嗎？他們的理智無法超越那自私的小樂趣嗎？人們對動物的責任是讓牠們在此時——在來生獲得解放。我們所有人都走在同一條路上，從預設走向自由，從慣例邁向自由選擇。」

我就這樣說著，覺得自己的用詞十分明智。

一位提著塑膠桶的清潔工從小房間後出現，一臉打趣地看著我。警官仍舊面無表情地填寫著表格。

「你們覺得這只是一隻野豬，」我繼續說下去。「那麼，從天降下的屠宰肉無止境地落在城市裡，這樣的末日之雨呢？這場雨意味著屠殺、疾病、集體發狂、心靈的扭曲與汙染。沒有任何人心能承受這般痛楚，人類複雜的心理之所以存在，就是為了不讓人理解真實所見，為了確保事實不會被接收，而是包裹在幻象和空談之中。世界是一座充滿苦痛的監獄，它被建成想要活下去就得增添他人痛苦的模樣。你們有在聽嗎？」我轉向他們，但是現在即使是清潔工也對我說的話沒興趣，逕自工作去了。因此我只對貴賓狗說：

「這是什麼世界？把別人的身體做成鞋子、肉丸、香腸、床前的地毯，把別人的骨頭熬成湯，用別人的肚皮做成鞋子、沙發和手上的包包，以他人的毛皮為自己保暖，吃掉別人的身體，切成小塊在油裡煎。殘酷、冷靜、沒有任何悔意與反省，花俏的哲學與神學皆未宣揚的機械性大型殺戮，這種慘劇有沒有可能真的在發生？這以殺戮與苦痛為尋常的世界，究竟是個怎麼樣的世界？我們是不是有什麼問題？」

陷入一片沉默。我的頭很暈，突然咳起嗽來。那時，貴賓狗男清了清喉嚨。

「您說得有道理，真的非常有道理。」他說。

這讓我感到困惑。起初我投以憤怒的眼光，卻看到他是真的為之動容。他是一名苗條的老先生，衣著整齊，穿著西裝和背心，根據我的判斷，肯定是從好消息商店買的。他的貴賓狗很乾淨，梳洗得整整齊齊，可以說是鄭重打扮過。不過警官對我所說的話並不以為然。他屬於嘲諷者，不喜歡煽動的情感，所以置若罔聞，以免自己遭到感染。比起地獄，他們更害怕情感煽動。

「您說的太誇張了。」過了一會兒他說道，一邊平靜地整理著桌上的紙張。

「我一直很困惑，」他接著說，「為什麼老女人……為什麼您這個年紀的女人都這麼關注動物？是因為沒有人能讓妳們照顧了嗎？還是因為孩子都長大成人，不需要妳們，但本能仍驅使著妳們這麼做，因為女人就是有照顧的本能，對吧？」

他看著同事，但是她並沒有以任何動作證實這假設。「我祖母，」他接著說，「家裡都有了七隻貓，還餵養整個街區的動物——請您讀一下。」他把一張印有短文的紙推到我面前。「您對這件事太情緒化了。您在意動物的命運更勝於人。」他最後說道。

我已經不想說話了。我坐在椅子上，一隻手伸進口袋，從裡頭拉出一團血淋淋的野豬鬃，把這團東西放在他們眼前的桌上。他們第一個舉動是想湊上前，但是立刻驚恐地縮了回去。

「天哪，這什麼東西？噁——」紐曼警官大叫。「請您把這東西拿開，該死的！」

我舒舒服服靠在椅子上，滿意地說：

「這是遺骸。我收集牠們的遺骸，我家裡還有個盒子，整齊地標註了放進去的東西，毛髮和骨頭。未來如果有天能複製出這些被殺掉的動物，這可能會是某種補救方式。」

「哇塞！」女警官對著電話嘟噥，湊向那坨毛髮，嘴角扭曲。「您真的很瘋狂吶。」

乾涸的血漬和泥濘弄髒了他們的文件，警官從座位上離開，走出辦公室。

「您排斥血嗎？」我惡狠狠地問。「不過您好像喜歡吃血腸呢。」

「請冷靜，別再鬧了。畢竟我們正在盡力幫助您。」

我在每張影本簽上名字，女警官便輕輕抓著我的手臂，把我帶往門口，像是抓著一個瘋子那樣。我沒有反抗，而她全程都自顧自的講著電話。

又是同一個夢。母親又出現在爐房裡。我又因為她來這裡而對她生氣。

我直直看著她的臉，但是她的視線卻往旁邊避開。我無法看她的眼睛，眼神不斷閃避，好似知道什麼令人羞恥的祕密。她笑了笑，接著突然又嚴肅起來。她臉上的表情變幻不定，形象也持續波動。我說我不希望她來這裡；這裡是屬於活人的地方，不是死人的。那時她轉向門口，我看見那裡還站著我的祖母，穿著灰色洋裝，仍年輕健壯。手裡提著包包。她們兩人看上去像是正好要一起上教堂。

我記得那只包包，是有趣的戰前款式。從靈界來訪時，包包裡能裝什麼？一把塵埃？灰燼？石頭？用來擦不存在的鼻子的臭手帕？兩位長輩現在站在我面前，近的我覺得幾乎嗅到了她們的氣味——舊香水，還有整齊地疊在木櫃子裡的床單。

「妳們走吧，回家去！」我對著她們揮揮手，就像對待麃鹿一樣。

但是她們沒有移動。所以我先轉身離開那裡，以鑰匙鎖上那扇門。

對抗噩夢的古法是這樣：必須對著馬桶大聲說出來，接著用水沖掉。

8 天王星落在獅子座

「每個能夠相信的事物，皆是事實的化身。」

每個人算的第一張星盤總是自己的，這是理所當然，我也不例外。一個以圓圈為主的結構出現在我眼前時，我驚訝極了。這真的是我嗎？在我眼前的正是我自己的模樣，以基本符號構成的我，是最簡單也最複雜的所有可能；是一面鏡子，將臉上的感官圖像轉化為簡單的幾何圖形。我臉上熟悉、明顯的東西似乎盡數消失，只剩下獨一無二、分散的點狀，象徵著蒼穹之下的行星。不會蒼老、不會改變，在天幕之下絕無僅有，而且永恆。出生的時間將這個圓形空間分割成幾個宮位，因此一如掌紋，這圖形基本上不會重複。

我認為我們每個人在看自己的星盤時，都會產生巨大的矛盾感。一方面覺得驕傲——自己的個人生活就印在天上，猶如信件蓋上日期郵戳，如此一來它便有了標記、成了唯一。另一方面，這同時也是一種禁錮，像是被烙上了獄號，無法逃脫，無法成為除了「我」以外的別人。好慘。不過我們更願意相信自己是自由的，能在任何時刻創造出新的自我，覺得我們的人生完全掌控在自己手上。與天空這般巨大、不朽之物緊緊相繫。我們寧可渺小，這樣我們的罪過就能被原諒。因此我深深相信，我們應該深入了解這座監獄。

我提過嗎？我的職業是橋梁工程師。我在敘利亞和利比亞造過許多橋，也在埃布隆格[30]和波德拉謝省[31]造了兩座。敘利亞那座橋很奇怪——橫跨一條週期性出現的河流，連接兩邊河岸——水在河床上流淌兩、三個月，接著便滲入熾熱的大地，河床會搖身變成類似雪車賽道的東西，野生的沙漠犬會在上頭追逐嬉戲。將想法轉化為數字總讓我感到樂趣十足。數字在我的紙上匯集，有意義地排列，首先變成具體的圖像，接著是一幅畫，然後變成一個項目。

我非常喜歡數字，需要用上計算尺來計算星盤時，我的代數天賦便能派上用場。不過現在已經不需要，因為電腦軟體都設定好了。當每次對知識的渴望都能以一鍵解決，還有誰會記得計算尺？就在我擁有大好的光陰時，疾病找上了我，我也因此必須回到波蘭，在醫院躺上許久，卻也診斷不出個所以然。

我和一個新教徒睡過一段時間，他後來設計了高速公路。他大概是引用了路德的話，他告訴我，受苦之人能看見上帝的背後。我一直在想，背後是背部還是臀部？既然我們連正面都無法想像，那神的背後看起來會是什麼模樣？看來受苦的人總有通往上帝的特殊通道，能夠走後門，就是受祝福之人[32]。受苦之人擁抱著某種不受苦難者難以體會的真理。就某種意義上來說——雖然這聽起來十分奇

30 波蘭北部的城市。

31 位在波蘭東北與立陶宛和白俄羅斯接壤。

32 天主教會中在死後因其美德和聖潔受到認可，或因宗教殉難之人。

怪——只有受苦的人是健全的。這大概能適用於所有事情吧，我想。

有一整年的時間，我根本就沒走過路。等到疾病開始緩解，我明白自己無法繼續在沙漠的河道上建造橋梁，也無法離開裝著葡萄糖的冰箱。我因此轉換跑道，成了老師，在學校裡教孩子一些有用的東西：英文、手工藝、地理。我總是盡力抓住他們的注意力，讓他們以真正的熱情來記住重要之事，而不是因為害怕不及格。

他們帶給我許多樂趣。孩子總是比大人更吸引我，因為我也有點像個孩子。這沒有什麼不好，至少就我所知是這樣。孩子靈活又柔軟，心胸開放且不矯飾。他們不會寒暄，不像每個大人只顧著嘀咕自己的生活。不幸的是，他們越是長大，越會屈服於理性的控制，變得像是布萊克所說的「烏爾洛[33]的公民」，已經無法輕易且自然地領向正確的道路。所以我只喜歡小小孩。大一些的孩子——就說十歲以上吧，他們可是比大人還要醜陋。這個年紀的孩子失去了自己的個性，我看見他們逐漸僵化、不可避免地進入青春期，而這也讓他們漸漸開始依賴其他相同的存在。少部分人的內心出現交戰，與這種新形式對抗，但是最終幾乎所有人都會投降。那時起，我再也不會試圖繼續陪伴他們——否則我還得再一次見證墜落。我最多就教孩子到這邊，不會超過五年級。

最後他們要我退休，但我認為還言之過早。我很難理解這個決定，因為我是個經驗豐富的好老師，就我所知，我沒有搞砸過任何事情，除了我的病，不過病症也只偶爾復發。我去了校務委員會提交相關聲明、證明和申請書，希望他們讓我繼續工作。只可惜並沒有成功，因為當時時機不好——改革、系統重整、教學政策改變與失業率上升。

後來我轉往其他學校找工作，一間接著一間，兼職、季度性或計時工，只要他們讓我工作，甚至以分鐘計薪，我也願意。就算這只是個不被尊重且低薪的職位，無論在哪，我都感覺後面站著很多年輕人，聽見他們在我身後不耐煩的呼吸

33 在布萊克的神話中，烏爾洛是偶像崇拜、妄想和被誤認成現實的抽象事物之國土。

聲、對著我的後腦杓喘氣，三七步的重心換來換去。

最後我在這裡成功了。就在我搬離城市、買下這間房子，並當起鄰居財產的守護者時，一位年輕的校長氣喘吁吁地上來找我。她說她知道我是一名教師——她用現在式講這句話，因此讓我印象深刻，因為我的職業是精神上的活動，而不是一次性的行為。她提議讓我去她的小學教幾個小時英文，帶那些我喜歡的小小孩。我同意了，開始每週教孩子一堂英文課。七、八歲的孩子非常熱衷於學習，不過也非常迅速就感到無聊。校長希望我也教音樂——確保他們聽過〈奇異恩典〉，但是這超過了我的能力範圍。我只有每週三需要衣著乾淨地下山到鎮上，我得梳起頭髮，上點淡妝，那時我會畫上綠色眼線，並在臉上撲粉。這些事都花費我許多時間與耐心。我也可以帶體育課。由於我又高又強壯，以前還是個運動員，那時的獎牌還保留在鎮上呢。只是因為年紀的關係，我沒有機會帶體育課。

不過我承認，現在，也就是冬天的時候，去到學校並不是件簡單的事。去學校那天我得比平時還早起床，屆時天仍是暗的，我會往爐子裡添一些柴火，刮掉武士的雪。有時候武士停得比較遠，它待在路邊時，我就得艱辛地穿過雪地，這可一點也不好玩。冬天的早晨有如鋼造，有著金屬的味道和鋒利的邊緣。一月的星期三早上七點，你看得出世界並非為人而造，至少肯定不是為了人類的舒適與愉悅而生。

我覺得很可惜，無論是迪西歐還是其他朋友，都沒有人能與我分享占星的熱情，所以我也盡量不炫耀，不過，他們也因此覺得我是個怪胎。我只有在需要獲得出生日期與地點時才會公開這個祕密，就像向局長要資料時一樣。我大概問遍了高地上所有人，也訪遍了大半個城鎮。人們給我他們的生日，實際上就是對我揭露了他們的真名，向我展示自己在天上的日期章，也在我面前攤開了他們的過去與未來。但是我永遠沒機會向某些人問他們的出生日期。

獲取日期是相對容易的事。只要有證件和某些文件就足夠，有時候還能在網路上找到出生日期。迪西歐有權限看到不同的清單和表格，我就不多著墨於這個話題。不過時間！重點是出生的時間呀！出生時間不會寫在紙上。再說，這時間對人還是至關重要。沒有準確的時間，星盤也就沒什麼參考價值——我們只會知道「什麼」，卻不知道「如何」和「哪裡」。

我總是向不情願的迪西歐解釋，占星學曾經也是我們現代的社會生物學。聽完這一席話，他至少比較感興趣一些。這種比擬沒什麼可反駁。占星學家相信，人的個性受到整個天體影響，而社會生物學家認為，個性是受分子體的神祕表現影響。兩者的區別僅在規模。雙方都不知道這影響是什麼，又是如何傳播。他們其實說的是同一件事，只是應用的範圍不同。我自己有時也對這相似度感到驚訝。不過，我對占星學充滿熱情，卻對社會生物學不感興趣。

在星盤中，出生日期能對應出死亡日期。這很清楚——已誕生的人終將一死。星盤中有多處顯示出我們的死亡時間與方式，必須自行意識並將之連在一起。比如說，我們可以查看土星到生命主之間的相位，以及第八宮的活動，還要注意光與它們的關係。

這相當複雜，對此不具備知識的人很快就會感到無聊。不過，要是仔細去看——我告訴過迪西歐——當各種事實連結起來，便會發現在下面這裡發生的事，與上頭行星位置的關聯性再清晰不過。這總能讓我情緒激動，不過這股激動來自於理解，因此迪西歐覺得無感。

在我為占星辯護時，常常得用上我不喜歡的統計論點，因為這多半能打動年輕人。他們不假思索地對宗教懷抱熱情，並相信統計數據。只要給他們一些百分比或是概率，他們就會信以為真。所以我會搬出高克林與「火星效應」——一種看似奇異、但有統計數據支持的現象。高克林指出代表體適能和競爭的火星，出現在星盤某些位置的機率，在統計上是運動員比非運動員要高。迪西歐當然不把這理論及其餘無法說服他的證據看在眼裡。即便我給了他眾多預言應驗的例子。比如說希特勒。當希姆萊[34]的御用占星師威廉・沃爾夫預言「eine grosse Gefahr für Hitler am 20.07.44」，意思是這天希特勒將面臨極大的危險，而我們也知道這

34 海因里希・希姆萊為二戰期間德國納粹的重要人物，納粹大屠殺的主要策劃者。

天正是突襲狼穴[35]的日子。接著這名黑暗占星師又冷漠地預言：「ass Hitler noch vor dem 7.05.45 eines geheimnissvollen Todes sterben werde」，也就是「五月七日前希特勒會神祕地死去。」

「真是難以置信！」迪西歐說。「這怎麼可能？」他自問，可是很快又忘了這一切，心中的懷疑又再次燃起。

我試圖以別的方式說服他，告訴他下方之事與天上一致的例子：

「比如說，你看——仔細點看！一九八〇年的夏天，木星在天秤座與土星產生合相，這是個很強的相位。木星代表權力，土星代表勞動者。除此之外，華勒沙[36]的太陽落在天秤座上。你有看到嗎？」

迪西歐不相信地搖搖頭。

「那警察呢？天上代表警察的是什麼？」他問道。

「冥王星。它還代表情報機構與黑幫。」

「嗯，好，嗯……」他不太相信地重複著，但是我看得出他正釋出善意，努力去相信。

「你再繼續看。」我說，並替他指出行星的排列。「一九五三年，土星落在天蠍座上——史達林死亡，蘇聯統治緩和。一九五二年到一九五六年間——鎮壓、韓戰、氫彈發明。一九五三年是波蘭經濟最艱難的一年。你看，土星正好落入天蠍座。很不可思議吧？」

迪西歐不安地坐在椅子上。

「好吧，你再看看這裡，海王星落在天秤座——情勢混亂，天王星在巨蟹座——人民起身反抗、殖民主義式微。當天王星落入獅子座，法國大革命爆發，俄國也有一月革命，列寧也是在那時候誕生。你要記得，天王星落在獅子座總是代表著革命的力量。」

我看得出這令他十分折磨。

沒有任何方法可以說服迪西歐相信占星學。不過沒關係的。

35 二戰時期希特勒其中一個指揮部的代號。

36 萊赫·華勒沙，波蘭政治家，團結工人聯盟的領導人，前波蘭總統。

當我獨自坐在廚房裡，攤開我的研究工具，我總是很高興能追蹤這些不尋常的規則。我先鑽研大腳的星盤，接著研究局長的。

一般來說，一個人的事故傾向由上升星座與其守護星，及落在上升位的行星決定。第八宮的守護星表示自然死亡。要是它落在第一宮，則意味著死亡由己之過造成，這可能會發生在不小心的人身上。要是守護星與第三宮相關聯，這個人便會意識到自己死亡的原因。若是不相關聯，那這可憐的人甚至不會發現自己究竟犯下了什麼致命的錯誤。落在在第二宮時——因財產或金錢導致死亡。在這種位置，此人可能是遭遇搶劫而死。第三宮是典型的道路或交通事故。第四宮——因持有的土地或是家庭因素死亡，且很可能與父親有關。第五宮——與孩子、運動有關，抑或樂極生悲。第六宮——因不注意或過勞而身陷疾病造成。當第八宮的守護星出現在第七宮，死亡的原因會是配偶，可能是紛爭或背叛而產生的絕望。諸如此類。

局長的星盤上，第八宮（代表人生威脅、死亡的宮位）內有太陽——象徵生命本身，同時也是權力地位。太陽與火星（代表暴力、侵略性）在第十二宮（謀殺、突擊、暗殺）呈現非常不吉利的四分相，且宮頭落在天蠍座（死亡、暗殺、犯罪）。天蠍座的守護星是冥王星，因此權力可能與類似警察的機構，嗯……或是和黑幫有關。冥王星與太陽在獅子座呈合相。就我看來，這些都意味著局長是個立場不明、非常神祕的人，與各種黑暗事件有所牽連。他可以是個殘忍、無情的人，且以自身地位牟取各種利益。極有可能除了警察局的權力外，他也在其他祕密的惡勢力組織中握有許多權力。

除此之外，局長上升的守護星在牡羊座，牡羊座對應的人體部位是頭部，因此暴力（火星）與他的頭有關。頭部遭重擊是他的死因。我也記得土星在動物星座——牡羊座、金牛座、獅子座、射手座和摩羯座——預示著生命的威脅來自野外或具侵略性的動物。

「維吉爾在但丁的『地獄』裡說，占星家會受到可怕的扭脖之罰。」迪西歐在我結束論證時說。

◆

「快動呀你，兄弟啊！別讓我難堪。」我對武士說，而它僅是轟隆隆地對我抱怨，立刻就發動了。這需要的是一定程度的忠誠。要是彼此依賴相伴這麼長時間，就會產生友誼。我知道它的年紀也不小，行動一年比一年困難。完全和我一樣。我也知道自己忽略了它，這個冬天對它來說十分艱辛，這也與我相同。萬一災難發生，它身上有我一切所需：鏟子和繩索、電鋸、一罐汽油、礦泉水，和一包肯定已經潮掉的餅乾——從秋天就放在那兒。此外也有手電筒（原來在這裡！）急救箱、備用輪胎和橘色的冰桶。我還在這兒放了另一罐防身噴霧，要是我在路上出了事，可以自衛，雖然這幾乎不太可能發生。

我們在高地上往村子的方向前進，經過草原和美妙的荒野，田野正羞澀地轉成淡淡的綠色。鮮嫩的蕁麻尖冒出地面，都小小的，還很脆弱，很難想像再過兩個月，它們就會帶著毛茸茸的綠色豆莢頑強地生長，變得高大且危險。我在路邊的地上看見小雛菊的小臉蛋，總覺得它們像是一支花族的軍隊，正默默地看著路過這裡的每個人，評價著我們。

◆

我把車停在學校前，班上的孩子立刻跑向我——他們總是喜歡看貼在武士前門上的狼頭。接著他們把我帶進教室，拉著我毛衣的袖子，喋喋不休地彼此交談著。

「Good Morning.」我說道。

「Good Morning.」孩子們回應。

因為是星期三，所以我們開始自己的星期三儀式。可惜的是，又是只有不到一半的學生，因為男孩得去為第一次聖餐彩排，所以我們不得不重複上一堂課的內容。第二堂課，我教了與自然有關的生字，因此弄得有點亂，學校的清潔工後來還臭罵了我一頓。

「您總是留下一團亂，再怎麼說這也是小學，不是幼稚園。弄這些髒兮兮的石頭和水草幹麼？」

這間學校裡我唯一害怕的人就是她，她那刺耳且充滿抱怨的語氣令我抓狂，她的訓斥令我感到疲憊，連生理上都覺得累。我不情願地拖著自己去郵局、再去購物。我買了麵包、馬鈴薯和其他蔬菜，一大堆東西，還把錢花在康寶左拉起司上面，想用起司讓心情變好。有時候我會買各種雜誌和報紙，但是通常讀這些會讓我隱約萌生罪惡感。關於那些我沒做的事，或是我忘記的事，我是否無法在緊急情況下滿足要求的事，或是在某些重要事件上表現比別人更出色。報紙可能是對的。不過仔細看看街道上的流動，便會想到許多人也擁有相同的問題，他們也都做了不從心的事。

春天的第一波微弱訊號還未傳到城市，不過大概已經像以前的敵軍般潛伏在關卡處，在別墅的花園裡，也在谷地的流水中。冬天過後，鵝卵石上留下許多沙，灑滿滑溜溜的人行道，現正在太陽下揚起塵埃，弄髒了剛從衣櫥裡拿出來的春鞋。鎮上的花圃毫無生氣，草地被狗大便弄髒。行人灰頭土臉地走在街上，半瞇著眼睛，個個看似充滿疑惑。人們排入提款機的隊伍，從那領出二十茲羅提，就為了買今天的食物；因為預約了13：35分的時段，正趕著去診所；去墓園換下塑膠冬花，放上真的春天水仙。

我被人們這般繁忙給深深感動——有時我的情緒會突然上來，我覺得這與我的病有關。我的抵抗力很差。站在傾斜的廣場上時，一股強烈、與路人的共生感慢慢湧上心頭。每個人都是兄弟姊妹。我們與彼此是如此相像，脆弱、短暫、易受損。我們滿懷信任在蒼天之下流連，等著我們的卻沒什麼好事。

春天只是個短短的插曲，在它之後會出現強大的死亡勢力，它們已包圍了城牆，而我們被圍困其中。要是細細觀察每個片刻，就可能會因恐懼而窒息。我們的體內正止不住地崩解，很快就會生病、死亡，我們所愛之人會離我們而去，對他們的記憶也將在喧囂中消散，什麼也不會留下，只剩衣櫥裡的一點衣物，以及無人知曉的照片上的某一個人。最珍貴的回憶也會隨之散去，一切都將落入黑暗之中，就此消失。

我看著長椅上懷孕的女孩正讀著報紙，突然覺得所有無此意識的人是多麼受到眷顧。要是知道這一切，怎麼可能不流產呢？

我的眼睛又落下了淚水，真是令我尷尬又困擾。我無法止住眼淚。只能讓阿里想點辦法了。

◆

好消息商店位在廣場旁邊的街上，雖然可以直接從停車場走進去，卻不太能吸引到衣物店的潛在客戶。

去年深秋是我第一次上門。那時我又冷又餓。潮溼的十一月夜幕掛在城市上空，所有明亮、溫暖的東西對人們都具吸引力。

入口處鋪著乾淨的彩色地毯，一路延伸到衣架之間。衣架上的衣物按顏色分類，玩弄著色調；薰香的味道飄散在空氣中，裡頭很暖和，甚至有點熱——全是窗戶下那些工業用大扇片的功勞。這裡曾是殘疾人士裁縫合作社，牆上的字跡仍舊清晰可見。角落裡有一株巨型爬藤植物，長得都比屋子要高了，它占據整個角落，強壯的枝椏攀上牆壁，延伸到展示櫥窗中。這裡有如社會主義咖啡店、乾洗店與派對服飾租借店的混合體。矗立在這之中的是——好消息。

我就是這樣叫她的。給這個女孩的名字是我自己想的，看到她的第一眼我便抗拒不了給她這個名字。抗拒不了是個強而美麗的詞，用上這個詞也就不需要多作解釋。

「我想找保暖的外套。」我害羞地說，而女孩機靈地看著我，黑溜溜的眼珠子閃閃發光。她欣然點點頭。

所以過了一會兒我便加上：

「要能保暖且防雨，有別於其他外套，不要那種灰色或黑色，很容易在衣帽間搞混的類型。我想要口袋，很多口袋，可以放鑰匙、狗零食、手機、文件之類的東西，這樣我就不用勒著手帶包包出門。」

我說這些話的同時，也意識到我透過此番請求把自己交給了她。

「我或許有適合您的東西。」好消息說道，把我領進狹長的空間深處。最底端有一根掛滿外套的圓形衣架。她毫不猶豫地伸出手，拿起一件漂亮的焦糖色羽絨外套。

「您覺得怎麼樣呢？」她的眼中映著大片明亮的窗戶，閃著美麗、純淨的光芒。

我很喜歡，這外套再適合我不過。我感覺自己像一隻動物，身上披著偷來的毛皮。我在口袋裡找到一顆小貝殼，我認為這是前主人留下的小禮物，祝福新主人穿得愉快。

我還在這裡買了兩雙手套，接著要翻帽子箱時，看見一隻大黑貓趴在那。而旁邊的圍巾上還有另外一隻，一樣黑溜溜的，只是體型大了一些。我在心裡暗叫牠們「帽子」和「圍巾」，雖然後來我一直很難分辨出誰是誰。總之都是好消息的黑貓。

這位有著滿族外貌（她頭上戴著假皮毛做成的帽子）的親切店員泡了茶給我，並把椅子移到瓦斯火爐前讓我取暖。

我們的友誼就是這樣開始的。

當我看著某些人，喉嚨會緊縮、眼裡會盈滿感動的淚水。這些人讓人覺得他們身上有更多我們以前的純真記憶，好似他們是大自然的怪胎，還未完全沉淪、墮落。或許他們是某種使者，尋回那些迷失方向、不知自己出身的王子。他們會給王子看他在自己國家所穿的長袍，提醒他回家。

她也飽受疾病的折磨，一種罕見的怪病。她沒有頭髮，也沒有眉毛和睫毛。打從她出生就是這個樣子。不是基因就是占星的影響。我當然覺得是占星了。噢，對了，我後來算過她的星盤：受損的火星落在接近上升的地方，在十二宮那側與落在第六宮的土星對沖（這種火星也會造成隱藏的活動與祕密動機）。

因此她以眉筆畫上漂亮的彎眉，還在眼皮畫上細細幾筆假睫毛，呈現出完美的錯覺。她的頭上總是頂著頭巾或帽子，有時甚至戴上假髮或纏上圍巾。夏天時，我會驚訝地看著她的前臂，上頭完全沒有我們每個人都有的東西——明亮或暗色的細小毛髮。

我常在想，為什麼我們會喜歡這些人，而不是那些人。對此我有自己的理論：我們的身體會直覺地傾向某種理想、和諧的形式，而我們會在他人身上找出符合理想的特徵。進化的目的是純粹的美，而不是為了適應環境。進化關乎著美，關乎達到最完美的形式。

直到我觀察了這個女孩，我才意識到長滿毛髮的我們有多醜陋——那些在額間的眉毛、睫毛，還有頭上、腋下和恥骨的剛毛。我們為何需要這些怪異的痕印？我認為，所有人在天堂裡都應該沒有毛髮，赤裸而光滑。

好消息說她出生於克沃茲科附近的一個村莊，生在一個大家庭裡。她的父親酗酒且早逝。母親患重病，因重度憂鬱、用藥導致精神恍惚而住進醫院。好消息只能努力照顧好自己。她通過大學入學能力測驗，但是沒有去念。因為沒有錢，而且她也必須照顧弟弟妹妹。她決定賺錢繼續念書，卻找不到工作。最後這間連鎖二手店的老闆僱用了她，可是薪水並不多，她僅能勉強維持生計，而念書的想法也一年年變得遙遠。店裡沒有人的時候，她會看書。我知道她看哪些書，因為就擺在架子上，借給衣物店的顧客閱讀——都是黑暗、恐怖的哥德小說，皺巴巴的封面上印有蝙蝠。有悖常理的和尚、與身體分離的手去殺人、棺木被洪水沖出墓園這類的。顯然讀這些東西能使她相信，我們並不是活在最糟糕的世界裡，這些故事能教她樂觀以對。

當我聽著好消息說自己的人生故事，許多以「為什麼不……」開頭的問題在我腦中逐漸形成，接著出現的是——就我們看來——在這種情況下該怎麼做。我的雙脣準備送出可惡的「為什麼」時，我就咬到了自己的舌頭。

這就是那些彩色雜誌做的事，而我只是有那麼一刻想跟它們做出相同行為：告訴人們什麼事情沒做到、哪個地方搞砸了，最後是自我攻擊，讓人們鄙視自己。

所以我什麼也沒說。生命故事並不是可以討論的話題，應該要聆聽並給予回饋。所以我也告訴了好消息我的人生，我還邀請她來家裡認識一下女孩們。這就是我們友誼發展的經過。

我為了她的事去了一趟區公所，但是我得知好消息的狀況並不符合任何補助資格，沒有任何獎學金。辦事人員建議我去銀行辦助學貸款，這種貸款在畢業開始工作後才開始償還。有一些免費的電腦課、裁縫課和花藝課，但只提供給失業者。她得先辭職才能去上這些課。

我也去了一趟銀行，拿到一疊需要填寫的表格。但是最重要的是——好消息必須先取得入學資格。我知道她一定能達成目標。

◆

我很喜歡和好消息一起坐在店裡，這是城裡最舒服的地方。帶著孩子的母親，在退休者食堂吃過午餐的老太太都會聚在這裡。停車場警衛和凍壞的菜攤員工也會過來。所有人都能在這喝上一杯熱飲。甚至可以說好消息在這裡經營了一間咖啡廳呢。

我今天得在這兒等到她關店，之後我們要和迪西歐一起去捷克，參觀那間賣布萊克的書店。好消息正在折領巾。她的話不多，就算開口說話也是輕聲細語，得非常仔細聽。最後一批客人還在衣架上挖寶。我在椅子上伸了個懶腰，幸福地閉上眼。

「您聽說高地上出現狐狸的事了嗎？就在您附近的林子裡，是那種毛茸茸的白狐狸。」

我愣了一下。在我附近？我睜開眼，看見那位帶著貴賓狗的先生。

「據說一位姓氏很好笑的有錢人把一些狐狸從自己的農場裡放了出來。」他說，手臂上掛著幾條褲子站在我面前。他的貴賓狗笑容洋溢，顯然認得我。

「芙內札克？」我問道。

「對，就是他！」男人用肯定語氣說，接著轉向好消息。「可以麻煩您幫我找腰圍八十公分的褲子嗎？」

「我打探不到芙內札克這個人，他消失得無影無蹤，要找到簡直就像大海撈針。」那位老先生繼續說。「他可能跟他的情婦逃到溫暖的國家去了。大概捲入了詐騙事件吧，反正他這麼富有，想躲去哪都行。」

一位頂著光頭的年輕男子剛問過有沒有 NIKE 或 PUMA 的運動褲，現在正在衣物堆裡翻找，幾乎沒張開嘴地說：

「不是什麼詐騙事件，是黑道。他非法從俄羅斯走私毛皮，以農場當掩護。可是他沒付錢給俄羅斯黑道，所以跑路了。」

這個話題令我憂心。我開始害怕起來。

「您的貴賓狗是公的還是母的？」我禮貌地問老先生，試圖將話題導向不那麼令人絕望的地方。

「我的小馬克思嗎？是公的，他還單身呢。」他笑道。不過他顯然更想知道城裡的八卦，因為他轉向光頭男，繼續說：

「他有眾多財產。在克沃茲科的對外道路上有一間旅館、小吃店、狐狸農場、屠宰場和肉品加工廠，還有馬場。但是有多少在他太太名下？」

「幫您找到了八十公分的。」我給了他一件非常體面的灰色長褲。

他仔細地看了看，戴上眼鏡詳讀洗滌說明。

「噢！這條不錯，我就買這條了。我喜歡合身且貼身的款式。」

「是吧！每個人的喜好都不同，我總是喜歡寬鬆一點的衣服，感覺比較自在。」我說道。

迪西歐帶來了好消息。地區週刊《克沃茲科之土》邀請他在詩選的專欄上刊登他的布萊克譯作，他既興奮又恐慌。我們沿著幾乎空蕩蕩的公路駛向邊界。

「我想先翻他的信件，接著再回到詩作上。要是他們想要詩歌……天哪，我要給他們什麼？我要先給什麼？」

說實話，我已經無法再在布萊克身上打轉了。我看見我們經過了破舊的邊界哨口，進入捷克。這裡的路好多了，迪西歐的車也停止發出喀噠聲。

「迪西歐，那些狐狸的事是真的嗎？」好消息坐在後座問迪西歐。「牠們真的從農場逃出來、跑進森林裡嗎？」

迪西歐證實了此事。

「那是幾天前發生的。警方一開始認為，他在消失以前把所有動物賣給了別人。結果看來是把牠們給放了。這很奇怪對吧？」

「警方在找他嗎？」我問。

迪西歐回答，沒有人通報他失蹤，所以沒有理由找他。他的妻子和孩子都沒有報案，或許他放假去了。他的妻子證實，以前也有過相同的情況。那時他失蹤了一個星期，之後從多明尼加打電話回來。只要銀行沒有要抓他，就沒有理由擔心。

「人是自由的，只要不在銀行的黑名單上，就可以隨心所欲地過自己想過的生活。」迪西歐滔滔不絕，讓我們也如此相信。我發現，他一定能成為優秀的警方發言人。

迪西歐也說，警察已經有局長褲頭那一大筆錢的來源線索：那是賄賂。他們認為局長正好從芙內札克那裡離開——警方花上許多時間才弄清楚這些顯而易見的事。

「還有，」他最後補上。「殺害局長的兇器上有動物的血跡。」

我們在書店關門前最後一刻抵達。一頭白髮的洪札拿給迪西歐兩本預定好的書，我看見迪西歐雙頰泛紅。他容光煥發地看向好消息和我，接著舉起雙手，好像要擁抱洪札似的。那兩本都是一九七〇年代的老書，編譯得相當不錯，市面上是買不到的。我們全都興致高昂地回家，沒有人再提起那些黑暗事件。

迪西歐把《書信選集》借給我幾天，我一回到家就立刻添好柴火、泡杯濃茶，開始閱讀。

我特別喜歡其中一段，所以就直接在紙袋上翻譯了：

「我相信我的身體狀況良好，」布萊克寫道，「但是有許多小毛病除了我自己以外無人知曉。我年輕時，許多地方總是會讓我生病——到達後的第二天，有時是兩天或是三天以後，相同的病徵便會出現，同時伴隨著胃痛。法蘭西斯・培根子爵常說，要在山區生活得受過訓練——子爵是個騙子。沒有任何訓練可以使人變成別人，甚至是最小的部分都沒辦法，而這種訓練我稱之為狂妄與愚蠢。」

這段話讓我感觸很深。我讀了又讀，無法停止。或許這正是作者所希望的。我讀的所有東西都會滲入夢裡，因而整晚夢見幻象。

9 小中見大

「鳥翅遭擊垂下，天上的智天使停止歌唱。」

五月，春天開始。不情願的牙醫把他古老的牙鑽，以及也是古董的牙醫椅搬到屋前，宣告春天到來。他快速以抹布拍了幾下，撣去灰塵，將它們從蜘蛛網與乾草中解救出來——它們都在穀倉裡過冬，只有在緊急需求下才偶爾拿出來。牙醫冬天時基本上不工作。這裡的冬天基本上沒事可做，人們全失去了關注自己健康的興致。再說，冬天很暗，牙醫的視力也不好。他需要五月和六月的光亮，直直照進病患的嘴巴。病人主要由森林裡的工人和整天站在村子小橋上的小鬍子招攬而來，我們因此都說小鬍子是在「橋梁建設」工作。

四月的泥地已經乾涸，我以巡查為藉口，膽子越來越大，走入其他地方。這個季節我很喜歡去阿赫索西亞這座小村看看，就在牙醫居住的採石場邊。和往年一樣，這裡的景觀依舊驚人——在一片藍天之下，淺綠色的草地上擺著一張破爛的牙醫椅，上頭總是有人半躺著、張開嘴對著太陽。牙醫手握牙鑽，傾身低伏。他的腳掌正做著單調的動作，從這個距離很難注意到他正有節奏地踩著牙鑽的踏板。還有兩、三個人在幾公尺外，安靜專注地看著這一幕，一邊啜飲啤酒。

牙醫主要的任務是幫人拔掉蛀牙，有時候做些治療，但是次數不多。他也做假牙。我還不知道他的存在時，我常疑惑住在這地區的人到底是什麼種族。他們許多人都有相似的牙齒，貌似來自同一個家族，有著相同的基因，或是有著一樣的星盤。尤其是那些老者，他們的牙齒又窄又長，帶著藍色暗影，十分怪異。我也提出過其他假設，因為我聽說高地的深處有鈾礦，而眾所皆知——鈾會引發各種異常。

現在我已經知道了，這些全是牙醫做的假牙，是他的商標和品牌。如同藝術家，這些牙齒是獨一無二的。

在我看來，要是他的行為合法，這都可以成為克沃茲科谷的觀光景點了。可惜的是，他多年前因酗酒問題被吊銷執照。這也很奇怪，竟然不是因為他的視力不佳而吊銷執照。視力的問題對病患應該是更大的問題才對。牙醫戴著厚重的眼鏡，其中一只鏡片還是以膠帶固定。

那天他正在幫一個男人鑽牙。很難看出男人的五官樣貌，他的臉因疼痛而扭曲，因酒精作用而輕微恍惚。牙醫都用酒來麻痺病患。牙鑽可怕的聲音在腦中迴盪，讓我想起兒時最糟糕的回憶。

「最近怎麼樣呀？」我打招呼。

「還可以。」他笑得燦爛，讓人想起一句古語：醫人者能自醫。「您好久沒過來了，我們最後一次見面是您在這找您的……」

「對呀對呀！」我打斷他。「冬天沒辦法走這麼遠，等我把自己從雪堆中挖出來都天黑了。」

他回到鑽牙上，而我和其他旁觀者站在一起，在沉思中看著在人嘴中震動的牙鑽。

「您有看見白狐狸嗎？」一個男人問我。他的面容十分俊俏，要是他的人生有所不同，肯定會是一名電影明星。然而，現在他的俊美將消失在皺紋與細紋之下。

「可能是芙內札克逃跑前放出去的。」另一個男人說道。

「或許他良心發現，」我總結。「或許狐狸把他給吃了。」

牙醫打趣地看向我。他點著頭，牙鑽鑽得更深。可憐的病患在椅子上猛抽一下。

「不能不鑽牙就補起來嗎？」我問。

不過似乎沒有人特別關心病人。

「先是大腳，接著是局長，現在是芙內札克……」美男嘆了口氣。「現在大家都害怕出門。天黑後我都讓女人處理屋外的一切。」

「您這是明智的做法。」我拋出這句話，接著慢慢說：「動物正在報復他們的狩獵行為。」

「說什麼呢……大腳又不打獵。」美男懷疑道。

「但是他盜獵。」其他人說。「杜薛伊可女士說得有道理，這裡盜獵最多的不是他、還有誰？」

牙醫在小盤上抹了些白色膏狀物，接著以抹刀填入鑽開的牙齒。

「沒錯，有可能。」牙醫喃喃自語道。「真的有可能，正義是存在的。對，沒錯，動物。」

病患痛苦地呻吟。

「您相信天意嗎？」牙醫停在病人上方，突然問我，語氣戲謔。

男人全咯咯笑起來，好似聽到了荒謬的事情。我不得不想了一下。

「因為我相信。」他沒等我回答便說。他友善地拍拍病人的背，病人則開心地跳下椅子。「下一位。」他說。一個人從圍觀的人群中走出來，不情願地坐上椅子。

「牙齒怎麼了？」牙醫問。

那個人以張開嘴巴做回應，而牙醫認真端詳後立刻縮了回來，說：「哇靠！」這肯定是對病人齒列最簡短的評價。他用手指檢查牙齒的抓力，接著拿起身後一瓶伏特加。

「給你，喝吧。得拔。」

男人咕噥著，因這突如其來的判決十分苦悶。他從牙醫手中接過一杯幾乎裝滿的伏特加，一飲而盡。我可以肯定，喝下這種麻痺劑，他就不會感覺到疼痛。

我們等待酒精作用的同時，一群男人興奮地討論起採石場很可能就要重啟。採石場會一年年慢慢吞噬高地，直到整塊地方被吃乾抹淨，而我們也不得不離開這裡。若是真的重啟，牙醫的聚落將會第一個需要移居。

「但我不相信天意。」我說道。「你們成立抗議委員會吧！」我建議他們。「辦一些示威活動。」

「*Apre nu deliz!*[37]」牙醫說，把手指放進病人失去知覺的嘴巴裡，接著輕而易舉拔出了一顆發黑的牙齒。我們只聽見輕脆一聲響。這讓我感到一陣虛弱。

「牠們是該為這一切報仇。」牙醫說道。「動物真該操他媽的搞爆這一

37 路易十五的名言，意為「我死後，管他洪水滔天」。

切。」

「沒錯，幹他媽的王八東西。」我跟著說，這群男人全吃驚地看向我，臉上淨是敬畏。

我繞遠路回家，抵達時已是下午。路途中，我在森林邊緣看見兩隻白色的狐狸，牠們走得很慢，一隻在前一隻在後。狐狸的白在綠色草地的背景上彷彿來自別的世界，彷彿是動物王國的外交使者，來此調查案件。

黃色的蒲公英在五月初盛開。在好的年份，它們會在長週末[38]開花，這也是冬季後房子主人第一次回到這裡的日子。在比較差的年份，它們直到勝利日才會以黃色小點覆蓋草地。我和迪西歐往往多次讚嘆這奇蹟中的奇蹟。

不幸的是，這對迪西歐來說也預示艱難時期的到來。兩週過後，他會開始對萬物過敏——淚流不止、喘不上氣、呼吸困難。在城裡這都還能忍受，但是當他在週五來到我這裡，我得緊緊關上所有門窗，以免看不見的過敏原找到通往迪西歐鼻子的路。六月草地釋放花粉，我們必須把翻譯之約移到他那裡。

沉悶又累人的漫漫長冬後，太陽在我身上的作用顯得特別糟糕。一到早上我便無法睡覺，破曉就起床，並且感到惶惶不安。我整個冬天都得和高地上不停歇的風對抗，現在我的門窗大開，讓風能流進室內，吹走發霉的不安和所有疾病。

萬物開始沸騰，能感覺到草下、地層下熾熱的震動，好似巨大的地下神經再過不久就會因腫脹而爆裂。有一股難以擺脫的感覺，其中隱藏著不假思索的強烈意志，就像驅使青蛙爬到彼此背上的那股力量一樣噁心。青蛙正在怪人的池塘裡不停歇地交配。

只有太陽接近地平線時，蝙蝠家族才會陸續出現。牠們會悄然無聲地飛翔，而我覺得牠們總會放慢飛行的速度。蝙蝠一隻隻繞過房子時，我數過一次，共有十二隻。我很想知道蝙蝠怎麼看世界，想進入牠的身體飛過高地——一次就好。

38　波蘭五月一號為勞動節、五月二號國旗日、五月三號憲法節，那週又名為「小五月」，是波蘭人視為時序進入春夏的起點。

以蝙蝠的感官來看，這裡的人會是什麼樣子？像影子嗎？還是絲絲震盪、如同噪音源那樣？

傍晚，我坐在門前等待牠們出現，蝙蝠一隻接著一隻飛過教授家屋頂，一一拜訪。我輕輕揮手向牠們打招呼。事實上，我和牠們有許多相同之處——我也從不同的視野看世界，上下顛倒。我也比較喜歡暮色，不適合生活在陽光下。

沒有樹葉、雲朵遮蔽的陽光對我的皮膚來說是狠毒又尖銳的射線，會造成不良反應，皮膚會泛紅、受到刺激。一如每年夏天的頭幾天，我開始長出小小的癢疹。我用凝乳和迪西歐給我的燙傷藥膏治療，還得從衣櫥裡拿出過去幾年戴的大帽子，為了不讓寬闊的帽沿被風掀起，我還在下巴綁上了緞帶。

某個星期三，我戴著這頂帽子從學校返家。我繞了遠路，我要去——我也不知道我要做什麼。有些地方你不會想去，但是有些東西會吸引你過去，而這東西很可能就是「恐懼」。或許因為這樣，好消息才喜歡恐怖小說。

不知為何，那個星期三我出現在狐狸農場附近。開著武士回家的時候，我突然在路口轉往與平常不同的方向。柏油路一下就到了盡頭，我聞到噁心的氣味，這肯定能把附近的路人嚇跑。雖然農場在兩週前正式關閉，這股惡臭仍未散去。

武士表現得好像也有嗅覺一樣——它停了下來。我坐在車裡忍著惡臭，看見前方約一百公尺處以高網圍起的建築物——一間間倉房。上方布滿整整三層刺網，在太陽下閃閃發光。每片草葉都投下尖銳的影子，每根枝枒都像長釘。萬籟俱寂。我全神貫注地聽著，彷彿期待著那面牆後能傳來可怕的聲響，或是先前在那裡發生的事件回音。不過很明顯，那裡沒有任何生靈——沒有人，也沒有動物。農場會在一年內長滿牛蒡和蕁麻，再過一、兩年便會消失在綠林之中，最多就是變成一處嚇人的地方。我想這裡或許能作為博物館。以告誡世人。

片刻過後車子發動，我回到公路上。

噢，對了，我知道失蹤的主人長什麼樣子。我搬來不久之後在橋上遇到過他。那次見面很奇怪，當時我還不知道他是誰。

某天下午，我開著武士從鎮上購物回來，在我們小溪上的橋前，我看見一輛越野車停在路邊。那輛車像是渴望舒展筋骨似的四門大開。我放慢車速。我不喜歡這些又高又重的車，它們是為戰爭而造，不是為了在自然間漫步。它們的大輪子在田野間壓出車轍、闢出小路。強勁的引擎製造很多噪音，排放許多廢氣。我相信他們的主人鐵定「鳥」都很小，得擁有大車才能填補這分缺陷。我每年都向鎮長抗議為了這些糟糕車輛辦的越野拉力賽，還寫過陳情書。但我總是得到敷衍的答覆，鎮長說會適時考慮我的意見，接著就無消無息。現在我就在其中一輛車旁，位於小溪前面、進入山谷的入口，幾乎快到我們房子。我開得很慢，後照鏡清楚地照出這位不受歡迎的客人。

前座坐著一位年輕貌美的女子，正抽著菸。她有一頭及肩的假金髮，乾淨的妝容，深色脣筆描出的嘴脣特別顯眼，皮膚黝黑得好像剛從燒烤架上下來。她把腿伸向車外，赤裸的腳上擦著紅色指甲油，一隻涼鞋落在草叢裡。我停下車、探出窗外。

「有什麼需要幫忙的嗎？」我友善地問。

她搖搖頭，接著視線望向天際，在背後比了個拇指，會意地笑了笑。她看起來很友善，雖然我不懂她的手勢。所以我下了車。因為她以手勢回應、沒說任何話語，我亦安靜地行動，幾乎是踮著腳尖走向她。我疑惑地揚起眉毛，甚是喜歡這股神祕感。

「沒事、沒事。」她輕輕地說。「我在等……我先生。」

等先生？在這裡？我完全不知道自己誤入了什麼場景，猶疑地環顧四周，終於看見了那位先生。他從林子裡走出來，一派滑稽好笑。他穿著某種制服，上頭是綠色和咖啡色的迷彩，從頭到腳插滿雲衫的枝椏。頭盔和制服還是同系列的；他的臉上抹了黑色顏料，在修剪過的灰白鬍鬚下閃閃發光。我沒看見他的眼睛，因為他戴著特別的眼鏡，有點像是眼科醫生用來檢查視力的裝置，滿是螺絲與鏈子。他寬闊的胸膛和豐滿的肚腹上纏著便當盒、地圖、工具盒和一排子彈。手裡抓著配有望遠鏡的霰彈槍，看上去就像星際大戰中用的武器。

「我的媽啊！」我不由自主地嘀咕。

有那麼一陣子，我無法發出任何人類的聲音。我看著這個怪人，心中驚恐又害怕，直到那女人把菸灰撣到路上，以諷刺語氣說：

「就是他。」

男人走向我們，摘下頭盔。

我或許從來沒看過這般土星相貌的人。他的身材中等，額頭寬闊，有著濃眉，輕微駝背、腳掌內八。我無法不認為他已習於糜爛的生活，整個人生只受一種東西指引——不惜一切代價、堅持實現自我的渴望。他正是這個地區最富有的人。

我感到他很開心讓妻子以外的人看見他，自豪不已。他以手勢向我打招呼，接著立刻忽視我的存在。他把頭盔和怪異的眼鏡戴上，往邊界方向看。我立刻明白這是怎麼一回事。憤怒向我襲來。

「我們走了吧。」她的妻子不耐煩道，好像在對孩子講話。也許是感受到我正流淌而出的憤怒氣息。

他假裝沒聽見，過了半晌才走向車子，把頭上那些儀器摘下，放下霰彈槍。

「您到底在這裡做什麼？」我問，因為我腦袋裡沒有其他答案。

「那您呢？」他沒有看著我，直接說。

她的妻子穿上涼鞋，坐上駕駛座。

「我住在這裡。」我冷冷地說。

「啊，您就是有兩隻狗的那位……我們已經告訴過您，請您讓狗在家附近活動。」

「牠們是在私人土地上……」我開口，但他打斷我。他的眼白在弄髒的臉上閃爍著不祥氣息。

「對我們來說沒有所謂私人土地，您得搞清楚。」

那是兩年前的事。那時候一切對我來說都簡單些。我已經忘了和芙內札克的那次見面，畢竟這也沒什麼好記得的。但是後來，某顆行星突然加速穿越看不見的點，帶來了變化，而下方的我們並無意識。或許這起宇宙事件有幾個小小的徵兆，只是我們沒有注意到：某人踩到小徑上的樹枝、冷凍庫裡的啤酒因為忘記拿出來而爆開、野玫瑰叢掉下兩顆紅色果實。我們該如何理解這些事？

很簡單——最小的事件中包含著大事。毫無疑問正是如此。就在我寫下這些文字時，桌子上躺著行星位置圖，大概整個宇宙都攤在了上頭。溫度計、硬幣、鋁湯匙、陶杯。鑰匙、手機、紙張和筆。還有我灰白的髮絲，它的原子中埋藏著各種記憶，生命的濫觴，以及世界初生時的宇宙劫難。

10 猩紅甲蟲

「勿殺蛾或蝶，否則審判在眼前。」

六月初，就在所有房子至少週末都有人住時，我仍極其認真地履行自己的職責。我至少每天走上小丘一次，以望遠鏡觀察我的領地。我當然是先看房子。就某程度來說，它們也算與人共生共棲。我的內心十分雀躍，因為我很清楚它們的共生體回來了。他們以喧囂、體溫和思緒填滿室內，以其小手修補冬天留下的所有傷痕和毛病，吹乾溼氣入侵的牆面、擦淨窗戶、修理抽水裝置。物質在不被打擾時會陷入沉睡，而房子現在看似醒了過來。塑膠桌椅已經放上露臺，窗上的木遮板打開，陽光終於照進室內。週末時，煙囪會冒出煙霧。教授夫婦越來越常出現，總會帶上一群朋友。他們沿著路散步，從來不踏上田埂，每天都在午餐後走到小教堂再折返，時不時停在路上談論。有時候，當風從他們的方向吹來，一個個字詞便隨風送到我這裡：卡納萊托[39]、明暗對比、暗色調主義。

司徒傑尼家族開始在每個星期五出現。他們想把長在房子附近的植物拔除，種下商店買來的植株。我很難理解他們的邏輯。為什麼不喜歡接骨木，而想讓紫藤占據它的位置？有一次，我踮起腳尖，從厚重的柵欄後看著他們，告知他們紫藤可能熬不過這裡的二月霜凍，他們只是微笑地點點頭，繼續做自己的事。他們砍掉了美麗的野玫瑰，除掉叢叢百里香，在門前堆起花俏的石頭，種上針葉樹種——據他們的說法是：崖柏、山松、扁柏和冷杉。在我看來一點道理也沒有。

灰女子已經抵達許久，我看到她在田埂間緩慢步行，僵硬的像根棍子。某天晚上，我帶著鑰匙和帳單去找她，她請我喝花草茶，我出於禮貌喝掉了。在我們結算完後，我鼓起勇氣問道：

「若我想寫下自己的回憶，應該怎麼做？」我沒頭沒尾地說。

「坐在桌邊，強迫自己書寫。獨自進行，不要給人審查。寫下出現在腦中的一切。」

真是個奇怪的建議。我不想要寫下「一切」，只想寫那些我認為是好的、有用的事。我以為她還會多說些什麼，她卻保持沉默。我感到有些失望。

「失望嗎？」她問道，好像讀透了我的心思。

「嗯。」

「言語無法表達的時候，就該用寫的。」她說。「這非常有幫助。」她加上這句，就安靜了下來。風越來越大，我們現正透過木窗，看著樹木以均勻頻率隨著無聲之樂的節奏搖晃，彷彿露天劇場上的觀眾。氣流砰的一聲甩上樓上的門，聽起來像是有人開槍。灰女子被嚇了一跳。

「這些聲音讓我很不安，好像所有東西都有生命！」

「風原本就會發出各種聲音，我已經習慣了。」我說道。

我問她在寫什麼書，她回答恐怖小說。這令我十分開心。我得讓她和好消息

39　十七世紀的義大利畫家，以描繪威尼斯的風光聞名。

認識一下，她們在同一條線的兩端，肯定會很有話聊。能寫這種東西的肯定是個勇敢的人。

「惡的一方最終都得受罰嗎？」我問。

「我不在乎。我不在乎懲罰與否，我只是喜歡寫恐怖的東西。或許就是因為這樣我才膽小。不過這樣也好。」

「您這裡是怎麼了？」我被降臨的暮色鼓舞，指向她脖子上的矯正環開口問道。

「頸椎退化。」她的口吻好像是在告知我家裡有東西壞掉。「我的頭顯然太重，我是這麼認為的，就是頭太重，頸椎無法支撐，結果就喀啦喀啦地退化了。」

她邊笑又給了我一杯難喝的茶。

「您住在這不會孤單嗎？」她問。

「有時會。」

「我很佩服您，我也想像您一樣。您很勇敢。」

「喔，我才不勇敢呢，幸好這裡有些事能讓我做。」

「只要阿嘉塔不在，我就覺得不太自在。這世界這麼大，無法一一踏遍。」她看著我，以眼神觀察我幾秒。「阿嘉塔是我太太。」

我眨了眨眼睛。我從來沒聽過一個女人說另一個女人是「我的太太」。不過我挺喜歡。

「您很驚訝吧？」

我想了一下。

「我也可以有個太太。」我堅定地說。「和別人一起過日子比起獨自一人好，兩個人一起生活要容易些。」

她沒有答話。和她聊天很難。最後，我向她借了她寫的書——這大概是我讀過最糟的書。她承諾會告訴阿嘉塔，帶她來看看。夜色降臨，她仍未點燈。當我們淹沒在黑暗中，我向她道別，回家去。

◆

現在房屋皆慢慢回歸主人的照料，一切趨於平靜。我愉快地越走越遠，把這種遠征當作巡查的一部分。我像隻孤獨的狼，擴張著自己的領地。我走進森林，無止境地漫步，把房子和道路拋在後頭讓人鬆一口氣。越往裡頭走越安靜，樹林變成巨大又舒適的藏身之處。而我的思緒蕩漾，在森林裡的時候，我不需要隱藏病症中最棘手的部分——哭泣。我的淚水可以在這裡流淌，清洗雙眼、修正視力。或許就是因為這樣，我看見的才比那些眼睛乾涸的人還多。

我首先注意到麃鹿消失了。或許因為這裡的草太高，牠們完美的紅棕色背脊才因此被蓋住？不過，這倒意味著麃鹿開始繁殖了。

同一天，就在我第一次遇見漂亮的斑點小山羊時，我在森林裡看到了人。距離相當近，不過他沒有看見我。他揹的綠色背包像七〇年代的款式，我因此認為這個人的年紀大概與我相仿。而且說實話，他看起來確實也上了年紀。他是個光頭，臉上滿是剃得短短的灰白鬍鬚，大概是用市集上買來的中國製電動刮鬍刀所剃。過大的褪色牛仔褲隨意塞在臀部上方。

這個人沿樹林小徑前進，仔細看著腳下，大概就是因為這樣，我們才會離得這麼近。當他走到堆放雲杉樹幹的路口，卸下背包放在樹邊，獨自進入樹林。望遠鏡顯示出搖晃、不太清晰的畫面，因此他在那裡做些什麼我只能用猜的。他朝地面俯身，翻動落葉。有人可能會覺得他在採菇，不過現在採菇還為之過早。我觀察了一個小時。他先是坐在草地上，吃起三明治，並在筆記本上寫字。雙手墊在頭下，望著天空躺了大概半個小時。後來他抓起背包，消失在一片綠色之中。

我從學校打電話給迪西歐，告訴他有外人在樹林裡遊蕩。我也告訴他人們在好消息的店裡說了什麼。他們說，局長捲入了恐怖分子在綠色邊界的走私活動，有幾名嫌疑犯在不遠處被逮補。不過迪西歐相當懷疑這些話的真實性。他也不相信某個在森林裡遊蕩的人正抹去潛在的證據。說不定那裡藏了武器？

「我不想讓妳擔心，但是因為沒有發現任何新的曙光，調查可能會撤銷。」

「怎麼會？附近那些麃鹿的足跡呢？是麃鹿把他推進井裡的。」

一陣沉默後，迪西歐問道：

「為什麼妳要到處跟大家說動物的事？畢竟沒有人相信妳，還把妳當作……當作……」他吞吞吐吐。

「怪胎對吧？」我幫了他一把。

「對。妳為什麼要到處說？連妳自己也知道這是不可能的。」迪西歐說。我想真的有必要好好對他解釋一下。

我有些憤慨，但是上課鐘聲接著響起，我快速說道：

「我必須告訴別人自己的想法。我沒有辦法不說，其他人也會這麼做。」

因為知道有某個不認識的人在離家這麼近的地方閒晃，那天夜裡我睡得不太好。不過，調查可能會終止的消息也喚醒了令人疲憊的惶惶不安感。怎麼會「撤銷」呢？這麼突然？都沒有調查過一切可能。那些痕跡呢？他們有認真考慮過嗎？畢竟死了一個人，怎麼能說撤銷就撤銷？

這是我住在這裡至今第一次緊閉門窗。室內立刻悶滯起來。我無法入睡。時值六月初，夜裡已是溫暖又芬芳。我感覺好像把自己關在爐房裡生活。我細聽屋子周圍的腳步聲，分析著外頭的聲響，每當樹枝窸窣，我都會嚇得跳起來。夜晚把最細微的聲響都放大，將之變成清喉嚨、呻吟、人發出的聲音。我大概是被嚇壞了。這是我搬來後第一次出現這種情況。

第二天早晨，我看見那位揹著背包的男人站在我的門前。起初我害怕到整個人麻痺，手開始伸向藏著防身噴霧的地方。

「您好。很抱歉打擾您。」他的中低音調在空氣中震動。「我想買一些牛的奶。」

「牛的？」我有些驚訝。「我沒有牛的，只有小青蛙[40]的，可以嗎？」

他有些失望。

40 波蘭連鎖商店的名字。

才過了一天，我就覺得他看起來變得和善。我不需要用上我的噴霧。他穿著白色的立領襯衫——就是那種舊日美好時光的款式。而且，近看才發現他根本不是光頭，後腦杓還有些頭髮，綁成一把細小的馬尾，宛如一條髒鞋帶。

「您有烤麵包嗎？」

「沒有。」我有些意外地回答。「我也是在山下買的。」

「啊，好吧，那也可以。」

我走進廚房，但是轉過身讓他知道：

「我昨天看到您了。您睡在森林裡嗎？」

「對，我睡在森林裡。我可以坐在這裡嗎？我的骨頭有點痛。」

他似乎有些漫不經心，襯衫背後整片都是草葉印上的綠色，大概是從睡袋裡掉出來了吧。我咯咯笑了起來。

「您喝咖啡嗎？」

他大力搖著手。

「我不喝咖啡。」

他顯然不太聰明。要是他是聰明人，就會知道我並不關心他的飲食喜好。

「或許您想吃些蛋糕。」我指向桌子，昨天我和迪西歐把它搬到外面去了，上面有我前天烤的大黃派，已經吃得差不多了。

「那我能用廁所嗎？」他的問話方式彷彿與我討價還價。

「當然。」我帶他進屋。

他喝了咖啡，也吃了派。他叫「波里斯・許奈德爾」，但是他把自己的名字講得很好笑，拉長成「波——羅——斯」。所以我也就這樣叫他。他有輕微的東部口音，至於為何出現在這裡，下面幾句話便能見分曉。他來自比亞維斯托克[41]。

「我是昆蟲學家。」他嘴裡塞滿蛋糕一邊說。「我在研究某種幾乎絕跡的罕見美麗甲蟲。您知道您住的地方是猩紅甲蟲在歐洲最南邊的棲息地嗎？」

41 波蘭東北部大城，鄰近白俄羅斯。

我毫不知情，不過我們好像多了個家庭成員。說實話，這讓我很開心。

「牠長什麼樣子？」我問。

波羅斯把手伸向破爛的布袋，小心拿出一個塑膠盒子，放在我眼前。

「就長這樣。」

透明的小盒子裡躺著一隻死掉的金龜子。嗯，我會叫牠金龜子。不太大、棕色、相當平凡的金龜子。我以前常常看見漂亮的金龜子，眼前這隻就外觀來說並不算特別。

「為什麼是死的？」我問。

「請別認為我是殺死昆蟲、把牠們做成標本的愛好者。我找到牠的時候，牠就已經死了。」

我以眼神掃視波羅斯，試圖推測這個人有什麼毛病。

他在自然腐爛的木頭和砍伐的木材中尋找甲蟲的幼蟲，細數牠們的數量、清點幼蟲，並將結果寫在筆記本上，而這筆記本的標題為：《歐盟棲息地指令》第二與第四附件清單中特定朽木類甲蟲於克沃茲科縣森林的分布及保護建議計畫。

我仔細讀過標題，完全失去想看內容的念頭。

他叫我想想看，國家林務局是否根本沒有意識到歐盟指令第十二條：要求成員國建立嚴謹的繁殖地保育系統，並防止其破壞。他們允許從森林運出木頭，裡頭藏有之後會孵化成幼蟲的蟲卵。幼蟲進到鋸木廠和木材加工廠，一點痕跡也沒留下。牠們就這樣消失，甚至沒有人注意到，因此好像沒有人有錯似的。

「這片森林裡的每根木頭上都有滿滿的甲蟲幼蟲。」他說。「伐木時，有些樹枝會被燒掉。他們把滿是幼蟲的樹枝送進火堆。」

那時我想，每件不正義的死亡都應該被公開，就算是昆蟲也應如此。不為人知的死亡會成為更大的醜聞。我喜歡波羅斯在做的事。是的，他說服了我，我完全與他同一陣線。

話說回來，我也該進行巡查了，因此我決定將這些趣事和現實融合起來，與波羅斯一起進入森林。因為他，木頭的祕密在我眼前揭開。普通的樹幹看起來就像一座生物王國，裡頭有走廊、房間、通道，甲蟲就在這裡產下珍貴的卵。幼蟲長得不太好看，但是牠們的信念令我動容——牠們將自己的生命託付予樹木，沒有料想到這巨大而不會動的生物實際上如此脆弱，去留完全取決於人類的意志。我很難想像幼蟲死於火中。波羅斯撿起枯枝，讓我看看稀有與不那麼稀有的其他物種：隱士甲蟲、勾魂甲蟲——誰想得到牠就位於破爛的樹皮下、金黃地甲蟲——原來這是牠的名字，我看過很多次，牠一直都是個發光的無名氏、美得像一滴水銀的閻魔蟲、歐洲大鍬形蟲，這名字真有趣。人們應該用昆蟲的名字來幫孩子命名，用鳥名，或其他動物的名字當然也可以。斑紋．鍬形蟲、斑紋鍬．科瓦斯基、黑腹蠅．諾瓦克、烏鴉．杜薛伊可。這只是幾個我記得的名字。波羅斯的手會變戲法，比畫出神祕的符號，昆蟲、幼蟲、成團的蟲卵就會出現。我問他哪些蟲比較有用，他對這個問題相當憤慨。

「以自然的觀點來看，不存在有用與無用的物種。只有人類在用這種愚蠢分類法。」

黃昏後他來到我家，因為我邀請他留宿，畢竟他也沒地方睡覺。我幫他鋪好休息室裡的床，但是我們又坐了一下。我拿來上次怪人來訪後剩下的半瓶烈甜酒。波羅斯說起國家林務局所有底下的骯髒事和弊端，不過後來他便放鬆了些。

為什麼他對這名為「國家林務局」的機構特別情緒化，我很難理解。說到這個機構，我唯一想到的人是護林員「狼眼睛」。他的瞳孔看上去是細長的，是個正派的人，我因此幫他取了這個名字。

波羅斯就這樣在我這兒待上好幾天。每天晚上他都說隔天他的學生或抗議國家林務局的活動志工會來接他，但是每次要不是他們的車拋錨，就是必須去辦重要的事，不然就是他們途中停留華沙，有一次甚至是弄丟了一個裝滿文件的包包。諸如此類。儘管我看得出來，波羅斯盡量不造成麻煩，甚至還會主動幫忙，比如說，他奮力把廁所掃得乾乾淨淨。但是我仍擔心波羅斯會像雲杉木裡的甲蟲幼蟲，開始在我家孵化，最後只有林務局能夠將他掃地出門。

他的背包裡有一座小實驗室，一整盒燒瓶和試管。就他的說法，裡面是某種化學合成物質，仿造昆蟲的天然費洛蒙。

他與他的學生用這種效果顯著的化學成分來做實驗，需要的時候便能引誘昆蟲在其他地方繁殖。

「要是妳把這東西抹在木頭上，雌性甲蟲就會擠在那裡產卵。方圓好幾公尺外的雌蟲都能嗅到，並從四面八方來到這塊木頭上。只需要幾滴就夠了。」

「為什麼人不會散發味道？」我問。

「誰跟妳說人沒有味道的？」

「我沒聞到呀。」

「親愛的，或許只是妳不知道妳感覺到了，妳仍在人類的驕傲中相信著自己的自由意志。」

波羅斯的存在讓我想起與他人一起生活的感覺，以及那分尷尬。與人同住會使人奔離自己的思緒、無法專心，另一個人不用做出惹人生氣的事，只要現身在那兒，就足以激起憤怒。當他早晨前去森林，我便讚頌起自己那美好的孤獨。我在想，人怎麼可能幾十年都一起住在一個小空間裡，睡在同一張床上，對著彼此呼吸，在夢中不小心碰撞到對方。我不是說我沒經歷過這些。我有一段時間就和一位天主教徒睡在這張床上，結果也沒什麼好事。

11 歌唱的蝙蝠

「生靈受禁錮，天國也盛怒。」

致警察：

地區警方於今年一月，在我鄰居死亡的案件，以及半個月後的局長之死搜查中無所作為，引起我的不安，迫使我寫下這封信。

這兩起遺憾的事件就發生在我周遭，相信您們能理解我的焦慮與不安。

我認為許多明顯的線索都指出他們遭到謀殺。

要不是我親眼看見事實（我理解事實之於警方有如磚塊之於房屋，或是細胞之於生物，它們都建構了整個系統），我也不會做到這個地步。我和我的朋友不只目睹了死亡，也目睹了警方尚未到達前的情況。

我的鄰居斯維爾希欽斯基是第一位見證者，第二位則是我以前的學生——迪歐尼西。

我確信死者遭到謀殺是基於以下兩種觀察。

第一：兩起案件的犯罪現場都有動物出現。在第一起案件中，我和斯維爾希欽斯基雙雙目擊一群麃鹿出現在大腳的房子周圍（那時牠們的同伴已在廚房裡遭到肢解）。至於局長的案件，包括筆者在內的證人於發現屍體的井邊看見無數的麃鹿蹄印。遺憾的是，天氣不利警方偵查，地面上能直接道出兩起案件兇手的特殊重要證據，很快就被破壞了。

第二：我研讀過受害者的天體圖（俗稱星盤），從中獲得非常特別的訊息——兩起事件的主人都明顯可能遭到動物襲擊致死。這種行星排列非常少見，因此我強烈建議警方關注這一點。我附上兩張星盤，希望警方的占星師能參考，並支持我的假設。

此致

杜薛伊可

波羅斯留宿的第三天還第四天，怪人翻山越嶺而來。這可以視為一件大事，因為他幾乎沒拜訪過我。我感覺他因陌生男子出現在我家有些不安，於是前來偵察。他半彎著腰走路，一手撐著後腰，一臉疼痛，坐下時還嘆了一口氣。

「腰痛。」他以此打招呼。

原來他在桶子裡攪拌混凝土，準備在倒出來後，造個從露臺那側連到屋子的乾燥新通道，就在彎腰提桶子的時候，脊椎突然咯噠一響，就這樣拉傷了。因為疼痛，他連一毫米都無法挺直，因此只能保持這個俯向水桶又很不舒服的姿勢。直到現在，他好了一點，才得以走來向我求救，畢竟他也知道我很熟悉建造工程，親眼看過我去年做了類似的混凝土。怪人以批判的眼光看向波羅斯，尤其是他的小馬尾。那對怪人來說肯定太過高調。

我介紹他們兩人認識，怪人遲疑地伸出手。

「在這附近遊蕩不太安全，這裡發生了奇怪的事。」他語帶威脅，但是波羅斯無視這番警告。

我們搶在混凝土在桶子裡成型前過去搭救。我和波羅斯合作，怪人則坐在椅子上給指示。他有些大驚小怪，每個句子都是這樣開頭：我會建議你們……

「我會建議你們一點一點倒，這裡一點、那裡一點，差不多平均了再全部倒下去……我會建議你們等一下、等它流開……我會建議你們別妨礙對方，這樣會造成混亂。」

他這樣很令人煩躁。不過，做完工程後，我們一起坐在他家門前，沐浴在溫暖的陽光下，牡丹逐漸盛開，整個世界好似鍍上薄薄一層金。

「你們這輩子都做了些什麼？」波羅斯突然問。

這個問題來得太突然，有那麼一會兒，我陷入突然湧現的回憶。回憶開始在我眼前流過，它就是這樣，與現實相比，一切都看似比較好、比較美，也比較快樂。不知為何，我們全都靜了下來。

對我這把年紀的人來說，已經沒有真正喜歡的地方，也沒有屬於我們的地方。度過兒時與年少時光的地方、那些前去度假的鄉野、初戀時期長凳很難坐的公園、老城、咖啡廳與房子都已不復存在。就算它們的外觀保存了下來，也相當令人心痛，因為那僅是個已失去所有的空殼。我們沒有地方可以回去了。像是身處牢獄之中。牢房的牆壁是我能看見的地平線，在它身後存在的世界對我來說既陌生又不屬於我。也因此，對那些像我一樣的人來說，只有此時此刻是可能的，因為接下來的每分每秒都令人存疑，每一個未來都僅是張不確定的藍圖，像海市蜃樓，可能被空氣中最微小的震動破壞。當我們沉默地坐著，我是這樣想的。比起交談，這樣其實好的多。我不知道這兩個男人想的是什麼。或許也是相同的東西吧。

我們約好晚上三人喝點小酒，甚至還一起唱了歌。我們從〈今天無法去見你〉唱起，不過只有小聲而害羞地唱，彷彿夜晚的大耳朵潛伏在面向果園的窗外，偷聽我們的每個想法、每一個字和每一句詞，並送交最高法院審查。

只有波羅斯不介意。這可以理解，畢竟他不在自己的地盤上。客人的表現往往最瘋狂。他靠向椅背，假裝自己在彈吉他，閉上眼開始唱：

「*Dere eeez a hooouse in Noo Orleeenz, dey caaal de Riiisin 'Sun...*」

而我們就好像中了魔法那樣看著彼此，跟上旋律和歌詞，對這突如其來的共鳴感到驚訝，一起唱著歌。

看來我們大概都只能唱到這兒：「*Oh mother, tell your children*」，見證了我們衰退的記憶力。那時我們會開始咿咿喔喔，假裝知道自己在唱什麼，只不過我們根本就不知道。我們爆笑起來。噢，那個畫面很美好，很感人。接著我們坐在一片靜默之中，試圖回想起其他的歌。我不知道其他歌手的情況怎麼樣，但是我的整個歌本都飛出了腦袋。那時波羅斯走進房間，拿來一個小塑膠袋，從裡面抓出一撮乾草，我們便開始把它捲成菸捲。

「老天爺啊，我二十年沒抽了。」怪人突然說，他的眼睛是真的在發光，而我驚訝地看著他。

那是個明亮的夜晚。六月的滿月被叫做「湛藍滿月」，因為這時的月亮有著美麗的藍色調。根據我的星曆表，這夜晚只有五個小時。

我們坐在果園裡一棵老蘋果樹下，上頭的蘋果已經結了果實。果園在微風中沙沙作響，香氣四溢。我失去了時間意識，每個句子間的停頓都讓我感覺十分漫長，而更多的時間在我們面前開啟。我們聊了一世紀這麼久，說來說去都在講一樣的事，而且沒有人記得剛剛爭論了什麼，或不久前還支持的論點。話說回來，我們也不算爭論，是在進行對話，三種動物群的三方對談——另一種人類、半人、半獸。我認為花園與樹林裡有許多的「我們」，這些「我們」有著被毛皮覆蓋的臉龐，一些奇怪的生物，而我們的蝙蝠在樹上歌唱。牠們細微、顫動的聲音撞擊著微小的煙霧粒子，因此四周的夜色開始輕響鐘聲，喚著所有生物來夜間請安。

波羅斯消失在房子裡很長一段時間，我和怪人則一語不發地坐著。他的眼睛張得老大，緊盯我看，我不得不避開視線，轉進樹木的陰影下，躲在那裡。

「原諒我。」他只說了這幾個字，我的思緒如一顆巨大的引擎奮力轉動，試圖理解這句話。我有什麼事情必須原諒怪人？我想到他有幾次沒有回應我向他打的招呼。又或是，當我帶他的信給他，他不想讓我進到那整潔、美麗的廚房，僅就隔著圍籬交談。以及，我臥病在床時，他對我的情況一點也不感興趣。

不過這些都不是我需要原諒他的事。或許他想的是他那穿著黑大衣、語帶諷刺的冰冷兒子。真是的，我們又不需要為自己的孩子負責。

最後，波羅斯帶著我先前借他的筆電出現在門邊，接上他的狼牙項鍊。我們佇立在寂靜中許久，等待著某個訊號。最後我們聽到雷響，不過這並沒有嚇到人，也不令我們特別驚訝。它蓋過了霧中的鐘聲。看來這種音樂再合適不過，宛如專為這晚打造。

Riders on the storm 的歌詞傳到耳邊。

Riders on the storm
Into this house we're born
Into this world we're thrown

Like a dog without a bone
An actor out on loan
Riders on the storm...

波羅斯搖著椅子、哼著歌，相同的歌詞無止境重複，沒有唱出其他字句。

「為什麼有些人又壞又惡毒？」波羅斯明知故問。

「土星。」我說。「古典的托勒密占星家說這是土星的緣故。在不和諧的相位上，土星的力量會創造出無良、惡毒、孤獨、愛發牢騷的人。這類人都易怒、懦弱又黑暗，他們會策劃長遠的陰謀，說話惡毒，並且不關心自己的身體。而且他們想要的總是比擁有的多，永遠不滿足。你說的就是這種人吧？」

「或許這是教育失敗的結果。」怪人補充，每個詞都說得又慢又標準，好似擔心舌頭會鬧出笑話，說出截然不同的東西。就在他成功說出一個句子以後，便鼓起勇氣接著說：

「或是階級鬥爭造成的。」

「不然就是沒教好整潔衛生。」波羅斯加一句，而我說：

「惡毒的母親。」

「專制的父親。」

「童年性騷擾。」

「沒有喝母奶。」

「電視。」

「飲食缺乏鋰和鎂。」

「股票。」怪人異常激動地喊道，不過在我看來有點誇張了。

「拜託，」我說，「這有什麼關係？」

因此他改口：

「創傷後受到打擊。」

「精神物理結構。」

我們拋出各種想法，直到靈感枯竭，這讓我們笑得很開心。

「土星比較有道理啦！」我笑得東倒西歪。

◆

我們送怪人回家，一路上盡量保持安靜，不想吵醒作家。但是不太成功，我們每隔一陣子就會噗嗤笑出來。

喝了八杯酒後，睡前我和波羅斯互相擁抱，對這個夜晚充滿感激。後來我還看見他在廚房裡，拿水龍頭流出來的水吞藥。

我覺得波羅斯是個非常好的人，他也有自己的疾病，這樣很好。健康是個不穩定的狀態，總是前景不妙。最好就是平靜地生病，這樣我們至少知道自己死於什麼原因。

夜裡他來找我，蹲在床邊。我還沒睡。

「妳睡了嗎？」他問。

「你有信仰嗎？」我得問他這個問題。

「有。」他驕傲地回答。「我信無神論。」

這是個有趣的回答。

我掀起棉被，邀請他躺在我旁邊，但既然我不多愁善感，也不感情用事，對此也就不需贅述。

第二天是星期六，迪西歐一早就出現在我家。

我正在我的小花園裡工作，查證我的某項理論。我認為我能找到我們繼承的表型與現代基因學相悖的證據。我注意到，某些後天的特徵不規則地出現在下一代人身上。因此，三年前我開始進行孟德爾做過的豌豆實驗，目前仍在進行中。我已經將連續五代（一年兩代）的花瓣切出缺口，檢查其種子栽種出的花是否有相異的特性。我得說，實驗的結果令人振奮。

迪西歐搖搖晃晃的車子快速出現在轉彎口，由此可知它興奮地上氣不接下氣。迪西歐下車時也一樣。

「他們找到芙內札克的屍體，他幾個星期前就死了。」

我感到一陣虛弱。我得坐下。我沒有心理準備聽到這種消息。

「所以他沒有跟情婦逃走。」波羅斯說，捧著一杯茶從廚房走出來，難掩失望。

迪西歐看看他，再不確定地看看我，驚訝得默不作聲。我不得不快速介紹他們認識。他們握了握手。

「噢，這個不久前就知道了。」迪西歐說，語氣中的興奮慢慢減退。「他留下了信用卡，帳戶也沒動。不過就是找不到他的護照。」

我們坐在房子前。迪西歐說是山老鼠找到了他。昨天下午他們從狐狸農場那邊驅車進入森林，當時已近黃昏，意外發現屍骨——他們是這樣說的。他躺在一個曾經開採黏土的窪地上，於蕨類植物之間。遺骸相當駭人，扭曲變形，他們過了片刻才認出那是一具人的屍體，起先驚恐地逃離現場，不過後來覺得良心過不去。他們當然不敢去警察局了，因為竊盜行為會立刻被發現。真是的，他們頂多說自己是經過那裡就好。那天稍晚他們打給警察，偵查小組在夜裡到場，由殘餘的衣物可以認定是芙內札克，因為他總是穿著一件特別的皮外套。不過我們星期一肯定就能知道一切。

◆

怪人的兒子後來描述我們的行為「很幼稚」，但是在我看來，這比較像是自我意識——我們全都坐上武士，去了狐狸農場後方的樹林，那片找到屍體的地方。結果我們並不是唯一幼稚的人。從特蘭西瓦尼亞來了二十多位男男女女，還有林務工人，那些小鬍子也在這。橘色的膠帶圍起一片樹林，圍觀者從這個距離很難看到東西。

一名中年女子走向我，說：

「他大概在這裡躺上了好幾個月，已經被狐狸啃得體無完膚。」

我點點頭。我認識她，我們常在好消息的商店裡碰見。她叫做伊諾森塔[42]，這讓我印象深刻。不過除了名字以外，我沒什麼好羨慕她的——她有幾個窩囊的兒子，沒一個有出息。

「男孩們說他整個人都發霉、泛白了。」

「這有可能嗎？」我驚恐地問。「是的。」她十分肯定地說。「他的腿上被鐵線緊緊咬住，彷彿是從他身上長出來的。」
「陷阱。」我確定地說，「他肯定踩到陷阱了。他們總是在這裡設陷阱。」
我們沿著封鎖線移動，試圖看出一點端倪。犯罪現場總是能喚起恐懼，因此圍觀者幾乎沒有交談。就算在交談，也是輕聲細語，像在墓園裡一樣。伊諾森塔走在我們後方，在所有深陷恐懼而沉默的人們身後說：
「但是不會因為中了陷阱而死呀！牙醫堅持這是動物的復仇，您知道他們都打獵嗎？他，還有局長都是。」
「我知道。」我回答，驚訝消息傳得這麼快。「我也這麼認為。」
「真的嗎？您也覺得動物可能……」
我聳了聳肩。
「我知道這個理論，我也覺得他們在報仇。有時候我們或許不理解，但是完全能感覺到。」

42 Innocenta，波蘭語中意為「天真的人」。

她想了一會兒，最後接受了我的觀點。我們沿著膠帶前進，停在能清楚看到警車的地方，戴著橡膠手套的男子蹲在枯枝旁。警方顯然想要馬上採集所有可能的證據，不要再鑄下局長死亡時的錯誤，畢竟他們確實做錯了。我們無法再更靠近，因為兩位穿著制服的人像趕雞群一樣把我們趕回路上。不過，看得出來他們奮力尋找線索，有幾名警官在樹林中徘徊，注意有無蛛絲馬跡。迪西歐被他們嚇了一跳。他不想在這裡被認出來，畢竟他為警局工作，最好從沒來過這裡。

我們在家門前吃下午茶——畢竟天氣這麼好，迪西歐推測：

「如此一來，整個假設都不成立了。我腦袋裡都是芙內札克把局長推進井裡的說法。他們有共同的利益、為此爭吵，局長或許敲詐了他。我認為他們在井邊碰過面，並在那裡發生爭執，那時芙內札克推了他，所以才造成這種下場。」

「而現在情況看來比大家想的還糟，兇手仍然逍遙法外。」怪人說。

「想想，兇手就在這附近打轉。」迪西歐吃起了草莓點心。

草莓對我來說似乎完全沒有味道，我在想大概是肥料的問題，還是味覺會和我們一同老去？我再也沒嘗過以前那種草莓的味道了。又是一件不可逆的事。

喝茶的時候，波羅斯開始他的職業病，講起昆蟲如何分解屍體。我還被他說服，在黃昏之後、警察離去，再次前往樹林陪波羅斯進行他的研究。迪西歐和怪人都認為這是種可怕的怪癖，嫌惡地留在了露臺上。

膠帶在柔和的黑暗樹林間閃著橘色螢光。起初我不想走得太近，但是波羅斯很堅定，毫不客氣地拖著我走。當他額上的手電筒照入林木下的灌木叢，在蕨類植物間用手指翻找落葉中的昆蟲蹤跡，我就站在他旁邊。真怪，夜晚彷彿對世上的華麗毫不在乎，就這樣抹去了所有色彩。波羅斯喃喃自語，而我的心頭一緊，投入那誘人的畫面中：

那天，芙內札克來到農場，看著窗外的樹林與長滿蕨類的樹牆，還看見了毛茸茸的野生赤狐。牠們完全不怕人，像狗一樣坐下，不停以挑釁眼神看著他。或許芙內札克的心中萌生了希望——他能藉此輕鬆賺點錢，因為這種美麗的狐狸很容易誘進陷阱。他想著，為何牠們這麼相信人又如此容易馴服？或許這是混血種，來自那些住在籠子裡的狐狸，在短暫的生命中只會轉著圈圈，待在鼻子都要碰到自己珍貴尾巴的小空間裡。不，這不可能。這些狐狸長得健壯又美麗。因此那天晚上他又看見牠們時，他跟了上去，想親眼看看那些如惡魔般誘惑著他的究竟是何方神聖。他套上皮外套出門，看著那些尊貴、美麗且貌似聰明機靈的動物。「嘖嘖、嘖嘖。」他像呼喚小狗一樣喚著牠們，但是他靠得越近，牠們就越往森林退。這個季節的森林還溼漉漉，且林木稀疏。他認為要抓住一隻並不難，便摩拳擦掌、蠢蠢欲動。他的腦中也閃過「這些狐狸可能患有狂犬病」的想法，但是這對他也已無所謂。畢竟他接種過狂犬病疫苗了。之前有隻狗咬了他，他開了槍，還不得不用槍托擊斃牠。因此就算有狂犬病又如何？狐狸將他領入一場詭譎的遊戲，在他眼前消失，又突然再次出現，一次又一次，而他認為自已也看見了毛茸茸的美麗幼狐。最後，當最大、最健壯的那隻公狐狸平靜地坐在他面前，安瑟莫．芙內札克喜出望外地蹲下，傾向前方、伸出手，假裝手指上有什麼好東西以引誘狐狸，就此將牠變成美麗的脖圍。接著，他突然意識到自己被什麼東西纏住，腿不得動彈，無法跟著狐狸移動。他捲起褲腳，感覺到腳踝上冰冷的金屬，於是他抖了抖腳。當他意識到這是個陷阱、直覺退後，但為時已晚，這個動作宣判了他的死亡。金屬圈繃緊，原始的支架——連著陷阱的白樺幼木突然彈起、打直，將芙內札克的身體拉到空中，懸掛片刻。他的雙腳擺動，但是只有一下子，因為接著他便動彈不得。過了一會兒，白樺樹負荷不了重量，應聲折斷，因此芙內札克落到地上，掉在枯枝之上，在蕨類植物的枝枒即將長出來的黏土窪地上頭。

如今波羅斯就跪在這個地方。

「拜託幫我照個光，」他說。「這裡好像有郭公蟲的幼蟲。」

「你相信野生動物能置人於死地嗎？」我對幻覺裡的畫面很興奮，如此問道。

「噢，當然了。獅子、豹、公牛、蛇、昆蟲、細菌、病毒……」

「那麃鹿這類的動物呢？」

「牠們肯定有自己的方法。」

所以他也站在我這邊。

可惜我的幻覺無法解釋狐狸是如何從養殖場跑到外面，也無法解釋（腳上的）陷阱為什麼會造成死亡。

「我找到了蜱蟎、郭公蟲、黃蜂的幼蟲和蠼螋，就是俗稱的耳夾子蟲。」波羅斯於怪人在我的廚房裡做晚餐時說道。「當然還有螞蟻了。也有很多黴菌，但是他們帶走屍體時摧毀了不少。根據我的經驗，我會說身體處於丁酸發酵的階段。」

我們正吃著麵糰佐黴菌發酵的起司醬。

「只是不知道——」波羅斯說：「那是黴菌造成的、還是屍蠟造成的。」

「什麼意思？什麼是屍蠟？你怎麼知道這些？」怪人滿嘴麵糰子，腿上抱著馬里莎。

波羅斯解釋自己曾是警察的顧問，他還學過一點埋藏學。

「埋藏學？」我問。「這又是什麼？」

「這是一門屍體分解的科學。『Taphos』是希臘文『墳墓』的意思。」

「我的天。」迪西歐吸了口氣，好像希望請誰來管管這事。但是當然誰也沒來。「這可以證明屍體已經在那兒躺了四、五十天了。」

我們都在腦中快速地計算時間。迪西歐是我們之間最快的：

「所以可能是三月初，」他思忖著。「就在局長死後一個月。」

人們談論這件事談了整整三個星期，直到被新的話題取代。現在芙內札克死亡的說法傳得沸沸揚揚、版本各異。迪西歐說，警方在他三月失蹤時根本沒有找過他，因為他的情婦也不見了，大家對這個女人的事都心知肚明，他妻子也不例外。雖然各路友人都覺得芙內札克突然離去很奇怪，但是大家都相信他可能有一些祕密勾當。沒有人想窺探非己之事，他的妻子對他的失蹤也不為所動，這大概正合她意。她之前已經提了離婚，不過現在看來也沒必要。她直接成為寡婦，這對她來說也比較好。看來他的情婦十二月和他分手後換了新環境，聖誕節就開始住在美國的姊妹家。波羅斯認為，既然警察對芙內札克有所懷疑，就應該要發出逮捕令，但是或許警方知道什麼我們不知道的東西。

這之後的星期三，我在好消息的店裡聽到，據說有某種特別喜歡殺人的動物在附近徘徊。這種動物去年也在奧波萊地區遊蕩，不同的是，牠們在那兒攻擊的是家禽與家畜。現在村裡的人全都蒙上一層恐懼，晚上所有人都鎖上門和棚舍。

「我也把花園裡所有的洞都補起來了。」貴賓狗先生說。這次，他來買優雅的背心。

我很開心看到他與他的狗。狗禮貌地坐下，向我投以機靈的眼神。貴賓狗其實比人們想像的要聰明，不過看起來完全不是這麼一回事。其他生物也並無不同，是我們低估了牠們的智慧。

我們一起走出好消息商店，在武士面前駐足片刻。

「我記得您在警局裡說過的話。我非常認同。我認為這裡發生的不是某種動物行凶的問題，而是動物整體的問題。氣候變遷可能導致動物變得兇猛，甚至應鹿與野兔這般溫馴的動物也受到影響。現在牠們正為這一切進行復仇。」

那位老先生這麼說。

波羅斯離開了，我送他到城裡的車站。他的學生沒有來，因為最後環保主義者毀了他們的汽車。又或許根本就沒有什麼學生。或許，波羅斯是來這裡處理其他的事，不只是來觀察猩紅甲蟲。

有好幾天我覺得非常想念他，想念他放在廁所裡的用品，甚至是他散落各處用過的茶杯。他每天都會打電話過來，接著就沒那麼常了，大概是兩天一次。他的聲音聽起來彷彿住在別的維度空間，在某個北國的靈界，樹木擁有千年歷史、大型動物慢動作穿梭其中，不受時間拘束。我平靜地看著昆蟲學家兼埋藏學家波羅斯·許奈德爾漸漸消逝，只剩下他灰白的鬍子荒唐地掛在空中。一切都會過去的。

聰明的人自始便知曉結局，沒什麼好遺憾。

12 卓柏卡布拉[43]

「乞丐有狗，寡婦有貓，你的肥肚子不會消。」

六月底開始雨天連綿。夏天時，這裡的天氣時常是這樣。那時會聽見小草在無所不在的溼氣間伴著沙沙聲生長，看見常春藤攀上高牆、菌絲歡欣地在地下滋生。雨後太陽從雲層間探出頭的瞬間，萬物都準備就緒。那畫面令人動容，讓人眼裡盈滿淚水。

我現在一天得查看好幾次小橋，確認翻騰的水流是否沖壞了它。

怪人在某個下著暴雨的溫暖日子來到我家，不好意思地請求我幫忙。他拜託我幫他製作採菇人舞會的服裝，這是牛肝菌採菇人協會在仲夏夜舉辦的活動，得知他是協會的財務長時我十分訝異。

「採菇季都還沒開始呢。」我猶豫地說，不知道該怎麼反應。

「那是你有所不知。從第一朵蘑菇和乳牛肝菌長出來的那一刻，採菇季就開始了，這通常是在六月中，之後就沒時間辦舞會了，因為我們得去採菇。」他伸出抓著兩朵漂亮紅色牛肝菌的手掌佐證。

那時我正好坐在屋簷下的露臺，正在做占星研究。五月中起，海王星便與我的上升呈現吉相，這令我（至少我是這麼認為的）備受鼓舞。

怪人說服我和他一起去採菇，甚至想要我立刻提交會員申請書。但我不喜歡加入任何組織或機構。我也快速地看了怪人的星盤，我認為海王星與金星呈現的相位對他有益。或許，其實去採菇人舞會是個好主意？我望著他。他坐在我面前，穿著褪色的灰襯衫，腿上放了一籃草莓。我去廚房拿了一個小碗過來，兩人便開始拔起草莓蒂，因為已經有點過熟，所以得趕快處理掉。他當然是用鑷子拔

---

43 chupacabra。源自西班牙語，會吸動物的血為生。

了。我嘗試過用鑷子，但是對我來說，用手還是順手一些。

「你的真名到底是什麼？」我問。「你姓氏前面的『Ś』是什麼意思？」

「西原托派武克。」他沉默了半晌才說，沒有看我。

「嗄！不是吧！」我第一個反應是叫出聲音，但是我後來想，不管幫他取這個名字的是誰，都值得給個讚。西原托派武克。我感覺把這說出口似乎讓他鬆了一口氣。他把草莓拿到嘴邊，說道：

「我父親為了氣我母親，所以幫我取了這個名字。」

他的父親是採礦工程師，戰後以專家的身分委派到瓦爾登堡地區，在德國留下的煤礦場裡工作，後來這裡改名為瓦烏布日赫[44]。他的同事——採礦技術主任，是一名年長的德國人，他在波蘭的機器未開始運轉前不被允許離開波蘭。那時城鎮一片荒蕪，火車每天都載來新的工人，但是他們全住在同一個區，好似巨大的空城使他們恐懼不安。德國主任盡可能快點完成自己的工作，好回到那個叫做施瓦本還是黑森的地方。因此，他邀請怪人的父親一起午餐，結果主任端莊的女兒似乎很快便和工程師對上眼。對礦場和主任來說，最好的解決方式就是讓這小倆口結婚。而對人民政府來說，有個德國人的女兒在這，就像擁有一位人質。不過他們的婚姻從開始便不順利。怪人的父親埋首於工作，因為礦場的條件比較困難、需要多加留意，而無煙煤又在非常深的地方開採，所以他時常得下礦井。最後，他覺得待在地下要比在地上好——雖然這很難想像。當礦場的一切步上正軌，他們的第一個孩子也出世。這個女孩被取名為「若薇亞[45]」，以此慶祝西部土地回歸祖國。不過這段婚姻漸漸走不下去，斯維爾希欽斯基開始與妻子分居，在地下室為自己騰出一個空間，裡頭有辦公室和寢室。就在那時，怪人出生了，他或許是分手炮的產物。那時，工程師知道自己的德籍妻子對夫姓有發音困難，由於一股現已無從理解的報復性情緒，他將自己的兒子命名為「西原托派武克」。無法叫出自己孩子名字的母親在把他們送進大學前就去世了，而父親則變得古怪、反常，餘生都在地下室中度過，繼續拓建別墅的地下房間與通道。

44 位在波蘭西南部的城市，二戰時未被摧毀而留下許多歷史建築。
45 Żywia，波蘭語中意為「願其長壽」。

「或許我的怪異是遺傳到父親。」怪人結束這個話題。

我真的被這個故事感動了，其中也因為我此前沒有（之後亦同）聽過我的鄰居講這麼多話。我很樂意知道他人生接下來的篇章。比如說，我也很好奇黑大衣的媽媽是怎麼樣的人。但是怪人現在看起來既憔悴又悲傷。我們在不知不覺中把草莓全吃光了。

他向我揭露真名以後，我已經無法拒絕他的請求。所以下午我們一起參加了集會。當武士動起來，我後車廂裡的工具也跟著嘎啦嘎啦地響。

「你車子裡都放了些什麼啊？」西原托派武克問。「你放這些東西幹麼？冰桶？汽油？鏟子？」

他難道不知道獨自生活在山上，一定要能自給自足嗎？

我們到的時候大家已經坐在桌邊，喝著直接在杯裡沖泡的濃咖啡。我很驚訝這麼多人加入牛肝菌採菇人協會，有那些我在商店、書報攤、街上常見到的熟面孔，還有一些沒見過的人。原來採菇是一件能把眾人聚在一起的事情。討論從一開始就由兩名男子主導，他們大概是類似松雞的人吧，因為那兩人一直爭奪話語權，說了一堆沒什麼內容的自我事蹟，兩人還將之稱為「奇聞軼事」。有幾個人試圖讓他們閉嘴，但是沒有成功。我從左手邊的鄰居得知，舞會將辦在狐狸農場附近的消防局裡，距離牛心彎不遠，但是有部分成員反對這個提議。

「在別人死掉的地方附近慶祝不太妥當，而且還是大家都認識的人。」會議主持人說。我很高興在這裡見到學校的歷史老師。我沒想過他也喜歡採菇。

「這是其中一個原因。」坐在我對面的格拉蕊娜女士說道。她在書報攤工作，常常幫我留報紙。「除此之外，那裡可能仍不安全。有些人會抽菸，他們可能會想在室外抽……」

「我想提醒各位，室內是禁菸的，而且我們得到的許可是只能在室內飲酒，室外屬於公共範圍，飲酒是違法的。」

大家開始竊竊私語。

「不然要怎麼辦？」一位身穿卡其色背心的男人喊道。「我就是抽菸一定要喝酒，喝酒一定要抽菸。那我要怎麼辦？」

主持會議的歷史老師也不知所措，眾人在混亂中開始出謀劃策。

「可以站在門邊，一手在室內拿著啤酒，拿菸的另一手就在室外。」會議室後方有人吼道。

「這樣煙會飄到室內……」

「那裡有帶屋頂的露臺不是嗎？不過門廊算是室內還室外？」有人思路清晰地提出問題。

會議主持人重重地敲了桌子，與此同時，遲到的「主席」剛好走了進來，他同時也是協會的榮譽會員，所有人都靜了下來。主席屬於那種習慣受到注目的人，他從小就在某些組織機構內占有一席之地：學生會、波蘭人民共和國青年團、市議會、採石集團，以及所有可能的監察、理事會。他不過是擔任過一屆議員，大家都稱他「主席」。他習慣管理職務，三兩下就把這個局面擺平。

「我們就在門廊辦餐敘，對吧？然後把露臺設成軍事緩衝區。」他優雅地開了個玩笑，但是沒幾個人笑出聲。

他說得上英俊，儘管大肚子扣了點分。他很有自信，魅力十足，能激起人信任的木星型體格讓人留下好印象。噢對，這個人天生就是個管理者。其他的事他都不懂。

主席滿意地發表簡短演說，告訴大家就算悲劇發生，也得繼續生活下去。他在其中穿插幾個小玩笑，不斷轉向「我們這些美麗的女士」。他有一個相當常見的習慣，就是說話的時候重複單一詞彙。就他的情況是「對吧」這個詞。

關於在話語中重複單一詞彙，我有自己的理論：每個人都有些專屬自己的──或者說「愛用的」濫用詞彙。這些字是他們思想的關鍵。「據說」先生、「一般來說」女士、「大概」先生、「媽的」女士、「不是嗎？」女士、「要是」先生。而主席是「對吧」先生。有些字詞有其流行，就像人們會不知為何、突然瘋狂開始穿某種鞋子或衣服，人們也會突然開始用某些字。之前的流行是「一般來說」，現在是「目前」。

「已故的亡者，對吧，」他在這裡做了個手勢，好像想畫十字，「是我的朋友，我們很熟。他也是個熱衷於採菇的人，原本今年他要加入我們的。他，對吧，是非常好的人，總是看得很長遠。路上不會撿到工作，所以他提供人們工作機會，對此，我們應該尊敬他，對吧？要記住他。他離奇死亡，不過警方，對吧，很快就會釐清整起案件。然而我們不應該向恐嚇，對吧，恐懼和慌張屈服。生命自有規則，我們不能無視於它。勇氣——親愛的大家、各位美麗的女士——我支持，對吧，停止謠言和莫名的歇斯底里。我們得相信，對吧，當局，並活得有尊嚴、有價值。」他講起話好像準備參加什麼選舉似的。

他說完便離開了會場。所有人都高興極了。

我忍不住覺得濫用「對吧」這個詞的人都在扯謊。

參與集會者又回到混亂的討論中。有人再次提起去年在克拉科夫郊區發生的野獸事件，以及舞會是否要辦在消防局，它就位在附近最大的森林邊上，這樣是否安全？

「你們記得九月的時候嗎？電視臺報導了警察追捕克拉科夫附近的神祕動物。那個村莊裡有人錄到了逃走的掠食者，很可能是隻小獅子。」一個年輕人興奮地說。我覺得我在大腳家看過他。

「欸，你搞錯了吧！怎麼可能是獅子？在這裡欸？」卡其男說。

「那不是獅子，是小老虎。」梅莉菲菲女士發話。我之所以這樣叫她，是因為她高䠷又神經質，還幫城裡的女人製作非常高貴的衣服，所以這個名字再適合她不過。「我在電視上看過照片。」

「他說的有道理，讓他講完，事情就是那樣。」一個女人相當憤慨地說。

「警察找了牠兩天，管他獅子還是老虎，反正是個動物，他們還派出直升機跟反恐小組，你們記得嗎？花了五十萬，結果沒抓到。」

「或許牠跑來這裡了？」

「牠好像是以爪子攻擊的。」

「是咬掉頭部。」

「卓柏卡布拉。」我說。

突然安靜了下來，甚至連那兩位松雞先生都盯著我看。

「什麼是卓柏卡布拉？」梅莉菲菲不安地問。

「那正是一種抓不到的神祕生物，一種復仇生物。」

現在大家同時說話。我發現怪人緊張了起來。他摩擦著手掌，好似等一下就要站起來掐死眼前最近的人。看來會議來到了尾聲，沒有人可以恢復秩序了。提到卓柏卡布拉我覺得有點內疚，不過也還好吧，我不過是進行了屬於我的推廣活動。

不，我們國家的人沒有團結一心、共同創造的能力，就算打著牛肝菌的旗幟也沒有用。這是一個神經的個人主義國家，大家只要身在人群中，就會開始對別人說教、批判、謾罵，並且展現自己不容質疑的優越感。

我認為捷克的狀況完全不同。那裡的人會冷靜地討論，沒有人會和其他人吵起來——要是他們想吵也沒有辦法，因為他們的語言無法用來吵架[46]。

我們很晚才到家，心情很暴躁。怪人在回來的路上一句話也沒說。我帶武士走了捷徑，很享受一路上的坑坑洞洞，把我們從一扇門甩到另一扇門，也把武士從一個坑震到另一個坑。我們簡短地道別：「掰。」

我站在空蕩蕩的黑暗廚房裡，感覺再過一會兒眼淚便會一如往常襲來。所以我決定最好停止想東想西，找點事情做。於是我在桌邊坐下，寫了這封信：

致警察：

就法律規定，國家政府機關應於十四天內就信件內容回覆，但是我並未收到前一封信的回覆，因此必須再次闡述我對本地區最近幾起悲劇的看法，並提出能為局長與狐狸農場主人芙內札克之死帶來一絲曙光的觀察結果。

雖然局長的事件看似是執行警察危險任務時造成的意外，或說是個不幸的巧合，不過重要的是，警察是否已經確認：死者當時在該處做什麼？是否有已知的動機。因為許多人——包括筆者我在內——認為這非常奇怪。此外，筆者也在現場發現諸多動物的腳印（對警察來說可能至關重要），尤其是麃鹿的蹄印。死者

46 對波蘭人而言，捷克語聽起來很可愛。

像被誘出車外，並被領進藏著致命水井的灌木叢，很可能是遭到由他迫害的麃鹿執行私刑。

相同的情況也發生在下一位受害者身上，不過因發現屍體的時間太晚，目前已經無法確認足跡。然而，這起死亡事件的過程可以透過死亡的類型來判斷。我們可以輕易想到，當死者被引誘到通常設有陷阱的灌木叢，就在當場踩入了圈套陷阱，被奪走生命（至於怎麼奪走，必須進一步調查）。

同時，我也呼籲警方切勿排除前述慘劇的兇手其實是動物的可能。由於我們對動物犯下罪行所知的例子不多，我在此準備了幾項能為前述事件增添曙光的資訊。

我得從聖經開始。聖經中明確指出，若公牛殺害男人或女人，就應該遭亂石砸死。聖人伯爾納多曾驅趕一群蜜蜂，因其嗡嗡聲干擾到他工作。蜜蜂也在八四六年時造成德國沃姆斯一名人類死亡。那裡的法庭對蜜蜂判下悶刑。一三九四年，法國有一群豬殺害小孩並吃下肚，母豬被判絞刑，不過牠的六個孩子因年紀尚輕而逃過責罰。一六三九年，法國迪戎的法院對一起馬殺人的案件判刑。這些案件不僅與謀殺有關，也與違背自然有關。還有一四七一年瑞士巴塞爾對母雞的審判，這隻雞產下了顏色鮮豔的蛋，牠因與惡魔有所勾結被判以火刑。我必須在此加上我的想法：思想的限制與人類的殘酷行為，並無止境。

最有名的審判發生在法國，一五二一年，發生一起老鼠造成損害的案件。牠們被市民告上法院，並且獲得一名聰明的公設律師——巴泰勒米．夏森內為其辯護。當他的委託人未能出席第一次庭審，夏森內提出被告居地分散，且到法院的路途中有諸多潛在危險因素，因此要求休庭。他甚至要求法庭保證，原告的貓不會在被告出庭的途中造成任何傷害。遺憾的是，法院無法做出這種保證，因此庭審延後許多次。在律師鍥而不捨的辯論下，最後老鼠被判無罪。

一六五九年，義大利一名葡萄園主人向法院上書，毛毛蟲破壞了葡萄園。於是該區的樹釘上了寫有起訴內容的紙張，以便毛毛蟲知悉。

經由這些歷史事實的引據，我要求當局嚴肅以待我提出的猜想與假設。這些案例顯示歐洲司法界有類似的想法，因此可視為先例。

我也同時訴求麃鹿與其他可能的肇事動物無罪，因為牠們的行為只是因應被害人殘酷無情之舉，在我仔細思量與研究下發現，被害人都是十分活躍的獵人。

此致

杜薛伊可

第二天一早我便去郵局。我想要寄掛號信，這樣我就能拿到寄件證明。然而這一切看起來都很沒意義，因為警局就位在這條街的另一邊，郵局正對面。我走出郵局時，一輛計程車攔住我，牙醫從裡面探出頭來。他喝酒後就會叫計程車載他到各種地方，藉此花掉他拔牙賺來的錢。

「嗨，杜申可女士。」他喊道。滿臉通紅、眼神迷茫。

「是杜薛伊可。」我糾正他。

「復仇日將近，地獄軍團在路上了。」他從窗戶對我揮著手大叫。接著計程車的輪胎發出刺耳聲音呼嘯而過，朝庫多瓦駛去。

13 夜間射手

「虐待甲蟲之人，迷失在茫茫夜色中。」

採菇人舞會再過兩週就要舉行，我來到好消息的商店，在後面小房間的一大堆衣服裡尋找道具服裝。可惜的是，並沒有太多成人可以穿的東西。最多的還是兒童道具服，不過這也很值得高興，這樣孩子就可以成為自己想要的樣子——青蛙、蒙面俠蘇洛、蝙蝠俠或老虎。不過我們找到了一個不錯的狼面具。我決定扮成一隻狼，所以面具以外的部分我得自己做。這一身服裝非常適合我：毛茸茸的連身服，爪子是用手套填入棉花做成。戴上面具後，我可以自由地從狼嘴看世界。

不過怪人就沒那麼順利。我無法找到他那高大身材能穿的尺寸。所有衣服在他身上都嫌太小。倒是最後好消息想到了一個好主意。既然我們有了狼，剩下的就只要怪人願意接受就行。

舞會當天一大早，我在一夜暴雨之後檢查我的豌豆實驗品是否受損，便在路上看到護林員的車，我對他揮手，讓他停下。他是個親切的年輕人，我叫他狼眼睛。我敢打包票，他的瞳孔肯定有問題——那眼睛看起來細長得不可思議。他也是因暴雨而來，因為他得計算這裡斷掉的老雲杉數量。

「您聽過猩紅甲蟲嗎？」我問。禮貌寒暄後，我直接進入主題。

「我知道，」他回答。「大概聽過。」

「那您知道牠們會在木頭裡產卵嗎？」

「不幸的是，我知道。」我能看出他正努力想揣測這些問題會導向何處。

「那會破壞高價值的木頭。不過，您是想說什麼呢？」

我簡短提出我的問題。我說的幾乎等同波羅斯對我說的內容。然而，就狼眼睛的眼神判斷，我認為他覺得我是個瘋子。他瞇起眼睛，露出自視甚高的善意笑容，如同對孩子說話般對著我說：

「杜申可女士……」

「是杜薛伊可。」我糾正他。

「您真的是個好人，什麼事情都要關心。但是或許您沒想過，我們很難為了木頭中的甲蟲停止伐木——我可以跟妳要個飲料喝嗎？」

我全部的能量在突然之間蒸發了。他不把我當一回事。要是我是波羅斯或黑大衣，他就會聽我說話，提出自己的理由和我討論。但是我對他來說就只是個老女人，是這荒野中的瘋婆子，既不中用，也不重要。不過我倒不會說他不喜歡我，因為我甚至能感受到他的同情。

我拖著身體慢慢走回家，而他跟在我身後。我們坐在露臺上，他咕嚕咕嚕地喝下半升康波特[47]。我看著他喝飲料，一邊想，其實我可以在他的康波特裡加點鈴蘭汁，或是磨碎阿里給我的安眠藥，在他睡著後把他關進爐房，只給他麵包和

---

47 Kompot，將果乾泡水煮成的飲料。

水，囚禁他一段時間——或者反過來，把他養肥，每天檢查他的手指，看看是否足夠肥嫩、適合烘烤。這樣他就會學乖一點。

「已經沒有『自然的大自然』了。」他說。而那時我便看出這位護林員的真面目：區區公務員。「為時已晚，自然機制已經崩解，現在得讓一切都在控制之中，以免走向災難下場。」

「甲蟲會帶給我們災難嗎？」

「當然不會。但我們需要木材做梯子、地板、家具和紙張。您覺得我們會因為甲蟲在那裡繁殖，就踮著腳走在森林裡嗎？就像必須殺掉狐狸一樣，牠們如果數量太多，會危害到其他物種。幾年前，野兔的數量太多，損害了作物——」

「我們可以餵食避孕藥，讓牠們不會過度繁衍，而不是殺了牠們。」

「哎！這個嘛，您知道這要花上多少錢嗎？而且效果也不好，都不知道哪隻吃夠量哪隻吃不夠。既然自然已不存在，就得由我們維持秩序。」

「狐狸——」我開口，然後想起在捷克與波蘭之間遊走的高貴領事。

「說到這個，」他插話。「您可知道那些被放出農場的狐狸會造成多大的損害？幸好其中一些已經抓到、送去別間農場了。」

「不——」我發出呻吟。我無法忍受這種思維，卻很快就感到安慰。至少那些狐狸有過短暫的自由。

「牠們已經無法自主生活了，杜薛伊可女士，牠們會死去，因為牠們不知道如何狩獵。牠們的消化系統改變，肌肉也退化了。牠們在野外要美麗的毛皮做什麼呢？」

他看了我半晌，我見到他的虹膜色澤不太均勻，可是他的瞳孔完全沒問題，是圓形的，跟正常人沒兩樣。

「請您別擔心這些事了，別想著把全世界扛在肩上，一切都會沒事的。」他起身。「我得去工作了，我們得運走那些雲杉。您會想買一些冬季用的柴火嗎？機會難得喔！」

我不要。他離開後，我感到自己的身體非常沉重，真的沒興致去什麼舞會——尤其還是無聊的採菇人舞會。整天為了蘑菇在森林裡轉來轉去的人肯定沒趣死了。

◆

穿著我這身服裝既熱又不舒服，還得注意別去踩到拖在地上的尾巴。我開著武士到怪人家門口，等他的時候還欣賞了一下他的牡丹花。過了一會兒，他出現在門邊，我高興得說不出話：他穿著黑色靴子、白色長襪、可愛的花洋裝和圍裙，頭上戴著紅色帽兜，下巴處繫了蝴蝶結——他真的扮成了小紅帽！

他不太高興地坐進車裡，到消防局的路上一句話也沒說。獵人把紅帽兜摘下來放在腿上，直到消防局門口才繫好。

「妳也看到了，我毫無幽默感。」他說。

大家都是直接從為採菇人舉辦的彌撒過來，現在正好開始祝酒。主席很樂意這麼做，他對自己的外在很有自信，直接穿西裝出現，扮演他自已。大部分與會者現在才在廁所換裝，因為他們不敢穿著那身裝扮去教堂。臉色不太好的窸窣神父也在這兒，穿著他的黑色神父袍。看來他扮成了神父。鄉村主婦聯盟被請來唱幾首民歌，接著樂團便開始演奏。這個樂團只由一個男人組成，他熟練地操作帶有鍵盤的設備，以此模仿演奏各種流行曲。

舞會看起來就是這樣了。音樂大聲而刺耳，很難在這等樂聲中交談，因此所有人都吃起了沙拉、獵人燉肉和冷肉拼盤。編織成各種蘑菇樣子的小籃裡放著伏特加。窸窣神父在酒足飯飽後便起身告別，在這之後，人們才站起來跳舞，好似神父的存在使他們綁手綁腳。舊消防局高高的天花板反射樂聲，彈回了舞者身上。

離我不遠處有個女人穿著白襯衫，坐得直挺挺，看起來很緊張。她讓我想起了怪人的小母狗馬里莎那緊張又顫抖的樣子。此前，我看到她走向喝開了的主席，與他交談。主席斜過身，板起一張臉，滿是不耐。他抓住她的手臂——肯定相當用力，因為她猛地縮了一下，接著像在趕討厭的昆蟲般揮了揮手，便消失在舞池的人群中。所以我想，那應該是他妻子吧。她回到桌邊，用叉子戳著獵人燉肉。怪人扮的小紅帽很受歡迎，我便移到那個女人旁邊，自我介紹。「噢！久仰大名。」她說，悲傷的臉上露出一抹笑容。我們試圖交談，但因為嘈雜的音樂夾雜著舞步在木地板上踩出的碰碰響，要知道她在說什麼非得認真看她嘴巴不可。我看懂了她是想趕快把丈夫帶回家。大家都知道主席很能玩，他的薩爾馬提亞思維[48]對他人與自己都十分危險，之後總得收拾他做的荒唐事。我這時才知道自己是他們小女兒的英語老師，對話也因此變得容易些。尤其她的女兒認為我「很酷」。這是個令人開心的讚美。

「聽說您發現了局長的屍體，是真的嗎？」女人問我，眼神尋找著丈夫高䠷的身影。

我給了她肯定的答案。

「您不害怕嗎？」

「當然怕了。」

「您知道嗎，這全都發生在我先生的朋友身上。他們都很熟，他大概也很害怕，雖然我不太清楚他們之間的利益糾葛究竟是什麼。只有一件事令我心煩——」她猶豫了一下，陷入沉默。我看著她，等她說完句子，但她只是點了點頭，而我看見了她眼裡的淚水。

音樂又變得更大聲、更動感，現在播起了〈獵鷹〉。此時原本還沒跳舞的人全都像被電到一樣離開座位、往舞池移動。我不打算和那單人樂團比大聲。

當她的先生和一位俏麗的吉普賽女郎一同現身，她拉著我的爪子說：

「我們去抽菸吧！」

她的語氣彷彿抽不抽菸根本不重要。因此，就算我已經戒菸十年，也沒有出言反對。

我們奮力穿過瘋狂的人群，被撞來撞去，被強迫跳了些舞。喝得茫茫然的採菇人全成了酒神的隨從。我們站在消防局窗戶透出的燈光下鬆了一口氣。那是個空氣中瀰漫著茉莉花香、有些潮溼的六月之夜。暖雨正好停下，但是天空還未放晴。看起來又快要開始傾盆大雨。我仍記得兒時這樣的夜晚，並因此突然憂傷了起來。我不太確定自己是否想和這個迷茫不安的女人交談。她緊張地點起香菸，深吸一口後說道：

「我忍不住一直想到屍體。您不知道吧？他打獵回來就把肢解的麃鹿丟在廚

48 原指十六至十九世紀間波蘭貴族統治時的意識形態。現代用於嘲諷自我認同，也代表波蘭特色。

房桌上，他們通常會把麃鹿分成四份，任黑糊糊的血四溢桌面。然後他會將肉切成小塊，放進冷凍庫。每當我在冰箱附近走動，都會想到裡面有具被肢解的屍體。」她在煙霧中又深吸了一口菸。「或是冬天的時候，他們把死掉的野兔掛在陽臺上風乾，兔子就睜著眼吊在那兒，鼻子上還有凝固的血跡——我知道、我知道，是我太神經質、太敏感，我應該去看醫生。」

她突然滿懷希望地看著我，好似期待我出言反駁，而我心想：啊，這個世界上還有正常人。

但是我甚至來不及回應，她又再次開口：

「我還記得小的時候聽過夜間射手的故事。您聽過嗎？」

我搖搖頭。

「是這裡的傳說，大概是來自德國吧。夜間射手晚上會在外遊蕩抓壞人。他駕著黑鶴，還帶著一隻狗。所有人都懼怕他，會在夜裡緊閉門窗。有一次，一個這裡的男孩——或是新魯達還是克沃茲科？——他對著煙囪大喊，要夜間射手獵點東西給他。幾天後，男孩家的煙囪掉下了肢解過的人體部分，後來又發生了三次，直到屍體得以拼湊完整、用以下葬。自此之後，夜間射手再也沒有出現，而他的狗則變成了苔蘚。」

林間突然傳來一陣寒意，讓我抖了一下。狗變成苔蘚的畫面在我腦中揮之不去。我眨了眨眼睛。

「很奇怪的故事對吧？像噩夢一場。」她點起第二支菸，我現在才看到她的雙手在顫抖。

我想安撫她，卻不知道該怎麼做。我這輩子還沒看過處於精神崩潰邊緣的人。我將爪子放上她前臂，輕輕拍著她。

「您是個好人。」我說，而她以馬里莎的眼神望著我，突然哭了出來。她哭得很輕，像個小女孩，只有肩膀在顫抖。她哭了許久，顯然有許多事情都令她想哭，而我只能靜靜在一旁站著看她哭。她大概也不期待其他的反應。我抱住她，舞池裡的人影閃過我們身邊。在消防局窗戶透出的燈光下，有隻假狼與小婦人站在一起。

「我想回家，我沒力氣了。」她悲傷地說。

消防局傳來一陣跺腳，人們又跳起了波蘭迪斯可版本的〈獵鷹〉，他們大概特別喜歡這首歌吧，一聲聲的「嘿！嘿！」傳來，如飛彈爆炸般響亮。我想了一會兒。

「妳先回去吧。」我做出決定。最後能以「妳」稱呼她，讓我鬆了一口氣。「我幫妳等妳先生，然後把他送回去。反正我原本就要等我的鄰居。你們住在哪？」

她講出過了牛心彎的某一條路。我知道位置。

「妳別擔心，」我說。「回去泡個澡，讓自己休息一下吧。」

她從包包裡掏出鑰匙，猶豫地說：

「我有時候覺得自己好像完全不了解相處多年的枕邊人。」她看著我的眼睛裡淨是恐懼，我不禁僵住。我知道她在想什麼。

「不是，不是他，肯定不是他。我可以確定。」我說。

此時她滿是疑問地看著我，而我猶豫著究竟要不要告訴她。

「我曾養過兩隻母狗，牠們非常介意一切都得公平分配——食物、愛撫、特權。動物有非常強烈的正義感。我還記得，當我做了不對的事情、或錯怪牠們，或者沒有信守承諾，牠們會用極為遺憾的眼神看著我，好似無法理解，也像是我打破了神聖的法律。我從牠們身上學到了最基本也最真切的正義感。」我停頓了一下，接著說：「我們有世界觀，動物有世界感。妳知道嗎？」

她又點了一根菸。「那牠們現在怎麼了？」

「死了。」

我拉下狼頭，蓋住臉。

「牠們有自己的遊戲方式，會耍耍對方、獲得樂趣。要是其中一隻找到了遺忘許久的骨頭，另一隻不知道該怎麼得到手，就會假裝路上有車子駛來，開始吠叫。那個時候，有骨頭的那隻就會放下嘴上的東西，衝到路上，渾然不知這是一場惡作劇。」

「真的嗎？像人一樣呢。」

「牠們比任何人類都要有人性。更溫柔、更聰慧、快快樂樂。人類卻把動物當成物品，認為自己對牠們做什麼都可以——我認為我的母狗是被獵人殺了。」

「不會的，他們有什麼理由這樣做？」她不安地問。

「他們說，他們只殺對野生動物有威脅的野狗：全是謊言。我的狗只會在家附近活動。」

我想告訴她動物的復仇，但是我想起迪西歐的警告，他叫我不要到處講這個理論。而我們現正站在黑暗中，看不到彼此的表情。

「胡說八道。」她說。「我不相信他會殺狗。」

「難道野兔、狗和豬之間有這麼大的差異嗎？」我問她，但是她沒有回應。

她坐上車，揚長而去。那是一輛時髦的大吉普切諾基。我見過這輛車。這麼嬌小的女人竟然有辦法開這麼大的車，有意思。我邊想邊走進室內。又開始下雨了。

怪人的臉上掛著好笑的紅暈，正與一位從克拉科夫來的渾圓女子跳舞，看起來玩得非常開心。我看著他姿態優雅地移動，沒有任何花俏的動作，從容地領著舞伴。或許他是發現了我在看他，突然大膽地轉了她一圈，顯然忘記自己的打扮是什麼模樣，所以這個畫面很好笑——兩個跳舞的女人，一名魁梧，一名嬌小。

這支舞之後，公布最佳服裝票選的得主：從特蘭西瓦尼亞來、裝扮成毒蕈的一對夫婦獲選大獎，獎品是蘑菇地圖集。我們得到了第二名，獲得蘑菇形狀的蛋糕。我們不得不在眾人面前以大野狼與小紅帽的面貌跳舞，接著就完全被眾人遺忘。幾杯伏特加下肚後，我非常想加入舞會——沒錯，再播一次〈獵鷹〉吧！不過怪人已經想回家了。他很擔心馬里莎，因為他從來沒有讓牠獨自待著這麼久，畢竟牠還有大腳那間棚舍留下的創傷。我告訴他，我有義務送主席回家。大部分的男人都會留下來陪我完成這項艱難的任務，但是怪人不會。他找到也打算提早離開派對的人（貌似是那位俏麗的吉普賽女郎），怪人就這樣一點也不紳士地離開。不然能怎麼辦呢？反正我已經習慣獨自完成艱難工作了。

清晨時，我又做了那個夢。我走到爐房，她們又出現在那裡——我母親和祖母，兩人都穿著夏季碎花洋裝，手上提著包包，彷彿正要去教堂卻迷了路。當我責備起她們，她們便避開目光。

「媽，妳到底在這裡幹什麼？」我生氣地問。「妳們怎麼來的？」

她們站在一堆木頭和火爐之間，看起來優雅得十分可笑，身上的洋裝花樣已經褪色。

「妳們都走開！」我對她們吼叫，聲音卻突然卡在喉頭。我聽見車庫方向傳來腳步聲，以及越來越大聲的交談。

我轉向那頭，看見那裡有一大堆人：女人、男人和孩子，全都穿著泛灰且詭異的節日服裝，有著相同的眼神——渙散、驚恐，好似不知道自己究竟在這裡做什麼。一陣人潮湧上，因為不確定是否可以進來，於是擠在門邊。他們慌亂地相互竊竊私語，鞋底在爐房和車庫的石地板上發出摩擦聲，湧入的人群不斷將前面的人擠上來，令我十分恐懼。

我摸向身後的門把，盡量不讓其他人注意到，悄悄溜出那裡，花了好長一段時間才以顫抖的雙手閂上爐房的門。

◆

這場夢的恐懼感並沒有在醒來後散去，我有些不知所措，所以最好還是去怪人家一下。太陽還未高掛在天空，我睡得並不長，籠罩萬物的薄霧就快轉為露水了。

怪人睡眼惺忪地替我開門。他大概沒有好好洗個澡，臉上還掛著昨天我用口紅幫他畫上的紅暈。

「怎麼了嗎？」他問。

我不知道該說什麼。

「進來吧。」他咕噥著。「妳怎麼樣？」

「還行，一切都好。」我簡潔地回答。我知道怪人喜歡簡潔的問題及簡潔的答案。

我坐下來，他開始準備咖啡。他先花時間清洗機器，接著倒進量好的水，似乎整個過程都在說話，他這麼有精神非常奇怪，西原托派武克竟喋喋不休。

「我一直很想知道你的抽屜裡有什麼，」我說。「拜託，我想看。」

他打開抽屜給我看。「看吧，就是一些必要物品。」

「就像我武士裡面放的東西那樣。」

僅用手指輕輕一拉，抽屜便無聲探出頭。優雅的灰色隔層中整齊地躺著廚房用具：桿麵棍、打蛋器、一小支電動牛奶打泡器、冰淇淋杓。接下來是我不認得的工具——某種長湯匙、抹刀、奇怪的鉤子。看起來全像是外科醫生進行複雜手術會用上的工具。主人鐵定對它們照顧有加——因為全都擦得亮晶晶，整齊地放在自己的位子上。

「這是什麼？」我拿起一隻金屬材質的寬鑷子。

「這是夾鋁箔的鑷子，黏上桿麵棍時用的。」他邊說邊把咖啡倒進杯子裡，接著拿起小攪拌器，將牛奶打成雪白的泡沫，淋在咖啡上。他從抽屜裡拿出一組帶圖案的圓圈和一罐可可粉，考慮了一下圖案，最後選了愛心。他將可可粉灑在上頭，我那杯咖啡的雪白泡沫上出現了一顆棕色的可可愛心。怪人露出了大大的笑容。

那天稍晚，我又想起了他的抽屜，單是看一眼那副抽屜就能帶給我全然的平靜。事實上，我真心想成為那些有用的器具之一。

◆

星期一，大家都知道主席死了。星期天的時候，去消防局打掃的女人發現他的屍體，聽說她們其中一人還嚇到進醫院。

致警察：

我理解警察基於某些重要原因無法回應公民的信（不是匿名信件）。在此我不追究原因，請容許我回到之前信裡提過的話題。我不希望警察或是任何人受到如此忽視。被政府忽視的公民，在某種程度上被宣判為不存在。然而我們要知道，沒有權利的人並非沒有義務。

我在此告知，我已成功取得芙內札克的出生日期（遺憾的是，沒有出生時間，這也導致星盤存在不確定性），並且發現特別有趣的事實，能夠證實我先前提出的假設。

上述死者死亡時火星正好落入處女座，根據占星的傳統規則，處女座與毛皮動物有眾多相似之處。他的太陽同時落在雙魚座上，這代表著他身體最弱的部位，比如腳踝。因此受害者的死亡似乎在其星盤預測中十分準確。若警方採納占星師的建議，就能保護許多人倖免於難。行星的位置清楚地告訴我們，這起殘忍的謀殺案兇手為毛皮動物，最可能是野生或從飼養場逃走的狐狸（或兩者合謀），以某種方法使受害者落入人類長期在該區放置的圈套內。此圈套陷阱特別殘忍，又名「斷頭臺」，會將獵物懸吊在空中一段時間。

請警方看看，各受害者的土星在何處？這項發現能讓我們得出結論。他們的土星全都落在動物星座上。此外，主席的土星落在金牛座上，這也預示了動物使其窒息死亡……

我附上一張剪報，其中對在奧波萊地區目擊到的不明生物進行了分析，此生物以爪子攻擊其他動物的胸口，並將其殺害。最近，我在電視上看到手機拍攝的影片，上面清楚顯示出一隻幼虎，這全都發生在奧波萊地區，離我們不遠。這可能是某種在動物園的水災後倖存下來的生物，現正自由自在地於野外生活？無論如何，此事值得調查，尤其是我注意到附近居民正慢慢陷入異常的恐懼與驚慌之中……

我寫到一半，聽見怯生生的敲門。是作家，灰女子。

「杜薛伊可女士。」她還沒踏進門檻便開口。「這裡發生了什麼事您聽說了嗎？」

「別站在門口，會有氣流。請進來吧。」

她穿著一襲長得快拖到地上的羊毛針織衫，小步小步走進來，坐在椅子前緣。

「我們會怎麼樣呢？」她用戲劇化的語氣問。

「您怕動物也把我們給殺了嗎？」

她一派輕蔑地抬起頭。

「我才不信您的那套理論，太荒謬了。」

「我認為，您身為一位作家，擁有想像與編造幻象的能力，應不會受限於乍看之下不可能的事。您應該知道，我們能想到的一切都是某種真理。」我在最後引用了布萊克的語言，這似乎讓她留下了深刻的印象。

「要不是我腳踏著實地，恐怕連一行字都寫不了，杜薛伊可女士。」她以公務員的口吻說話，接著小聲地補充。「我是真的無法想像。您說說看，難道是甲蟲勒死他嗎？」

我正忙著泡茶。紅茶。我要讓她知道這才算茶。

「嗯、嗯。」我說，「他全身都是蟲——跑進他嘴裡、肺裡、胃和耳朵裡。一些女人說他渾身爬滿了甲蟲。我沒親眼看見，但是我可以想像得到，渾身都是猩紅甲蟲。」

她以銳利的目光盯著我，但我不明白這個眼神是什麼意思。

我給了她一杯咖啡。

14 墜落

「提問者端坐著一臉狡猾，自身卻從不知曉解答。」

他們一早就來找我，說我必須提供筆錄。我告訴他們我會盡量在這個星期去一趟警局。

「您沒聽懂我們的意思。」一位年輕的員警回應，他曾和局長一起工作。局長死後，他獲得升遷，現在城裡的警察局由他管。「您現在就必須跟我們到克沃茲科。」

他以由不得我的語氣說道。我只好關上門，以防萬一也帶上牙刷和藥品，隨他們走。我現在只差沒在那兒發病了。

因為已經下了兩個星期的雨，泛濫成災，所以我們繞遠路，全程開在柏油路上、以策安全。從高地駛下克沃茲科谷時，我看見一群麃鹿，牠們停在那兒不動，盯著警車。我很高興發現自己不認識這群麃鹿，這肯定是新的一群，從捷克來到這綠油油的山野間。警察對麃鹿一點興趣也沒有。他們沒有對我說什麼，彼此也不作交談。

我得到一杯加了奶精的即溶咖啡，接著偵訊便展開。

「您送主席回家對嗎？請詳細告訴我們整個經過。您看到了什麼？」

——然後還有一大堆類似的問題。

我沒有什麼好說，但還是盡可能精確講出每個細節。我說因為室內太嘈雜，我決定在室外等主席。那時已經沒有人在管什麼緩衝區，所以大家都在室內抽菸，這對我的身體有不好的影響，所以我便坐在樓梯上看天空。

雨後天上出現天狼星，北斗七星的杓柄高高舉起……我想著不知道星星能否看見我們。若是可以，星子對我們又作何想法？它們是否知曉我們的未來？是否對困在當下、不得進退的我們感到同情？但是我也想，儘管我們脆弱又無知，卻擁有超越星斗的優勢——時間為我們轉動，給予我們機會，將苦難的世界變得快樂、祥和。這些星星被禁錮在自己的力量之中，事實上無法幫助我們。它們只是設計出網羅，在宇宙的機杼上織出經紗，而我們得填入自己的緯紗。那時我的腦中突然有個有趣的假設：或許，星星看我們就如我們看自己的狗。我們的意識比牠們高且深，某些時候，我們更清楚什麼對牠們更好。我們拉著牽繩引領牠們，以免牠們跑掉；我們幫牠們結紮，以防牠們無止境繁衍；我們把牠們抱去給獸醫治療，而牠們渾然不知這是要做什麼、又為什麼要做、有什麼目的。雖然如此，牠們還是順從。因此，我們或許也該順從星星的影響。只不過，這會喚醒人類的敏感神經。我坐在陰暗的樓梯上時就是這麼想的。當我看到大部分的人走出來，準備開車或徒步回家，我便走進室內想要提醒主席我要送他回去。但是他已不見蹤影。我找過廁所，也在消防局周圍繞了繞，還問過所有亢奮的採菇人：主席在哪？但是沒有人能給我有意義的答案。有一些人還在唱〈獵鷹〉，有些人已經不管法律規定，在外面把剩下的啤酒喝完。因此，我想可能有人在我沒注意到的時候提早把他送走。即使現在我也認為那是個合理的假設。能出什麼問題？要是他在牛蒡叢裡醉醺醺地睡著，晚上也算暖，不會有什麼事的。因此我不疑有他地帶著武士回家了。

「誰是武士？」一位警察問。

「一位朋友。」我據實以答。

「全名是？」

「鈴木武士。」

他一臉錯愕，另一位員警則笑開來。

「杜申可女士，請告訴我們——」

「杜薛伊可。」我糾正他。

「……杜薛伊可女士，您是否懷疑任何人對主席痛下毒手？」

我對此十分驚訝。

「你們沒有讀我的信吧？我在信裡解釋過一切了。」

他們面面相覷。

「沒讀到，但是我們現在是以非常嚴肅的態度問您。」

「我也是用非常嚴肅的態度回答。我寫信給你們，但是至今沒收到任何回覆。不回信是非常不好的行為。根據刑法第一七一條第一款規定，受訊問者有權在目的範圍內自由陳述，之後可對其提問以補充、釐清或核實陳述之內容。」

「您說的沒錯。」第一位員警說道。

「他全身爬滿甲蟲——這是真的嗎？」我問。

「因偵查不公開原則，我們無法回答這個問題。」

「他怎麼死的？」

「應該是我們問您這個問題，不是由您向我們發問。」第一位員警說，而第二位補充說道：

「有證人看到您和主席站在階梯上交談。」

「那是事實。我提醒他我會帶他回家，因為他太太請我幫忙，只是他好像不太能專心聽我說話，於是我想，不如就等到舞會結束，到時候他總會走出來的。」

「您認識局長嗎？」

「當然認識了，您不也知道嗎？」我回答那位年輕的員警。「明知故問，這不浪費時間嗎？」

「那麼安瑟莫．芙內札克呢？」

「他叫做安瑟莫？真沒想到他叫這名字。我在橋上遇過他一次，那時他和女友在一起。不過已經是很久以前了，大概有三年。我們那時有聊上幾句。」

「聊什麼？」

「就閒話家常，詳細內容我不記得了。當時那個女人在旁邊，她可以證實。」

我知道警察什麼都喜歡證實。

「您曾經在這裡狩獵季來臨時，於附近區域做出侵略性行為，是否為真？」

「我會說我十分憤怒，但是沒有侵略性，這兩者是不同的。我只是表達對他們殺戮動物的憤怒。」

「您是否曾對他們做出死亡威脅？」

「憤怒有時會引發各種詞語，但是之後便會遺忘。」

「有些證人指出您大吼大叫，我這裡引用他們的原話——」這時他看了擺在桌上的紙張——「『我會殺了你們，你們這些（不雅字眼），你們的罪行會受到懲罰。不知羞恥又自以為是，我要打爆你們的頭。』」

他平淡地讀出這段話，不禁令我發笑。

「您笑什麼？」第二位員警以令人不悅的語氣問道。

「我覺得我竟能說出這種話真的很好笑。我是個冷靜的人。或許您們的證人有些誇大？」

「您否認自己曾因破壞狩獵架上過治安法庭嗎？」

「不，我無意否認。我當庭就繳納了罰金，文件都有記錄。」

「那文件上沒記錄的是？」其中一位員警問。這是個狡猾的問題，不過我機智地予以化解：

「警察大哥，很多事情都沒記錄。我的人生與您的人生都無法以言語道盡一切，法院文件又要如何記錄？」

「為什麼您要這麼做？」

這什麼天外飛來一筆的問題？我看著他。

「您為什麼要問我您分明清楚的事？」

「請您回答問題，我得寫進筆錄。」

我完全放鬆了心情。

「這樣啊？那我就再說一次：因為我不想要有人利用狩獵架射殺動物。」

「您從何得知如此詳細的案件細節？」

「哪一件？」

「比如說主席。您怎麼知道是猩紅甲蟲？您是這樣告訴作家的。」

「噢，我這樣說過嗎？那是這裡很常見的甲蟲。」

「所以您是從哪裡知道的？是那位春天時與您同住的昆……研究昆蟲的男子？」

「可能吧，但主要是星盤解釋了一切。星盤上什麼都有，所有最小的細節，甚至是您今天感覺如何、最喜歡的內衣顏色。只要能讀懂星盤，便能得知。主席第三宮的相位很差，那是與小動物有關的宮位，昆蟲也算在內。」

警察忍不住意味深長地互望，在我看來非常失禮，畢竟他們不該對自己分內的事感到詫異。我早看出他們倆都是蠢材，因此信心十足地說：

「我從事占星多年，經驗深厚。萬事萬物都有其關聯，我們所有人都處於有著不同對應關係的網子上。警校應該教你們占星的，這是一種體面又古老的傳統，由史威登堡傳下。」

「誰？」他們異口同聲。

「史威登堡，一個瑞典人。」

我看到他們其中一個寫下了姓名。

他們就這樣又和我談了兩個小時，下午警方發出拘票，決定將我拘留四十八小時，同時也發出搜索票，對我家進行搜索。我努力回想自己是否將髒內衣亂丟在什麼地方。

晚上，我得到一個塑膠袋，我想是迪西歐和好消息送來的。裡面有兩支牙刷（為什麼是兩支？一支早上用、一支晚上用嗎？）一套高貴又性感的睡衣（大概是好消息從新到的貨裡挖出來的）、一些甜食與一本叫做佛斯托維奇的人翻譯的布萊克。果然是我的迪西歐，知道我需要什麼。

我第一次處於百分之百物質層面的監獄中，這是個非常辛苦的經歷。牢房裡乾淨、貧乏且陰暗。當他們在我身後關上門，恐慌便向我襲來。我的心臟在胸前怦怦跳，害怕自己會尖叫。因此我坐在床上不敢動。我當時想，我寧願死也不要在這種地方度過餘生。噢，是的，這點毫無疑問。我徹夜未眠，連躺都沒躺下，以相同的姿勢坐到早上；我滿身汗臭、髒兮兮，感覺連那天說的話都弄髒了脣舌。

光芒都自相同的光源而來，以最純淨的明亮組成——最古老的傳說是這樣說的。每當人類誕生，光芒便開始墜落。首先飛過宇宙的黑暗空間，然後經過星系，最後在墜落地球前，可憐的光芒會先撞上行星的軌道。每一顆行星都會以自己的特性汙染光芒，使其變得暗淡不清。

冥王星首先界定這場宇宙實驗的框架，揭示基本規則——「生」是短暫的事件，「死」隨其後出現，只有死亡能讓光芒逃出陷阱，別無他法。「生」是一場嚴苛的試煉。自生命之初，你的所作所為，每個思想、行動都至關重要，這並不是為了之後獲得獎勵或懲罰，而是因為它們建構了你的世界。這機器就是如此運作。接著，墜落的光芒會穿過海王星環，迷失在它的煙霧之中。海王星給予光芒安慰，帶來各種幻象，模糊逃離的記憶、夢迴飛翔，幻想、毒品、書籍。天王星則賦予反抗的能力，而這也成為光芒來自何方的記憶證明。當光芒經過土星環，便會清楚知道，在下面等著的是監獄；是勞改營、醫院、規章制度；是病痛、絕症、鍾愛之人死去。不過，土星帶來慰藉、尊嚴與樂觀，以及一份美麗的禮物：順其自然。火星會增強光芒的力量與侵略性，這在之後肯定有其用武之處。飛到太陽附近時，光芒將被蒙蔽，長久以來的廣闊意識將會變得既小又卑微，與

「我」的其他部分分離，就這樣持續下去。在我自己想像中它是這樣的：一介空殼、折翼的殘存體、被殘酷孩子折磨的蒼蠅。老天才知道它該如何在黑暗之中生存。讚美維納斯女神吧，她出現在墜落的途中，光芒會收到金星愛的禮物——最純淨的同情，這是唯一能拯救自己與其他光芒的東西。多虧金星的贈禮，光芒得以互相支持，並團結一心。就在墜落之前，火星還會碰到一顆奇怪的小行星，它有點像是被催眠的兔子，並不繞著自己的軸心轉，而是盯著太陽、快速移動——這便是水星。水星賦予光芒語言與交流能力。經過月亮時，光芒會獲得如靈魂般難以捉摸的東西。

經歷這一切以後，光芒落到地球，立刻披上肉身，成為人類、動物或植物。

這就是傳說的大略內容。

這不幸的四十八小時尚未過完，第二天我就被放了出來。他們三人來接我，我彷彿離開這世界多年般投入他們的懷抱。迪西歐哭了，好消息和怪人則渾身僵硬地坐在後座，看得出來大家都受到了驚嚇，甚至比我還驚恐。最後反倒是我得安慰他們。我請迪西歐停在商店，買冰淇淋給大家壓壓驚。

不過說實話，自從我被短暫拘留的那一刻，我就心不在焉。我無法接受警察搜索我家，這讓我有種他們無所不在的感覺。他們翻過每個抽屜、櫃子和桌子。什麼也沒找到。再說，他們是能找到什麼？倒是秩序被打破，平靜也被破壞了。我在屋裡打轉，做不了任何事。我自言自語，意識到自己不太對勁。大窗戶吸引住我，我便站在窗前，視線無法從所見之物移開。赭紅的草地如浪起伏，在造成浪姿的無形風中起舞，還有窗前正在轉變成各種色調的綠色色塊。我陷入沉思，時常好幾個小時就這樣過去。我也變得忘東忘西，比如說把鑰匙放在車庫，找了一整個星期都沒找到。我甚至把水壺給燒了。從冰箱拿出蔬菜，卻在變得乾癟不新鮮了才發現。我眼角餘光能看見屋子裡的一舉一動——人們進進出出，從爐房走上，再進花園接著返回。女孩興高采烈地跑過走廊；媽媽坐在露臺上喝茶；我能聽見湯匙碰撞茶杯，以及她憂傷的長嘆。只有迪西歐來時一切才會靜下。要是隔天不是到貨日，迪西歐幾乎都帶著好消息一起來。

某天我的疼痛劇增，迪西歐打電話叫來救護車，看來我不得不去醫院一趟。那是救護車到來的好時機，風和日麗的九月天，道路乾燥且堅硬，以及——感謝行星——我已在早上洗過澡，雙腳乾乾淨淨。

現在我躺在一間空得出奇的房間，田野的氣味從敞開的窗戶飄進來——成熟的番茄、乾草，燒過的草桿。太陽進入處女座，處女已開始秋季整頓，為冬季做準備。

他們當然有來探望我，只是，在醫院見面讓我窘迫，真的不知道要從何聊起。在這令人不適的環境中，每段對話聽起來都生硬又不自然。我希望他們不會因為我叫他們回家而生氣。

阿里醫生常常坐在我的床上。他會從附近診所來這裡，總是帶給我讀過的報紙。我告訴他我在敘利亞造橋的事（我很好奇那座橋是否還在），而他告訴我他在沙漠中跟遊牧民族一起工作。有段時間他是遊牧醫師，與遊牧民族一同遷徙，替他們檢查與治療，總是在流浪。不過他骨子裡就是遊牧民族。他從未在一間醫院待超過兩年，因為他會突然感到厭倦、不安，並且開始找不同地方的新工作。

那些最終克服偏見找他看病的病人，總有一天會被他拋棄。某天，在他的診所門上會貼出「阿里醫生不再接診」的字條。浪人的生活方式與出身背景，理所當然使他受到特殊機關的關注，所以他的電話總被竊聽——至少他是這麼說的。

「你自身有什麼疾病嗎？」我曾問過他。

噢，是，他有。他每個冬天都會陷入憂鬱，尤其是待在政府提供的工人賓館房間內，惆悵更甚。他有一件工作多年積攢買下的珍貴物品——一盞仿太陽光的大燈，這盞燈能提振阿里的精神。他常常整晚在假陽光下晒臉，讓思緒在利比亞、敘利亞或伊拉克的沙漠中漫遊。

我一直在想他的星盤看起來會是什麼樣，但是我病得太重，算不了星盤。這次狀況不太明朗。我躺在黑暗的房間裡，光照性皮膚炎很嚴重，皮膚泛紅潰爛，疼痛感就如同小手術刀切割皮膚一樣。

「您必須避免晒太陽。」他警告我說，「我從來沒看過這樣的皮膚，您應該是被創造成某種地底生物了。」

他笑了起來，這對他來說難以想像，因為他總如向日葵般向著太陽；而我卻像白色雛菊或馬鈴薯芽，應該要在爐房裡度過餘生。

我告訴他我多佩服——如他所說，他的所有物不多，可以隨時包進行李箱。我決定向他看齊，因此對自己承諾，要是之後能離開醫院，我得開始練習。每個人其實有背包和筆電就足夠，因此不管身在何處，阿里都像在家一樣。

這位流浪醫生提醒我，我們不該安逸於任何一處。我與我的房子或許已經走得太遠。這位黝黑的醫生送給我一件白色的阿拉伯長袍，長度及踝、長袖子，釦子高及頸脖。他說白色就像鏡子，能反射光線。

八月下旬，我的狀況惡化許多，他們把我送到弗羅茲瓦夫檢查，對此我並不以為意。我整天都在半夢半醒之間，不安地夢見我的豌豆。它的第六代已開始需要照顧，不然我的實驗結果就會失去價值。我們又會再次認為自己沒有繼承到生活經驗，覺得世上一切知識都是枉然，無法從歷史中學到任何事物。我夢見自己打給迪西歐，但是他沒有接電話，因為我的女孩們正好分娩，一大堆孩子躺在玄關和廚房的地板上。那些都是人類，是由動物誕下的全新人種。他們仍是盲人，眼睛尚未睜開。我還夢到我在一座大城市裡尋找女孩們，仍滿懷希望，而這般愚蠢的希望是多麼令人痛心。

某天作家來弗羅茲瓦夫的醫院探望我，禮貌關心之餘，也委婉告訴我她要把房子賣掉。

「這個地方已經不如從前。」她遞給我阿嘉塔做的蘑菇煎餅。她說她感覺到某種震動、她害怕夜晚降臨，也毫無食欲。

「發生了這種事的地方不能住。除了恐怖的謀殺案，那些欺瞞和骯髒事情全攤在陽光下，我這才發現我住在一群怪物之中，」她激動地說。「您是唯一正直的人了。」

「您知道嗎？我明年不想繼續照看房子了。」我說，對她的讚美不知所措。

「這麼做很正確，溫暖的國度對您的身體比較好……」

「沒有太陽更好。」我補充。「除了廁所以外，您有什麼推薦的地方嗎？」

她跳過我的問題。

「房屋出售的事已經刊登在報紙上了。」她沉思了一會兒。「這裡就是風吹得太多，我忍受不了風無止境地狂吹，耳邊總是傳來各種沙沙、呼嘯和噪音，讓我無法專心。您注意過樹上的葉子有多吵嗎？尤其是白楊木，吵得不得了，從六月就一路搖搖搖到十一月。簡直噩夢。」

我從來沒想過這件事。

「他們偵訊過我，您知道嗎？」她話鋒一轉，激動地說。

我一點也不覺得奇怪，因為他們偵訊了所有人。這個案件現在是「優先」偵辦項目——那真是個可怕的詞。

「然後呢？您幫上什麼忙了嗎？」

「您知道嗎？有時我會覺得我們都住在自己想像的世界，我們界定什麼是好的，什麼不是；我們畫出屬於自己的意義地圖，與此接連的整個人生，我們都在和自己的想像抗衡。問題是，人人都有自己的地圖版本，因此大家難以互相理解。」

這也不無道理。

她向我道別時，我在我的物品中翻找一陣，交給她一隻麃鹿腿。她打開紙包裝，臉上表情因厭惡而扭曲。

「這是什麼？天吶！杜薛伊可女士，您給我這是什麼東西？」

「請您收下，這就像上帝的手指，已經完全乾燥了，不會臭。」

「我要這東西做什麼？」她苦惱地問。

「用在對的地方。」

她將腿包回紙內，在門口時仍感猶豫，接著便轉身離開。

灰女子說的話讓我尋思許久，覺得那與我某個理論相契合，也就是人的心理之所以存在，是為了保護我們不看見真相，不讓我們直窺這個機制。心理是我們的防禦系統——確保我們不去理解周遭事物，主要用來過濾訊息，就算我們的腦子能力強大，也承受不了那些東西。因為痛苦組成了世界上每顆最小的粒子。

所以我先是出獄，接著是出院。毫無疑問，我正與土星的影響搏鬥。不過，八月時土星移動許多，不再呈現凶相，因此剩下的夏天我們都和平共處。我躺在陰暗的房間，怪人負責打掃與整頓屋子，迪西歐和好消息負責做飯與買菜。在我感覺好多了後，我們又去了一趟捷克，去那間不平凡的書店拜訪洪札與他的書。我們與他吃了兩頓午餐，在沒有歐盟的支持與補助下辦了一場小型的布萊克研討會。

迪西歐在網路上找到一部一分鐘的短片，是一隻健壯的鹿攻擊獵人。我們看著鹿以後腳站立，前腳踢向人類。獵人倒下，不過動物沒有停止，繼續大肆踐踏，不讓他從蹄下爬開。人試圖保護頭部，跪在地上，從暴怒的動物腳下逃出，但是鹿又再次將他擊倒。

這部影片沒有拍到最後，不知道鹿與獵人最後怎麼樣了。

我躺在自己的黑暗房間裡，在盛夏時節無止境地播放這部短片。

15 聖修伯特

「羊咩、狼嚎、牛哞、犬叫，似天堂呼救的聲響。」

要是行星沒有出現在該出現的位子上，我們會說這顆星受損或是遭放逐，而我的金星正遭放逐中。除此之外，金星還與掌管我上升位的冥王星呈現凶相，這種情況導致我患上——我認為就是——懶散金星症候群。我是這樣命名這個現象的。這時我們會從命運獲得許多機會，卻完全沒有發揮自己的潛能。此人或許聰明伶俐，卻不將才智用在知識上，而是耗在玩牌和算牌；雖有美麗的身體，卻不善加照顧，以各種興奮劑毒害自己，忽略醫生與牙醫的忠告。

這種金星相位會導致奇怪的懶散——因為不想去、因為遲到、因為疏忽，而讓生命中的機會從眼前溜走。耽溺於舒適與享樂，活在半夢半醒間，被小確幸分散注意力，不想努力也完全不想競爭。生活成為漫長的早晨、未拆封的信、拖延的事情、半途而廢的項目。對各種權威與趨炎附勢嗤之以鼻，靜靜地、懶洋洋地走在自己的路上。這種人可說是一無是處。

要是我努力點，九月就能去學校了，但我就是無法克服，無法振作。孩子因此損失了一個月的知識，我感到很抱歉。不過我又能做什麼呢？當時我可是全身痛得不得了。

直到十月我才回到工作崗位。我已經感覺好非常多了，每個星期都能舉辦兩次英語小天地，與學生一起補回課時。不過教學無法正常進行。十月，課堂上的學生開始請假，如火如荼地為禮拜堂落成典禮與獻祭做準備。這座小教堂要在聖修伯特日當天（十一月三號）獻祭給修伯特。我不想讓學生請假，寧可他們多認識一點英文單字，也不想要他們背誦聖人的生平。年輕的校長因此居中介入。

「您誇張了。有些事情必須優先。」她的語氣好像連她都不相信自己說的話。

我認為「優先」這個詞就和「死者」或「同居人」一樣醜陋，但是我不想——真的非常不想與她就「讓孩子請假」或是用詞展開爭辯。

「您肯定也會去禮拜堂的獻祭吧？」

「我不是天主教徒。」

「那有什麼關係？無論喜不喜歡，我們全都是受天主教文化教育長大的，您就來參加吧。」

我沒準備好這番爭論，所以便保持沉默。因此我只好以下午的英語小天地來補課。

迪西歐又被傳喚了兩次，最後在雙方協議下，他接受解僱，只在警局工作到年底。他們給的理由一如往常的含糊——裁員、削減。像迪西歐這種人總是第一批被裁掉，不過我覺得，他被解僱的原因與證詞有關。他被懷疑了嗎？迪西歐對此倒是一點也不擔心，他已經決定成為譯者，準備以翻譯布萊克的詩歌過活——

這真是太棒了！將一個語言翻譯至另外一種語言，可以拉近人與人之間的距離，所以這是個很棒的主意。

他現在也在進行自己的調查——這不足為奇。畢竟所有人都懸著一顆心等待警方的新發現，等待著他們一舉偵破、終結這起連續殺人案。迪西歐甚至去拜訪芙內札克與主席的太太，盡其所能調查他們的蹤跡。

我們現在知道三名死者都因頭部遭重擊而死，但是不清楚兇器為何。我們原本推測可能就是一塊木頭或粗樹枝，但是這樣皮膚應該會留下痕跡才對。這裡看來，兇手使用的是某種表面光滑的大型堅硬物件。除此之外，警方發現遭擊處有微量的動物血跡，而且很可能是麃鹿的。

「我的想法沒有錯。」我固執地一再表明。

「你們看吧！就是麃鹿。」

迪西歐傾向於私人糾紛。可以肯定的是，局長那天晚上從芙內札克那裡離開，並收到賄賂。

「或許芙內札克追上了他，想把錢討回來，就在他們發生爭執時，局長跌進井裡，而芙內札克嚇得忘了把錢拿回來。」認真思忖後迪西歐說。

「那又是誰殺了芙內札克？」怪人提出哲學性的疑問。

說實話，我比較喜歡壞人相互殘殺的想法。

「噢，或許是主席？」怪人再次發揮想像力。

局長很可能包庇了芙內札克的罪行，但我們不知道這是否與主席有關。要是人是主席殺的，那又是誰殺了主席？或許有人找這三人尋仇，最有可能的動機就是利益糾葛。或許黑道一說是真的？警察對此握有證據嗎？很可能有其他警察扯入這起暗黑事件，調查才會停滯不前。

我已經停止提倡我的理論，因為那確實只會讓我淪為笑柄。灰女子說的沒錯——人只理解和自己相同的想法，只明白自己賴以為生的事物。當局政府中那些貪腐墮落之人的陰謀算計，更適合電視與報紙的口味。無論報紙或電視都不會報動物的新聞，大概只有老虎逃出動物園才能得到篇幅。

◆

諸聖節[49]過後便進入冬季。這裡就是如此，秋天會帶走所有工具和玩具，抖落已成無用的樹葉，吹到田埂上，吸去草葉的顏色，直到它們變得灰暗又平庸。接著雪會落在犁過的田野，一切都變成黑白。

「犁過亡者的骨骸。」我對著自己說出布萊克的字句，就是這個意思吧？我站在窗前看著自然以倉促之姿整頓大地，直到夜色降臨。從那時起，冬天便在黑暗中行進。早上，我拿出從好消息那兒買來的紅色羽絨外套和羊毛帽。

武士的玻璃上結了一層初霜，輕薄一如宇宙菌絲。諸靈節[50]後兩天，我去城裡拜訪好消息並買雙雪靴。從這時起，就得為最壞的情況做好準備。天空沉甸甸，這個季節向來如此。墓園裡的蠟燭還未燒盡，我從柵欄外看進去，裡頭的彩色燈火閃爍，好似人們想以這微弱火焰助天蠍座上逐漸減弱的太陽一臂之力。冥王星掌管世界，讓我有些憂傷。昨天我寫電子郵件給我親愛的雇主，告訴他們，今年起，我將不再替他們照看房子。

在路上我才想起，今天正好是十一月三日，城裡要慶祝聖修伯特節。

每次要舉辦那些令人存疑又無言的活動時，總是最先將孩子牽扯其中。我還記得當初的五一遊行活動也是這樣。那是好久好久以前了。而今孩子得參加克沃茲科縣兒童與青少年藝術創作競賽。「聖修伯特——現代生態學家的典範」，在表演中演出聖人的生與死。我十月還為此事寫信給校務委員會，但是沒收到回覆。我認為——如同許多事，這是醜聞一樁。

沿著柏油路停了許多車輛，我才想起有彌撒，決定進去教堂看看那利用漫漫秋季所準備的成果，畢竟這大大影響了我的英文課。我瞥了一眼手錶，彌撒似乎剛剛開始。

我有時會走進教堂，安靜地與人們坐在一起。我向來喜歡在不需要交談的情況下與人為伍。要是人們獲准聊天，便會開始說些蠢話和瞎事，編造又炫耀。而

49 十一月一日，弔念聖人的日子。由於這天為國定假日，波蘭人便在這天進行紀念亡者的諸靈節活動，例如：掃墓並點起蠟燭、晚上參觀墓園。

50 十二月二日。在諸聖節跨諸靈節的夜晚被稱為諸靈夜，人們相信這個夜晚從煉獄解脫的死者靈魂會回到人間，直到黎明。傳說只有最虔誠、心地善良的人能看見午夜時分前往教堂的死人群。

這樣一排排坐著時每個人都沉浸在思緒中，在腦中檢視最近發生的事，並想像接下來會發生什麼，以這種方式控制自己的人生。一如所有坐在長凳上的人，我也陷入某種專屬自己的半夢半醒。我的腦袋懶洋洋地轉動，好似思緒從我之外流入，從別人的腦中傳來，又或是從不遠處的木製天使腦中而來。總會有些新想法出現在我腦中，是我在家裡從來沒想過的。就這點來說，教堂算是個好地方。

我時常覺得，要是我想，我可以在這裡讀出別人的心。有好幾次，我聽見他人的想法以我的聲音響起——「臥室裡的新壁紙要什麼款式好？完全光滑的好呢？還是壓印圖案的好？銀行裡的錢利息太低，別的銀行利率更高，星期一就去問問看方案，把錢轉走吧？她怎麼會有錢？她怎麼負擔得起身上穿的衣服？或許他們都不吃飯，賺來的錢都花在這些衣服上……他變得真老啊，頭髮都白成這樣了！誰想得到他曾是村裡最帥的男人呢？現在也不過是風中殘燭嘛……我直接告訴醫生我想要一張假單……不可能，我才不願被當成孩子對待……」

這些想法有何不妥？我還有其他想法嗎？還好這位神或多或少存在，就算祂不存在，至少給了我們一個可以冷靜思考的地方，或許這就是祈禱的用意——讓自己平靜思考、無欲無求，在自己的腦中整理思緒。這樣便也足夠。

不過，在最初的美好放鬆時光後，兒時慣有的問題便回到我身上。或許因為我的本質就帶了些稚氣吧。我想，神要怎麼同時聆聽全世界的祈禱？要是他們的祈禱相互矛盾呢？祂也要聽所有渾球、惡魔與壞人的祈禱嗎？他們會禱告嗎？有沒有神不存在的地方？比如在狐狸農場裡，神便不存在？祂對這個地方又作何想法？或是芙內札克的屠宰場，神會去那裡嗎？我知道這都是愚蠢又天真的問題，神學家大概會笑話我。我的腦袋是木頭做的，一如那些掛在假天空穹頂下的天使。

然而窸窣神父令人不悅的惱人聲音擾亂了我。我總覺得他移動時裹在垂垂老矣黝黑皮膚下的乾癟身軀在窸窣作響。他的神父袍摩擦褲子、下巴磨蹭衣領，關節嘎嘎響。這神父是什麼神造物？他有著皺巴巴的乾癟皮膚，無論在身體哪個部位都稍嫌多餘。聽說他曾經很胖，做過肥胖手術，切掉了半個胃。現在他瘦了很多，大概就是這樣造成的吧。我很難不覺得他是以製燈罩的宣紙做成，猶如易燃的人造空心物。

◆

年初，我還因為女孩們的事陷在最黑暗的絕望中，他在聖誕頌歌後拜訪我。首先登門的是他的輔祭，穿著白色罩袍，外頭套著暖和的外套。那些男孩臉頰通紅，有損神父使者的威嚴。我時不時會吃哈爾瓦酥糖[51]，當時家裡正好有一塊，我便掰成小塊分給他們。他們吃過糖、唱完詩就離開了。

窸窣神父氣喘吁吁地快步出現，連鞋子上的雪都沒抖落，直接走進我的小休息室，踏在地毯上。他在牆上灑了灑水，垂下眼簾念出禱詞，接著迅速把聖像放在桌上，坐上沙發的角落。他以迅雷不及掩耳的速度做完這一切，我的視線幾乎跟不上。我感覺他在我家十分不自在，恨不得趕快離開。

「喝茶嗎？」我怯怯地問。

他不想。我們在沉默中坐了片刻。我看見輔祭在門前丟起雪球。

我突然有股荒唐的需求，想將自己的臉靠到他上了漿的乾淨寬袖子上。

「為何哭泣？」他使用神父詞語，以怪異的去人稱句子發問。例如以「恐懼」代替「害怕」，說「留心」而不說「注意」，以「豐富」取代「學習」，諸如此類。不過這對我沒有影響，我繼續哭著。

「我的狗死了。」最後我說。

那是個冬日午後，幽暗已經透過窗子灑進小休息室，我看不見他臉上的表情。

「我理解這種痛。」過了半晌，他說。「但這畢竟就是動物。」

「牠們是我唯一的親人，是我的家人，我的女兒。」

「請不要褻瀆上帝，」他抬頭顯露輕蔑。「不能把狗說是兒女。別再哭了，最好還是祈禱吧，這麼做能帶來慰藉。」

我拉著他乾淨、整齊的袖子走到窗邊，讓他看看那座小墓園。那裡現在是一片灑滿雪花、散發哀傷的墓碑。其中一個墳上亮著小燈燭。

「我已經接受了牠們死去的事實，最有可能的就是被獵人殺死，您知道嗎？神父？」

---

51 中東、北非等地常見的點心，以麵粉、糖與奶油為底，加入堅果或芝麻製成。

他什麼也沒說。

「我能做的就是好好埋葬牠們，但我甚至不知道牠們是怎麼死的、屍首位在何處，這樣我該如何弔唁？」

神父不安地動了動。

「不能像對人那樣對待動物。這種墳墓是一種罪，是人類的傲慢。上帝賦予動物更低的位階，以服侍人類。」

「請神父告訴我我該怎麼做？或許您會知道？」

「祈禱。」他回答。

「為牠們祈禱嗎？」

「為妳自己。動物沒有靈魂，不會得到救贖，無法得永生。所以妳為自己祈禱吧。」

這幅約莫發生在一年前的悲傷畫面正好浮上眼前，那時我還不知道某些事，但我現在知道了。

彌撒繼續進行。我找了個離出口不遠的位子，靠近三年級的孩子。說起來，他們看上去很奇怪。大部分的孩子都換上了麃鹿、馴鹿和兔子的裝扮，臉上戴著紙板做的面具，等不及要上場。就我所知，表演會在彌撒結束後開始。孩子擠出位子給我，我便坐在他們之間。

「你們要演什麼呢？」我小聲地問三A班的女孩，她有個美麗的名字——亞歌妲[52]。

「演聖修伯特在森林裡遇見馴鹿。」她回答。「我演兔子。」

我對她笑了笑。但是其實我不懂這個邏輯。修伯特那時候還不是聖人，只是個窩囊的敗家子。他喜歡打獵、殺戮。某次打獵時，他在自己要獵殺的那隻鹿頭上看見釘在十字架上的耶穌，便跪下皈依。他明白自己罪孽深重，從那時起便停止殺戮，後來成了聖人。

---

52 Jagoda，波蘭文意為藍莓。

為什麼這種人會成為獵人的守護者？簡直沒有邏輯可言。因為，要是修伯特的追隨者想要效仿他，就該停止殺戮。既然獵人視他為守護者，那修伯特不就成了他原已解脫的罪孽的守護神嗎？他們等同讓修伯特變成了守護罪孽的神。這時我已張開嘴，往肺中集氣，準備向亞歌妲分享我的質疑，卻意識到這個時機和地點都不對，尤其神父唱得非常大聲，根本無法進行討論。因此我在腦中有了假設：這是一種對立面的挪用。

因為孩子都被帶到這裡，所以教堂很滿，不過還有許多陌生男子坐滿第一排椅子。他們的制服讓我簡直雙眼發綠。祭壇兩側還站著其他人，手裡抓著垂下的彩色旗幟。窸窣神父今日也十分隆重，他鬆垂的灰臉抹上聖油。我無法進入自己最喜歡的狀態，無法一如往常陷入沉思。我感到躁動不安，覺得這個狀態慢慢籠罩住我，體內開始震顫。

某人輕碰我的手臂，我環顧四周：是格熱西。有著一雙美麗、機靈雙眼的高年級生。我去年教過他。

「老師找到狗了嗎？」他輕聲問道，讓我一瞬想起去年秋天，我和他們班一起在圍欄和公車站張貼啟示。

「沒有，格熱西，很可惜我沒找到。」格熱西眨了眨眼。

「請節哀，杜薛伊可老師。」

「謝謝。」

窸窣神父的聲音劃破冰冷的寂靜，只剩微弱的腳步聲和清喉嚨，所有人都動了起來，以便稍後將以直上穹頂的轟然巨響跪在地上。

「上帝的羔羊……」我聽見頭上方響起奇怪的聲音，微弱的低鳴從四面八方傳來——人們邊為羔羊祈禱邊捶著胸口。

接著他們離開長凳，懺悔的罪人雙手交握、垂下眼簾往祭壇移動。廊道上出現一陣騷亂，但所有人都比平時更懷善意，沒對上眼就相互讓道，呈現出死寂而嚴肅的氛圍。

我的思緒無法停歇：他們肚子裡都裝什麼？他們今天和昨天吃了什麼？火腿消化了嗎？小雞、兔子和小羊從他們的胃裡擠出來了嗎？

第一排綠色軍團也從長凳上起身，朝祭壇移動。窸窣神父現在由輔祭陪同，沿著圍欄移動，餵「肉」給每個人，雖然這只是一種象徵，但是「肉」到底還是活物的身體。

我認為，要是善良的上帝真的存在，現在就該顯靈、發出怒吼、蓋過所有聲音，無論是以羊、牛或鹿之身都好。就算祂無法親自現身於此，也該派祂的助理牧師或是熾熱的大天使前來，為這糟糕的偽善行為畫下句點，一勞永逸。不過當然，誰也沒來介入，從來就沒有。

腳步聲漸弱，最後人群散開，慢慢回到長凳上。窸窣神父安靜下來，莊嚴地清洗聖器。我想，要是那裡有臺能放入一套聖器的小洗碗機，他只要按下一個按鈕，就能有更多時間布道。他走上講道壇，整理好蕾絲袖子——一年前，他在我小休息室裡的畫面又出現在我眼前。他說道：

「很高興能在這個歡喜的日子為我們的禮拜堂獻祭。更令我高興的是，我能以獵人神父的身分參與這重要的活動。」現場鴉雀無聲，好似眾人在盛宴過後需要時間安靜消化。神父環顧教堂，繼續說道：

「如你們所知，親愛的兄弟姊妹，我已守護我們這區的獵人多年。身為他們的神父，我為各狩獵分部祝禱、組織會議、執行聖禮，並帶領死者前往『永恆的狩獵國度』。我也關注與狩獵道德有關的事物，並盡力為獵人提供心靈上的幫助。」

我開始不安地轉來轉去。神父繼續說：

「在我們美麗的聖修伯特禮拜堂中殿上，聖壇的部分已經有了聖人像，禮拜堂很快會裝上兩扇玻璃花窗。一扇根據傳說，展示聖修伯特打獵時遇到的那頭閃著十字光芒的鹿。另一扇展示聖人本尊。」

信徒的腦袋跟著窸窣神父指的方向轉過去。

「提出建造禮拜堂的——」神父繼續說，「正是我們勇敢的獵人。」

而今眾人都看向第一排。我也心不甘、情不願地看向那裡。窸窣神父清了清喉嚨，看來正準備發表嚴肅的演說。

「我親愛的兄弟姊妹，獵人是上帝的大使與夥伴，參與造物與照顧動物。人類生活的環境因有這些幫助才得以發展。獵人遵從正確的狩獵政策打獵。他們建造並有系統地為動物提供食物——」這裡他謹慎地看了小抄一眼——「四十一座麃鹿餵食架、四座馴鹿大型餵食架、二十五座雉雞餵食槽和一百五十塊鹿科動物的礦鹽磚……」

「——然後射殺餵食架旁的動物。」我大聲說道，坐在附近的人腦袋全轉向我，眼裡帶有斥責意味。「這就像是鴻門宴。」我補充。

孩子紛紛驚恐地瞪大眼看著我。是那群我教的三B班孩子。

窸窣神父離我太遠，沒聽見我說的話，逕自繼續他的致詞。他站在講道壇上，手掌滑進罩袍寬大的蕾絲袖子裡，抬頭看向教堂的穹頂。很久以前畫上的星斗正在剝落。

「……僅是本狩獵季就為冬季準備了十五噸的濃縮飼料，」他計算過了。「我們的獵人組織從幾年前便開始購買並野放雉雞，舉辦付費打獵活動，使組織收支平衡。我們培養狩獵傳統與習俗，教化新進者並立下誓約。」他說，聲音裡滿是驕傲。「一年中兩次最重要的狩獵日就在聖修伯特節，也就是今天，以及平安夜。我們依循著傳統、尊敬狩獵法則。最重要的是，我們渴望體驗自然之美、守護習俗與傳統。」他彷彿備受鼓舞般說下去。「現在仍有許多盜獵者，他們不尊重自然與環境法則，以殘忍的方式殺害動物，對狩獵法也不予理會。在座各位都是遵從法律的人，幸好現在的狩獵已經有所改變，我們不恣意射擊任何想射的或會動的事物，而是照顧我們美麗的自然、留心秩序與和諧。近幾年，我們親愛的獵人建造了自己的狩獵小屋，時常齊聚一堂，討論狩獵文化、道德、紀律與安全，以及其他獵人熱中的話題……」

我輕蔑地哼哼笑，音量大到半個教堂的人都轉過頭來看我。我笑到嗆到自己。有個孩子遞給我一張紙巾。同時間，我感到腳開始發麻，令人不適的麻木感越來越強烈，讓我不得不動起腳掌，然後動小腿肌。因為我要是不這麼做，很快就會有一股可怕的力量使我肌肉爆裂。看來我是發作了。我覺得這樣挺好。是的，我發作了，來得真是時候。

現在我終於清楚知道，為什麼長得像集中營瞭望塔的射擊架會叫做「講道壇」。人們在狩獵架上居高臨下，自認為擁有對其他生物的生死掌控權，成為暴君和篡位者。神父歡欣鼓舞、喜形於色地說：

「『要生養眾多，治理這地。』上帝傳達予我們、給獵人這句話，因為上帝視人為自己的共創者，讓人能參與創造、直到最後。『獵人』一詞來自字根『思想』，也就是獵人是有意識、理智且謹慎地狩獵，關照這份上帝的贈禮。願獵人與獵人組織蓬勃發展，以造福他人和整個大自然……」

我成功地走出這排位置，以出奇麻木的雙腿向前，幾乎到達講道壇前方。

「喂！你！給我下來！」我說，「夠了。」

一陣寂靜中，我滿意地聽見穹頂和中殿迴盪著自己的聲音，強而有力。難怪來到這位置的人總會因自己的發言得意忘形。

「我在跟你說話。沒聽見是不是？給我下來！」

窸窣神父雙眼瞪大，驚恐地看向下方的我。他的嘴唇輕輕移動，整個人彷彿陷入震驚之中，正試圖找出可以回應這般事態的字詞。但他沒有成功。

「嗯、嗯。」他既不唯唯諾諾，也不挑釁。

「立刻給我離開這講道壇！滾出這裡！」我吼叫著說。

此時我感到肩上有隻手，看見其中一位制服男站在我後面。我甩動身體，此時，第二名制服男上前，兩人緊緊抓住我的手臂。

「謀殺犯！」我說。

孩子全驚恐地盯著我。在戲服之下，他們乍看好不真實，有如新的人獸物種，才剛誕生。人們開始竊竊私語，在座位上動來動去。他們帶著不平輕聲交談，但我在他們眼裡也看見了同情，這讓我更加火大。

「看什麼看？」我吼道。「聽這些屁話聽到連眼睛都沒眨就睡著了是不是？你們有沒有腦？有沒有心？還有良心嗎你們？」

我放棄掙扎，任憑自己無聲遭架出教堂。我在門邊回頭，對所有人大喊：「你們都給我離開這裡。所有人都走！夠了！」我揮舞手臂。「快回家吧！快走！你們被催眠了嗎？失去同理心了嗎？」

「這裡比較涼爽，請您冷靜冷靜。」我們在教堂外時，其中一個男人說。另一人則用強烈威脅地語氣補充：

「不然我們要叫警察了。」

「真有道理啊，你們是該叫警察來，看看這裡在教唆什麼犯罪。」

他們把我留下，關上厚重的大門，讓我無法再回教堂。我認為窸窣神父將繼續布道。我坐在矮牆上，慢慢陷入自己的思緒中。憤怒都過去了，冷冷的風為我燒燙的臉龐降了溫。

憤怒過後往往留下許多空間，悲傷一如洪水，立刻流入，像條沒有起點也沒有終點的河流般流淌。淚水不斷更新源頭。

我看著神父宅院前草地上的兩隻喜鵲，牠們正在嬉戲，好似也想和我玩耍。好像正說著：「沒關係，時間為我們轉動，這是必行之舉，別無他法……」牠們興致勃勃地看著閃亮的口香糖包裝紙，接著其中一隻銜起包裝紙飛走。我以目光送牠遠去。牠們大概在神父宅邸的屋頂上有巢吧。喜鵲，小小的縱火犯。

第二天，雖然我沒有課，年輕的校長還是打了電話給我，拜託我下午學校沒人的時候過去一趟。我還沒開口，她便遞給我一杯茶，切了一塊蘋果蛋糕。我已經知道這是要慶祝什麼了。

「亞尼娜女士，您應該明白在那件事後……」她擔憂地說。

「我不是什麼『亞尼娜女士』，我已經告訴過妳，別這樣叫我。」我糾正她，但是或許也沒必要，因為我知道她要說什麼，她只是想藉著這種形式增加自己的信心。

「……杜薛伊可女士，ＯＫ。」

「是，我知道。我希望你們可以聽進我說的話，而不是他們的。他們說的事情會教壞孩子。」

校長清了清喉嚨。

「您引起了軒然大波，況且還是在教堂裡。最糟糕的是，這還發生在孩子的眼前，神父和教堂這種地方對孩子是有特殊意義的。」

「特殊意義？那更不能讓孩子們聽那些話。妳自己不也聽到了？」

女校長吸了一口氣，沒看著我直接說：

「杜薛伊可女士，您說的不對。有些規矩和傳統是我們必須遵循的，不能這樣立刻拋下一切……」現在她心中醞釀著什麼再明顯不過，我已經知道她會說出什麼。

「我並不想像妳說的拋下一切，我只是不允許說服孩子從惡、教他們偽善。讚揚殺戮就是惡。這是再簡單不過的道理。」

校長現在改用手撐著頭，小聲地說：

「我必須終止與您的合約，我相信您應該已經知道。最好的情況是您這學期請病假，這樣對您也好。您之前生了病，現在繼續使用病假也不為過。請您理解我的決定，我也別無選擇。」

「那英文課呢？誰來教？」

她漲紅了臉：

「宗教老師修過語言學程。」她用詭異的眼神盯著我。「再說——」她有些猶豫。「我之前已經聽聞您非傳統的教學法，您似乎還和孩子們一起以假的火焰燒蠟燭，其他老師抱怨在教室裡聞到煙味，家長也很擔心這是邪惡之事或是撒旦崇拜。或許就是因為這樣，他們又是單純的人——您還給孩子們吃奇怪的東西——榴槤糖？——這又是什麼？要是孩子中毒了，誰能負責？您考慮過這些問題嗎？」

我無法反駁她所說的話，我總試圖帶給孩子驚喜，讓他們處在高速運轉的狀態。而今，我感到體內裡的力量正在流失。我不再開口，艱困地從椅子上起身，不發一語離開。我的眼角餘光瞧見她正緊張地整理桌上的紙，雙手顫抖。可憐的女人。

武士身上有我所需的一切。降臨眼前的暮色也有益於我。它總是偏愛我這樣的人。

芥末湯不需要什麼工夫，很快就能做好：先在平底鍋加熱一點奶油，再加入麵粉。與做白醬的步驟相同。麵粉吸飽融化的奶油，接著滿足地澎起，那時要加入一比一的牛奶和水。很遺憾，麵粉與奶油的遊戲將在此劃下句點，慢慢變成一鍋湯。這時就得在這清澈無瑕的液體裡加鹽、胡椒和葛縷子，這麼一來就大功告成，可以關火。直到關火後才加入三種芥末：法國迪戎芥末粒、滑順的薩列普塔芥末醬以及芥末粉。重點是不能把芥末煮滾，因為這樣湯就會失去味道並且變苦。我會再加上麵包丁，我知道迪西歐非常喜歡這樣吃。

他們三人都來了，我在想這究竟是什麼驚喜，他們這麼莊重，我甚至還想了想是否我的生日到了。迪西歐和好消息穿著一模一樣的冬季短夾克，很好看，我想他們或許可以在一起，兩人都長得標緻、身材嬌小，嬌弱得像是長在小徑旁的雪花蓮。怪人顯得有些憂傷，重心在腿上換來換去、不斷摩擦雙手。他帶來自己做的野櫻莓酒，但我從來就不喜歡他釀的酒，我覺得他的糖加得很小氣，所以他的酒總是帶著苦味。

他們已在桌邊坐下，我也開始煎麵包丁。我看了他們三人一眼，或許這會是我最後一次看到他們一起出現了，該是時候分道揚鑣——我的腦中正好出現這個想法。現在，看看我們四個，我覺得我們像是一家人，有著共通點——這與我以前的認知不同。此時我才明白，我們都屬於「這世界認為無用」的人。我們沒有做什麼重要的事，沒有產出任何重要的想法與必要的事物、養分；我們也沒耕地，對經濟沒有貢獻。沒有特意繁衍後代——除了怪人有個兒子，即便只是那個黑大衣，怪人仍有點貢獻。我們對這個世界毫無益處。沒有任何發明、沒有任何權力。除了我們自己的小屋外，沒有支配任何事物。我們做著自己的工作，但這對其他人並無意義。要是沒了我們，什麼也不會改變。沒有人會發現我們消失。

在夜晚的寂靜與廚房的爐火聲中，我聽見從高地下、林子裡，被強風拎來的警車鈴響。我在想，他們是否也聽見了這不祥的聲音。不過他們正靠著彼此，冷靜地小聲交談。

當我把芥末湯盛入小碗，突然有股強烈的情緒湧上，我的眼裡又盈滿了淚水。幸好他們忙著交談，沒有發現。我拿著鍋子退到窗下的檯面，從那裡看著他們。我見到怪人面無血色的蒼白臉龐、梳整的旁分白髮和才剃過鬍鬚的臉頰；我看見好消息的側臉，美麗的鼻梁與脖子線條，頭上繫著彩色絲巾；還有迪西歐穿著毛線衣，瘦小纖細的背部。他們之後會如何？這些孩子能照料好自己嗎？

畢竟我也與他們相同。那我又會怎麼樣？我的人生未造出任何有建設性的事物，在我的時間裡——現在，還是過去，抑或未來。

不過，為何我們要「有用」？又是對誰有用？是誰將世界分成「有用」與「無用」？又是基於什麼規則如此分類？薊菜又或是吃了倉庫莊稼的老鼠就沒有

「生」的權利嗎？工蜂、雄蜂、雜草與玫瑰也沒有嗎？又是以何人的意志斷定誰優誰劣？彎曲有洞的大樹生長多年，沒被砍掉正是因為它無法做成任何東西。這種例子應該要讓我們這種人為之振奮。所有人都知道「有用」的用處，但無人知曉「無用」的用處。

「村子下面有火光，」怪人站在窗邊說道。「有東西在燃燒。」

「你們坐下吧，我要上麵包丁了。」我等到確定眼睛乾了才發出邀請，但是並沒有成功把他們叫到桌邊。他們全都沉默地站在窗邊盯著我看。迪西歐臉上帶著全然的痛苦，怪人眼神中有著不解，而好消息——眼下藏著令我心碎的哀傷。

那時，迪西歐的電話響了。

「別接！」我吼道。「是捷克的訊號，你會付上巨額電話費的。」

「我不能不接電話，我還在警局工作。」迪西歐回應，然後對著電話說：

「喂？」

我們期盼地盯著他；芥末湯凝結了。

「我這就過去。」迪西歐說，一陣驚慌向我襲來，我好像就要永遠失去「現在」了。

「神父宅邸起火，窸窣神父死了。」迪西歐說，但沒有立刻離開，反而坐在桌邊機械式地喝起湯。

我的水星正在逆行，因此最好用寫的來表達我的感受，而非話語。我也能成為傑出的作家，可同時又有表達自己感覺與行為動機的難處。我得告訴他們，同時又不能告訴他們。該如何將這一切付諸文字？出於純粹的忠誠之心，我得向他們解釋我做了什麼，而不是讓他們從別人那裡聽見。不過迪西歐首先開口。

「我們知道是妳，」他說，「也是因為這樣，我們今天才來這裡。我們來這裡想辦法。」

「我們想把妳送走。」怪人以憂傷的口吻補充。

「但是沒想到妳會再次下手。是妳吧？」他把沒喝完的湯推到一邊。

「對。」我回答。

我把鍋子放回廚房，脫下圍裙，站在他們面前，準備接受審判。

「當我們知道主席怎麼死的，就知道是妳了。」迪西歐小聲地說。「那些甲蟲只有妳能辦到——或是波羅斯。但是他已經離開很久了。我那時還打電話給他確認過。他不相信，但是他也證實他珍貴的費洛蒙不見了。他當時在原始森林，有不在場證據。我思考了很久，究竟妳和主席這種人有什麼關聯，但是後來我想，這肯定和女孩們有關。再說，妳也沒有要隱藏他們都愛打獵的事實，對吧？他們都會狩獵。現在我知道了，窸窣神父也是。」

「他是獵人們的神父。」我嘀咕著。

「之前看到妳車上放的東西我就心生懷疑了。我沒有對任何人提起過，但是妳有發現嗎？妳的武士看起來就像突擊車。」

我突然覺得雙腳不聽使喚，坐到了地板上。支撐著我的力量流走，像空氣一樣蒸發。

「你覺得他們會逮捕我嗎？他們現在會來把我抓走、再次關進監獄裡嗎？」我問道。

「妳殺了人，妳有意識到吧？妳知道自己殺了人吧？」

「冷靜，」怪人發話。「冷靜下來。」

迪西歐傾身抓著我的手臂，搖撼我：

「是怎麼走到這一步的？妳怎麼做的？為什麼要這樣做？」

我跪著往櫃子移去，從裡頭抽出我從大腳家拿來的四張照片。連一眼都沒看便遞給他們。那畫面已經刻在我腦中，就連最細微的部分也揮之不去。

16 照片

「憤怒的老虎比被馴服的馬聰明。」

照片說明了一切；這是我能想到最好的犯罪證據。

上面站了一排身穿制服的男人，前方草地上整齊躺著動物屍體——野兔、兩隻緊挨著的野豬、麃鹿一大一小，還有許多雉雞、野鴨、綠頭鴨，以及嬌小得像個句點的小水鴨，這些動物屍體彷彿寫了句子給我，而那些鳥類形成長長的刪節號——表示未完待續。

但是照片角落的事物讓我眼前一黑、差點昏厥。怪人啊，你那時忙著處理大腳的屍體，所以沒注意到，我拚命壓抑反胃時，你還說了些什麼呢？誰會認不出那雪白的毛和黑色的斑點？照片角落躺著三隻死去的狗兒，如戰利品般整齊擺放。其中一隻我不認得，剩下的兩隻就是我的女孩們。

男人驕傲地穿著制服，笑容洋溢地擺姿勢拍照。我一眼就認出了他們：中間是局長，他旁邊站著主席，另一邊是穿得像突擊隊員的芙內札克，而他旁邊站著穿羅馬領上衣的窸窣神父。還有醫院主任、消防局長，以及加油站老闆。全都是某人的父親、模範公民。他們後排和旁邊，擠著幾名幫手和誘趕獵物者，那些已經不打獵的人。大腳轉向一側，好似剛放下手邊的工作，在最後一刻衝進鏡頭，幾名小鬍子抱著樹枝，因正要升起篝火。要不是他們腳邊躺著那些屍體，你大概會覺得這些人如此歡欣愉悅，可能是要慶祝什麼值得高興的活動。大鍋裡有獵人燉肉，棍上叉著香腸和肉串，一罐罐伏特加冰鎮在冰桶。皮革，上油的獵槍，酒精與汗水，全散發陽剛氣息，淨是掌控的姿態，儼然權力的象徵。

我第一眼看到照片便已牢牢記住所有細節；甚至不用特別用力。

那時我主要是鬆了一口氣。沒什麼好驚訝，因為我終於知道女孩們發生了什麼事。畢竟我直到聖誕節才放棄希望，此前一直未曾停止尋找。我去過各個山莊，問過每個人，到處張貼啟示。「杜薛伊可老師的狗失蹤了，你們有看見嗎？」學校的孩子們這樣問。兩隻狗就這樣人間蒸發，誰也沒看到——要是有人看到就不會死了。牠們的屍體身在何方，我心裡已經有個底。有人告訴過我，芙內札克總將打獵剩下的屍骨拿到農場餵狐狸。

大腳自始至終知道這件事，我的擔憂肯定逗得他很樂。他知道我是怎麼喊著牠們，知道我甚至走到邊界的另一頭去找。但他什麼也沒說。

他在那個不幸的夜晚吃下盜獵來的麃鹿。說真的，我從來不明白「盜獵」和「打獵」有何不同。兩者皆是殺戮：前者暗中進行、於法不容；後者在陽光下，於法律的威嚴中——然後他就被骨頭噎死了，受到應有的懲罰。我無法不將他的死想成懲罰。麃鹿因他以殘酷手法殺害其同類降下懲罰，用自己的身體噎死他。牠們的骨頭就卡在他喉頭。為何獵人對大腳的盜獵視若無睹？我不知道。我想，大腳對狩獵後發生的事知道太多，而窸窣神父卻想說服我們，獵人是投身於道德討論。

當你，西原托派武克，在尋找手機訊號時，我找到了照片，還拿走了麃鹿頭，以便將屍骨下葬。

在替大腳更衣的糟糕夜晚之後，清晨我回到家裡，就深深知道自己得做什麼。是門前那些麋鹿告訴我的，牠們選中了我——或許是因為我不吃肉，而牠們感應得到——讓我以牠們之名繼續行動。牠們就像出現在聖修伯特眼前的鹿那樣出現在我眼前，讓我能隱祕地成為施以懲罰的正義之手。這不只是為了麋鹿，也為了其他動物。畢竟牠們都無法在議會上發聲。牠們甚至給了我沒人能想到的神聖工具。

我跟蹤了局長好幾天，這讓我十分滿意。我觀察他的生活：一點也不有趣。我發現他常去芙內札克的非法妓院，只喝 Absolut 伏特加。

那天我一如往常在路上等他下班，跟在他的車後面，而他也一如往常沒有察覺。沒有人會注意到提著袋子到處兜轉的老婦人。

我得在芙內札克的門前等上許久，但是當時颳風又下雨，因此我最後凍慘了，便先回家。然而我知道他會經過隘口、開上小路，因為他們一定有喝酒。我不知道該做些什麼，只想和他面對面談談，由我主導，而不是由他。上次在警察局，我就是個普通的報案者，一個性情乖戾的瘋女人，可憐又可笑，什麼也做不了。

我可能就想嚇嚇他吧。我穿著黃色的雨衣，看上去像個巨大的小矮人。我在家門口看見自己裝回麋鹿頭、後來掛上李樹的塑膠袋，裡面裝滿了水，還結凍了。我從樹上摘下結冰的袋子，帶在身上，只是不知道帶上它有什麼用處。這種東西只有在事情發生時才會想到用途。我知道迪西歐那天晚上要過來，所以不能等局長太久，但是當我進到隘口，局長的車也駛近，我認為那是一種信號。我下車走到路上揮手，噢，對，他被嚇到了。我摘下帽兒，想讓他看到我的臉，結果他很火大。

「您又想要怎樣？」他探出窗口對我吼道。

「我想讓您看個東西。」我說。

我自己也不知道我要做什麼。他猶豫了一會兒，但是因為他喝了不少，所以算能壯壯膽。他下了車，搖搖晃晃跟在我身後走了一小段路。
「妳要給我看什麼？」他問，以「妳」稱呼我。
「與大腳之死有關的東西。」我想到什麼就說出口。
「大腳？」他懷疑地問，接著在某個瞬間頓悟，不懷好意地綻開笑容。「噢，沒錯，他的腳確實很大。」
他興致勃勃地跟在我身後，就在我左邊幾步，靠近灌木叢和水井。
「為什麼你沒告訴我你射殺了我的狗？」我問道，突然轉朝向他。
「妳到底要給我看什麼？」他憤怒起來，試圖奪取主導權，顯示他才是那個決定發問的人。
我用食指模仿槍管，瞄準他，一把推上他的肚子。
「你射殺我的狗？」
他笑了起來，立刻放鬆。
「妳在說什麼？妳難道會知道連我都不知道的事？」
「一點也沒錯。」我說。「回答我的問題。」

「不是我殺的。或許是芙內札克，也可能是隨行神父。」

「神父？神父也打獵？」我說不出話來。

「他為何不打獵？他是獵人們的神父。獵人們的神父當然打獵。」

他臉上的贅肉往下垂，不斷調整著褲頭上的皮帶。我當時沒想到那裡藏著錢。

「轉過去，老太婆，我想撇尿。」他突然說。

他開始解拉鍊時，我們就站在井邊。我完全沒思考，直接提起滿是結冰水的塑膠袋，像躑鏈球那樣，我的腦中只閃過：這是 *die kalte Teufelshand*，噢，對，這句話是哪來的？我沒告訴過你們我得過獎牌的運動是躑鏈球嗎？我在一九七一年獲得全國躑鏈球亞軍，所以我對這個姿勢的肌肉記憶非常深刻。我聚集了所有力量，噯，身體可聰明了，我應該可以說是身體做了這個攻擊的決定。

我只聽見喀噠一聲，局長搖搖晃晃，維持站姿一會兒，接著臉上就開始流血。冰冷之拳擊中他的腦袋。我的心跳很快，只聽見自己血液流動的聲響，腦中一片空白。我看著他在井邊倒下，緩慢、柔軟、有些優雅，而他的肚子卡住了井口。把他推入井裡不必花太多力氣，真的。

事情就是這樣，我之後沒再多想。我很肯定我殺了他，而這讓我感覺良好，我的良心一點也沒有受到譴責，只覺得如釋重負。

這之後還有一件事要做。我從口袋掏出「上帝的手指」，也就是我從大腳家帶走的麃鹿腿。我埋了麃鹿頭和三隻腿，剩下的一隻留在身邊。我也不知道為何我要留下。我在雪地上弄了許多混亂的蹄印，認為這些印子會留到早上，顯示這裡出現過麃鹿，但是只有迪西歐，只有你看見了這些印子。天上的雨傾盆而下，抹去了痕跡。這也是一個信號。

回到家我便做起我們的晚飯。

因為知道自己鴻運當頭，我便更放膽去做。這難道不意味著行星給了我好時機嗎？怎麼會周圍蔓延著惡，卻沒有任何人出手干預呢？就像我寫給政府機構的信件，他們應該回信，卻石沉大海。難道要求干預的理由不足以說服他們？那些造成不便的瑣事還可以接受，但無所不在且無意義的殘酷行為是不可忍的。這畢竟直白——他人快樂，我們也會快樂。這是世界上最簡單的經濟學。我如此想著，帶著那個冰冷之拳驅車前往狐狸農場，開始扭轉惡勢力。那天晚上，太陽進入牡羊座，開始了嶄新的一年。要是「惡」創造了世界，那麼「善」就得摧毀它。

因此我在全面思考後，去找了芙內札克。一開始我打電話給他，告訴他我們得見個面，我說我在局長死前見過他，局長要我轉交東西給他。他一口就答應，不過那時我還不知道局長身上有那筆錢，但是我現在明白芙內札克是想取回那筆錢才與我見面。我告訴他我會過去農場，叫他一個人待著。局長之死嚇壞了他。他同意了。

那天稍早，下午我用從大腳棚舍裡拿來的線圈準備好陷阱。我拆除過許多次陷阱，所以很清楚它是怎麼作用：選一棵年輕有彈性的樹，將它壓向地面，以堅實一點的樹枝固定，再將圈套陷阱接上。動物被圈套陷阱抓住時會開始掙扎，這時樹枝就會打直，扭斷動物的脖子。我奮力壓下一棵中等大小的白樺樹，把圈套塞進一堆蕨類植物中。

晚上沒有員工會留在農場內，燈會熄掉，大門也會緊閉——如今大門卻為了我敞開。我們在他的辦公室裡見面。他見到我時一臉笑意。

「我好像在哪看過您呢。」他說。

他不記得我們在小橋上見過，不記得與我這種老太婆見過面。

我說我們得到外頭去，我把從局長那拿到的東西藏在樹林裡。他帶上鑰匙、穿好外套，便跟著我走了出去。當我領著他走過潮溼的蕨類植物，他開始失去耐心，但我扮演好自己的角色，敷衍他源源不絕的問題。

「噢，就是這裡了。」最後我說。

他不確定地看看四周，再露出一副恍然大悟的表情看著我。

「什麼這裡？這裡什麼都沒有。」

「這裡。」我指著，而他向前踏出一步，一腳踩進陷阱。他就像幼稚園的孩子一樣聽從我的指令，我覺得旁人看來肯定可笑。我想像著我的陷阱將扭斷他的脖子，就像麃鹿的遭遇。他會因為把我的女孩們拿去餵狐狸獲得報應，因打獵獲得報應，因撕下動物的毛皮獲得報應。我認為這是正義的懲罰。

可惜的是，我不擅長謀殺。線圈套住了他的腳踝，而樹幹打直後只讓他翻了過去。他跌倒在地，痛得哇哇大叫。線圈肯定割傷了他的皮膚，甚至嵌進肉裡。

不過我有應急的塑膠袋B計畫，這次我可是有備而來，事先已把塑膠袋放入冰箱。這是老婦人犯罪最理想的工具——老婦人總是拎著塑膠袋，不是嗎？再容易不過——當他試圖起身，我全力擊向他。一下、兩下，可能更多。每次攻擊後我都會等一會兒，確認還聽不聽得到他的呼吸聲。最後他安靜了下來。我在黑暗與寂靜之中站在屍體上方，什麼也沒想，又一次感到如釋重負。我從他的外套裡取出鑰匙和護照，把屍體推進採完黏土的坑裡，再用樹枝蓋住。我悄悄回到農場，走進籠舍。

如果可以，我很想忘記我在那裡見到的一切。我哭著嘗試打開籠子、釋放狐狸，但是芙內札克的鑰匙只開得了通往其他房間的第一間房門。我在絕望中尋找鑰匙許久，翻遍櫃子和抽屜才找到。我心想，若無法把動物放出去，我就不離開。我花了很長時間才將所有籠子打開。狐狸全都迷迷糊糊，髒兮兮又神經質，病懨懨，有些腳上還有傷口。牠們不懂自由，不想出籠子，我對牠們揮手，牠們就低聲咆哮。最後我想到：我就把大門敞開、躲回車上。牠們就這樣全逃走了。

我在回家路上扔了鑰匙，在我記下這個惡魔的生日和出生地之後，護照就丟進爐房裡燒了。我盡量不燒塑膠垃圾，但我也把空的塑膠袋一併燒毀。

我沒有惹人懷疑地回到家，在車裡便已什麼都不記得。我覺得很累，骨頭疼得不得了，整晚都在嘔吐。

有時候我會想起這件事，詫異為何芙內札克的屍體還沒被發現。我想大概是狐狸吃掉了他，啃到剩下骨頭，在森林裡四散。結果牠們甚至連碰都沒碰。屍體發了霉，所以我認為這是「他不是人類」的證明。

從那時起，我把所有可能用到的工具都放到武士上。冰桶裡的一袋冰、十字鎬、錘子、釘子，甚至是針筒和我的葡萄糖。全準備好、隨時上工。我一次次說起動物對人類復仇的事，這我沒有騙你們，因為事實就是如此，我只是牠們的復仇工具。

但是你們相信嗎？我彷彿被強力的防禦機制保護著，是在意識不完全清醒的情況下做出來的。你們相信我立刻就忘了發生過什麼事嗎？我應該把這些都歸咎於我的疾病——我有時是亞尼娜，有時又是波日涅娃或納沃雅。

我甚至不知道我是什麼時候把波羅斯的費洛蒙罐子給拿走。他在那之後打電話給我，但是我沒有承認。我說肯定是他自己弄丟了，並對他的粗心表示遺憾。因此，當我說要送主席回家，已經知道接下來會發生什麼事。星星開始倒數計時。我彷彿被牽著鼻子走。

他靠牆坐著，雙眼茫然注視前方。當我走進他的視線，我發現他根本沒注意到我，但是他咳了一聲，以嚴肅的語氣說：

「杜薛伊可女士，我覺得不舒服。」

那是個正在受罪的人，「不舒服」不只是他飲酒過量的個人感知，他整個人都不太好，也因此讓我覺得與他更親近。

「您不該喝這麼多的。」我已經準備好進行判決，但是還沒下最後決斷。我想，要是我是正義的一方，一切就會有其標準，我會知道該如何做。

「幫幫我，」他喘著氣。「送我回家。」

這句話聽起來悲傷，令我為他感到遺憾。是的，他說的話不無道理，我應該送他回家。我要讓他從己中解脫，從他空虛殘酷的生活中解脫。這是個信號，我立刻就明白了。

「您等一下，我去去就回。」

我走去車上，從冰桶裡取出結冰的塑膠袋。即便有目擊者，也會覺得我只是要緩解他的偏頭痛。不過當下一個目擊者也沒有，大部分車都離開了。只是還有人在入口嚷叫，能聽見高聲呼喊傳來。

我的口袋裡有從波羅斯那兒拿到的瓶子。

我回去時，他坐著仰頭哭泣。

「您要是再這樣喝下去，總有一天會得心臟病。」我說。「我們走吧。」

我抓住他，用手臂夾著把他拉起來。

「你為什麼哭？」我問。

「您人真好……」

「我知道。」我回答。

「您呢？您為什麼哭？」

這我不知道。

我們走進樹林，我推著他，越走越深入，直到看不見消防局的燈光才放開他。

「你試著吐一下，這樣會感覺好一點，」我說。「然後我再送你回老家。」

他以意識不清的眼神看著我。

「什麼『回老家』？」

我安撫似的拍著他的背：

「好了，吐吧。」

他靠著樹往前傾，一坨口水從嘴裡飛噴出來。

「妳想殺了我對吧？」他喘著氣，開始咳嗽、發出作嘔聲，一陣咯咯後，主席吐了出來。

「噢。」他不好意思道。

我給他喝了一些波羅斯的費洛蒙。

「你會立刻感覺好很多。」

他眼睛眨也沒眨，直接喝下肚，接著開始抽搐。

「妳對我下毒？」

「沒錯。」我說。

我認為他的時候已到，便把塑膠袋繞了幾圈在手上，一個轉身、積聚動力。我擊中了他的脖子和背。他比我高上許多，但是這強勁的一擊使他跪倒在地。我想就乾脆順勢而為，再使出一擊——這次命中紅心。我聽見清脆聲響，他呻吟倒地。我覺得他會因此感激我的。我在黑暗中移動他的腦袋，張開他的嘴，接著將剩下的費洛蒙倒在他的脖子和衣物上。回程路上，我把冰丟在消防局附近，塑膠袋收進口袋。

這就是整個經過。

他們坐在那兒，一動也不動，芥末湯凝固許久，沒有人說一個字。因此我套上抓毛絨上衣，出了家門，走向隘口。

村子的方向響起警鈴，哀鳴聲隨著風拂過整片高地，然後一切靜下。我只看到迪西歐的車燈漸漸遠去。

17 處女座[53]

「每滴眼裡流下的淚都將成為永恆之子，
被光明的聖母擁抱，重返喜悅。」

迪西歐大概清晨來過，那時我吃了藥睡著。在這一切之後，不吃藥要如何睡去？因此我沒聽見他的敲門聲，我什麼也不想聽。為什麼他沒有留久一點？為什麼不敲窗戶？他肯定有什麼重要的事要和我說，才會急著過來。

我恍惚地站在門廊，只看到門前的踏墊上躺著一本布萊克書信選集，是我們一起去捷克買的。為什麼他要留這本書給我？他想傳達什麼訊息？我打開書，隨意翻過頁面，但是沒有任何紙片掉出來，我沒有發現任何訊息。

這天黑暗又潮溼，動起腿有些困難。直到我走去替自己泡杯茶，才注意到書本某頁以草葉做了記號。我讀了我們還沒翻譯過的部分，是布萊克寫給理察・菲利普斯[54]的信其中一段，用鉛筆輕輕做上記號（迪西歐非常不喜歡在書上塗寫）：

「……我在一八〇七年十月十三日的《神諭與真正的不列顛人》讀到——」迪西歐在此以鉛筆寫上：《黑大衣先生》——「一位有著羅伯斯比爾[55]冷酷激情的外科醫生進言，警方將搜索某占星家的人身與財產，以將之逮捕入獄。能讀懂星斗的人時常為行星的影響困擾，這並不亞於牛頓主義者，他們不讀也不知如何判讀星象，但對科學的理解與經驗而困擾。我們所有人都是錯誤的主體，誰能說我們全都無罪？」

我花了十幾秒去理解這段文字，接著便感到一陣虛弱，肝臟位置發出一陣沉

---

53 Panna 除了有處女座的意思之外，也表示「聖母」。

54 英國出版商。

55 法國大革命時期的政治家。

重、劇烈的疼痛。

我拉開背包拉鍊，開始把東西和電腦塞進去，同時聽見汽車的引擎聲，至少有兩輛。我抓起所有物品，沒有任何猶豫跑向樓下、去到爐房。有那麼一下子，我覺得我的母親和祖母會在那兒等著我，以及女孩們。或許對我來說，最簡單的解決辦法就是加入她們。但是爐房裡誰也不在。

爐房和車庫間有一個小隔間，裡面裝了水錶、電線和拖把。每間房子都該有這種小隔間，以便因應迫害與戰爭。每個人家都該有。我把背包和筆電夾在腋下，擠進小隔間，身上穿著睡衣和拖鞋。我的肚子越來越疼。

我先聽見敲門聲，接著是大門的嘎吱和玄關的腳步。我聽見他們踏上樓梯、打開所有的門；我聽見黑大衣的聲音，還有那位與局長一起工作、後來幫我做筆錄的年輕員警。也有其他人在，不過我不知道是誰。他們在家裡到處移動，喊著我：

「杜薛伊可公民！亞尼娜女士！」這也是我不想回應他們的原因。

他們去了樓上，肯定把地板踏滿泥濘，看過所有房間。接著，其中一人開始向下走，爐房的門打開了一會兒，有人走進來仔細查看，還看了儲藏室，然後走向車庫。當他從與我只相隔幾十公分的位置經過，我感覺到空氣的流動。我屏住呼吸。

「亞當，你在哪裡？」樓上的聲音傳來。

「在這兒！」他就在我耳邊大聲回應。「這裡沒有人。」

有人在樓上迸出難聽的髒話。

「唉，這什麼鬼地方。」爐房裡的那個人說，連燈都沒關就走上樓去。

我聽見他們站在玄關交談，商討後續。

「她應該是離開房子了……」

「但是她的車還在，這不奇怪嗎？難道她走路？」

此時怪人的聲音加入了討論，他氣喘吁吁，彷彿跟著警察跑來這裡。

「她告訴我要去什切青找朋友。」

他這想法是打哪來的？真好笑！

「爸，為什麼你之前不告訴我？」沒有回應。「去什切青？她在那裡有認識的人？你知道些什麼？」黑大衣深思熟慮後問。兒子這般咄咄逼人，怪人肯定很難受。

「她要怎麼去那裡？」熱烈討論掀起，年輕員警的聲音再次出現：

「哎，我們來晚了。她騙了我們這麼久，差一步就能抓到她。簡直不敢相信兇手竟然一直在我們眼前。」

現在所有人都站在玄關，我在這裡都能感覺到有人點起了香菸。

「得打電話到什切青確認她的行蹤，是搭巴士、火車還是公車？立刻發出逮捕令。」黑大衣說。

而那位年輕員警說道：

「我們應該不用和反恐小組一起搜索吧，不過是個怪異的老女人，就是瘋癲了點。」

「她很危險。」黑大衣回應。

他們都走了出去。

「這扇門要上封條。」

「還有樓下的也是。好了，出發吧！」他們仍在嘀嘀咕咕。

接著我突然聽見怪人宏亮的嗓子：

「等她出獄我就跟她結婚。」

黑大衣憤恨的聲音立刻回應：

「爸，你在這個蠻荒地帶住到瘋了是嗎？」

他們走後好一陣子，我仍塞在那個小角落，在一片黑暗中，直到聽見他們車子的引擎聲揚長而去。我聽著自己的呼吸，又等了大概一小時。我不需要再做夢了，我就在爐房裡，宛若在夢裡，就在那個亡者來到之處。我認為我聽見他們的聲音在車庫上方，在深山之中，好似一支龐大的地下軍隊。但那就只是風聲，是高地上的日常。我像小偷般溜上樓，快速為上路著裝。我只有兩個小包包，阿里肯定會對我讚譽有加。當然了，家裡還有第三個出口，經過倉庫可以出去，我就是從那裡溜出去，把房子留給亡者。我在教授夫婦的棚舍裡待到夜幕降臨，身上只有最重要的物品——我的筆記、布萊克的書、藥品，以及用來算星盤的筆電。當然，還有要是未來我身在荒島，定會帶上的星曆表。隨著平淺、溼漉漉的雪地離家越來越遠，我的精神狀態也越來越差。我在邊界看著我的高地，想起見到它的第一日——歡喜，但還不認為自己未來會住在這裡。「我們不知道會發生什麼事」——這是世界這款程式中的可怕錯誤，應該盡快修復才是。

黏稠的夜色已經躺在高地前的谷地，我從上方看到較大城市的燈光——雷溫、法蘭克斯坦在遠處地平線上，以及北邊的克沃茲科。空氣清新，光線閃爍。在這裡，在高處，夜色尚未降臨，西邊天空仍是橘褐色，正漸漸暗下。不過我不害怕黑暗。我走往斯托沃維山脈的方向，在結塊的凍土與叢叢草木上蹣跚前進。身上的抓毛絨上衣、毛帽和圍巾令我發熱，但我知道，只要跨到邊界的另一頭，我就不再需要這些東西。捷克處於南邊的坡上，總是比較溫暖。

此刻，捷克那側的地平線上，處女座正閃耀光芒。

她分分鐘越來越亮，好似在天空的黑暗臉孔上綻放笑容，因此我知道我走對了方向，我在正確的道路上。當我安全穿越森林、無意間跨過邊界，處女座照亮了天空，指引著我。我穿過捷克的田野，直向她走去。而她越來越低，感覺像在鼓勵我跟隨她走過地平線。

她引我到公路上，看到公路我便知道納霍德到了。我帶著輕快、愉悅的心情沿著路走——無論現在發生什麼，都將是正確且美好的。雖然這座捷克城市的路上已是空無一人，但我什麼也不怕。再說，都到了捷克有什麼好怕的？

因此，當我站在書店的展示櫥窗前，不知道接下來會如何發展，處女座仍與我同在，雖然在房子屋頂後面已經看不見。看來就算夜已深，書店仍有人。我敲了敲，洪札替我開門，看上去一點也不驚訝。我說我需要留宿。

「這樣啊。」他只說了這句話就讓我進去，沒有多加追問。

幾天後，波羅斯來接我，他帶來好消息細心為我準備的衣服與假髮。我們現在看上去就像一對要去參加葬禮的老夫婦，就某種程度上也確實是——我們要去參加我的葬禮，波羅斯甚至買了花圈。這次他總算有車了。雖然是向某個學生借來的。他開得很快，且十分自信。我們進出停車場數次，這趟路程既遠又累人，我真的感到非常虛弱。當我們抵達，我無法以自己的雙腳站立，波羅斯必須把我抱過門檻。

我現在住在比亞沃維耶扎原始森林[56]邊上的昆蟲研究站，來這裡後，我感覺好了一些，也試著每天進行我的巡查。不過走路對我來說相當吃力。除此之外，我在這兒沒有什麼事可做，這裡的森林是無法穿越的。當氣溫開始上升、在零度上下游移，雪地上時常出現行動遲緩的蚊蠅、彈尾蟲和膽黃蜂。我已經知道牠們的名字了，蜘蛛也現身。我才知道大多的昆蟲都會冬眠，螞蟻會在蟻窩深處擠成顆大球，依偎在一起，就這樣睡到春天。我希望人類對彼此也能如此信任。或許是因為不同的空氣與最近的生活，我的病情加重，最常做的事就是坐著望向窗外。

當波羅斯出現在這裡，保溫壺裡總是裝著有趣的湯。我自己沒有力氣下廚。他也會帶報紙過來，鼓勵我讀報。不過這行為總引起我的排斥。報紙的功用就是讓我們總是處在不安中，把我們的情緒引離真正該關心的事物。為什麼我要屈服於報章雜誌的淫威、照他們的方式思考？我在房子附近徘徊，踏著小路來回走動。看來我辨認不了自己在雪上的足跡。我會問自己：誰走了這條路？是誰留下這些足跡？我想，不認識自己也是個好徵兆。我試著完成我的研究，我的星盤是第一千筆資料，我時常花時間研讀。我是誰？唯一肯定的是——我知道我的死亡日期。

我想到了怪人，今年冬天，他將獨自待在高地。我還想到了我們鋪上的混凝土，不知道能不能撐過霜凍。我想到所有人該如何再次度過冬天。想到教授夫婦地下室的那群蝙蝠，想到麃鹿與狐狸。好消息在弗羅茲瓦夫念書，住在我的房子裡；迪西歐也在那兒，因為兩個人一起生活會容易些。我很遺憾自己沒能成功說服迪西歐相信占星。我時常藉波羅斯的手寫信給他。昨天我寄給迪西歐一則小故事，他讀了便能理解：

---

56 歐洲僅存的原始森林，為世界文化遺產，橫跨波蘭與白俄羅斯邊境。

某位中世紀僧侶占星家，他活在聖奧古斯丁未禁止以占星預知未來的時期，透過星盤預見了自己的死亡。他將死於石塊擊中頭部。從他知曉起始，便在僧帽下戴著鐵帽，直到某個主受難日[57]，他才從頭上摘下——他只是不想引來教堂民眾的目光，而非敬愛上帝。當時，有顆小石掉到他赤裸裸的頭上，不過只造成小傷。然而僧侶肯定這項預言將會應驗，因此將一切打理好，並在一個月內死亡。

就是這樣運作的，迪西歐。不過我知道，我還有很多時間。

57 復活節前的星期五。

作者的話

書中格言和摘句節錄自《地獄箴言》、《天真的預言》、《精神旅行者》與威廉・布萊克的信件。我使用了裘隆塔・科扎克（Jolanta Kozak）、米哈烏・佛斯托維奇（Michał Fostowicz）、齊格蒙特・克魯科夫斯基（Zygmunt Krukowski）、克什托夫・普瓦斯基（Krzysztof Puławski）以及迪西歐的翻譯。第２２４頁的片段來自門戶合唱團（The Doors）的*Riders on the Storm*。

窸窣神父的布道取自網路上真實的獵人牧師布道內容彙編而成。

感謝荷蘭高等研究院（Netherlands Institute for Advanced Study, NIAS）讓我能夠安心創作。

溫柔的敘事者

二〇一八年諾貝爾文學獎得主奧爾嘉・朵卡萩得獎致詞

1

我記憶中的第一張相片是我母親的肖像，在我出生之前拍的。可惜的是，那是張黑白相片，很多細節都不見了，只剩下以灰階呈現的形影。相片裡的光線很柔和，像是剛下過雨，很可能是春天，而且肯定是那種從窗戶滲入的光，將房間籠罩在隱隱約約的光暈中。母親坐在我們家的老收音機旁，收音機是有著一隻綠眼睛和兩個轉盤的款式——一個控制音量，一個調整頻道。這臺老收音機後來成為我兒時最佳同伴，從它身上，我得知了宇宙的存在。只要轉動黑檀木製的旋鈕，就能調整天線精密的觸角，然後各式各樣不同的電臺就會盡數納於麾下——華沙、倫敦、盧森堡，還有巴黎。不過，聲音有時不大穩定，彷彿天線的觸角在布拉格和紐約、或是莫斯科和馬德里之間遭黑洞絆了一跤。每次一發生這種情形，我就會打個冷顫。我深信不同太陽系和星系正透過這臺收音機對我說話，劈啪作響，婉轉鳴唱，向我傳遞重要的訊息，我卻無力破譯。

我還是小女孩時會盯著這張照片，心中有股確信，認為母親轉動收音機轉盤是為了要找我。她就像敏銳的雷達，穿透宇宙的無垠之域，企圖查出我何時會到來、會從哪裡來。她的髮型和大大的船領裝扮說明了照片拍攝的時間點，也就是六〇年代初。她直視鏡頭外某處，背微微弓著，好像看見了某樣事物，是之後欣賞相片的人所看不見的。當我還小，我曾想像當時的情狀，我想她是在凝視著時間。相片中並沒有真的發生什麼事——這張相片記錄的是一種狀態，而非一個過程。照片中的女人感到悲傷，看似失神陷入沉思——好像迷失了一樣。

我後來曾就相片裡的悲傷問了她無數次，每次總是獲得同樣的答案。母親說她之所以悲傷，是因為我還沒出生她就開始想我了。

「我都還沒出生呢，你怎麼能夠想我？」我總這麼問。

我知道人會思念逝去的人，那份想望是失去造成的。

「但是反過來也說得通呀，」她回答。「想念一個人，代表那個人就在那裡。」

這段發生在六〇年代後期、於波蘭西部鄉間的簡短對話，這發生在母親與我，也就是她的小孩之間的對話，一直留在我的記憶裡，並且成為我的力量泉源，支持著我的一生。因為這段話，讓我的存在超越了世俗的物質性，超越了偶然，超越了因果，也超越了機率的法則。她把我的存在置放於時間之外，放在靠近永恆的酣甜所在。我小小的腦袋當時就懂了，原來在我之外，有著之前不曾想像的、更大的事物。即使我說「我迷失了」，甚至使用了「我」這個字做開頭——這真是世界上最重要、也最奇怪的一個字。

就這樣，一位從未信奉過任何宗教的年輕女子——我母親——給了我某樣曾被稱之為靈魂的東西，進而賦予了我世上最偉大的，**溫柔的敘事者**。

2

世界是一塊我們日日編織而成的布，而這臺巨大的織布機，則是由訊息、討論、電影、書籍、八卦、軼事組成的。今日，織布機的規模非常龐大——拜網路之賜，幾乎所有人都能參與這個過程，無論負責與否，無論滿懷愛意或憤怒叫囂，無論使事情更好或更糟。當故事改變，世界也隨之變化。在這樣的邏輯下，世界是由文字構成的。

因此，我們如何看待世界，以及——或許這點更為關鍵——我們如何敘述世界，有著極為重大的意義。某件事發生了，但沒說出來就等於不存在，等於消失。這道理不只有歷史學家熟悉，各種不同嘴臉的政客和暴君更是清楚得很。誰擁有故事又會編故事，誰就掌控了一切。

今日，我們的問題似乎在於，我們尚未擁有一套敘事，不只是為了敘述未來，更是為了敘述真真實實的當下，敘述今日這個超高速變幻的世界。我們缺少語言，我們缺少觀點、隱喻、神話和新的寓言。雖然，我們的確時不時看到有人嘗試駕著一套生鏽且過時的敘事去解讀世界，卻發現我們對未來的想像無法準確描述未來。此舉無疑是出於一種假設，認為能有某臺舊的工具可以沿用，總比一臺新的都沒有好，或是打算用這種方式遷就自身眼界的局限。簡而言之，我們欠缺闡述世界的新方式。

我們活在一個**第一人稱敘事**的現實中，這個現實以複音的方式構成，四面八方充斥著獨立存在但同步交織的噪音。我說的第一人稱指的是，說話的人有時描寫自己，有時透過自己描寫，進而組成一個貼身圍繞自己的故事。我們認定這種個人化的視角、內心的聲音，是最自然、最人性化且最真摯的，即便它擺明捨棄了一種更為寬廣的觀點。因此，以第一人稱敘述，往往被視為是在編織一組無比獨特、絕無僅有的花紋；被視為是擁有個人的自主性，時時意識著自我和自身的命運。但，這也意味了在自我和世界之間築起對立，而那個對立有時會令人感到疏離。

在我看來，第一人稱敘事是現代社會非常典型的一種光學特點，也就是個人扮演著世界主觀中心的角色。很大程度上，西方文明正是奠基於自我的發現，這種自我發現構成了我們衡量現實時最重要的標準之一。人類在此擔綱主演，他的看法——雖然僅是眾多看法之一——總是被重視。以第一人稱講述的故事似乎是人類文明最偉大的發明之一；讀者抱著崇敬的態度閱讀這類故事，並賦予全然的信心。我們在閱讀這類故事時，就是在透過某個獨一無二的自我之眼去看世界，與敘事者之間形成特殊的連結，將我們置於他獨特的位置上。

第一人稱敘事對於文學和整體人類文明的貢獻，怎麼高估都不為過——它們徹底改寫了世界的故事，讓世界不再是個我們無從置喙、由英雄和諸神掌控的地方，反而變成屬於我們這種，有著個人歷史的凡人的所在。我們很容易認同和我們一樣的人，因此這就使故事敘述者和閱聽人之間，在情感上產生多種出於同理心的理解。這樣的過程具有一種本質，能使界線揉合又消融；讀小說時，很容易就會忘卻敘述者的自我和讀者的自我之邊界，而這種界線的消融，實際上正是打造所謂「令人沉浸的小說」的關鍵——透過同理心，讀者短暫地成為敘述者。因此，文學成為一個經驗得以交換的場域，一個人人都能分享命運，或者展現另一個自我的廣場。此處因而是個民主的空間——任何人都可以發聲，所有人都能創造屬於自己的聲音。在人類歷史上，從未出現過這麼多作家和說故事的人。我們只需看看數據就知道這是事實。

每次我去書展都會發現，當今世界上出版的書中，有多少正是與作家的自我有關。這股想要表達的本能簡直就和我們的存活本能一樣強烈——而這種本能，唯有在藝術中才最能完整體現。我們想要被關注，我們想要感覺自己與眾不同。所以，像是「讓我跟你說說我的故事」、「讓我跟你聊聊我的家庭」這類敘事，或者更簡單的「讓我跟你說我剛才去了哪」，因而構成了今日最受歡迎的文學題材。這廣大的現象也要歸因於如今寫作變得普及，許多人因此習得了透過文字及故事表達自我的能力，而非再是少數人的特權。然而，矛盾的是，這狀況就好比一個全由獨唱者組成的合唱團，人人都在爭奪注意力，挑相同的路線走，最後互相淹沒。我們透過他們所展現的一切去了解、去同理他們，並當成自己的人生一樣體驗他們的生活。但是，這類作品給人的閱讀體驗往往不夠完整、令人失望，而且這種狀況相當常見。原來，作家表達出的「自我」多半缺乏普世性。如此看來，我們所欠缺的，似乎是故事中的一種維度，也就是寓言。寓言中的英雄既是他自己，一個活在特定時空背景下的人，但同時也超越了具體的環境條件，成為一種「比比皆是的普通人」（Everywhere Everyman）。讀者一邊跟著小說角色的故事發展，一邊能同理角色的命運安排，將角色的處境看做自己的處境，但是在寓言裡，讀者必須全然放棄自己的獨特性，成為一位「普通人」。藉由這般費力的心理操作，寓言將我們的個人經驗普世化，為截然不同的生命提煉出共通之處。我們當前所面臨的無助感，正是因為觀點中嚴重缺少了寓言這個面向。

或許是不想被大量的書名和作者姓氏淹沒，我們開始在文學龐大的身軀上**切分出類型**，並將它們當成各式運動項目一樣看待，彷彿作家是術業有專攻的選手。

文學市場的商業化帶來了分眾與派系——如今我們針對各種不同文類舉辦大大小小的書展和活動，彼此間完全獨立，創造出一群群渴望與犯罪小說、奇幻小說或是科幻小說躲起來溫存的讀者。這種情況值得注意的是，原先的立意只是要幫助書商和圖書館員方便將大量的圖書出版品整理上架，以及讓讀者在無窮的選項中有所依循，結果反而變成了一種抽象的分類，不只用來區分已經出版的作品，甚至還成為作家斟酌如何動筆的依據。類型越來越像蛋糕模具，製造出高度相似的產品，它的可預測性被視為優點，平庸被視為成就。讀者知道能期待什麼，也獲得跟期待一模一樣的東西。

我一向直覺地反對這種架構，因為它不僅限縮了作者的自由，也壓縮了實驗和反叛的可能，而這些卻正是創作的廣義要素。再者，它也扼殺了創作過程中任何古怪的嘗試，而一旦失去古怪，就沒有藝術可言。一本好書不必去鞏固自己隸屬的流派。類型的誕生是文學商業化的結果，同時也要歸因於將文學視為商品的態度，而在背後支撐這個概念的，是整套所謂的品牌思維、目標客群以及其他類似的當代資本主義發明。

今日，我們自豪地見證一個嶄新的說故事方式崛起，這個新的載體就是**電視影集**，而它的隱藏任務，是誘惑我們進入一種忘我的境界。當然，這種說故事的方式打從神話和荷馬史詩就存在了，赫拉克勒斯、阿基里斯或奧德修斯也絕對可說是史上第一批的影集主人翁。然而，它的地位從未像現在這般舉足輕重，或是為人類集體想像力帶來如此可觀的影響。二十一世紀的頭二十年無疑是影集的天下。它改變了我們敘述世界的方式，也連帶影響我們如何去理解這些故事，為世界帶來革命性的變化。

當今的影集不只使我們更深入參與屬於時間範疇的敘事，製造出多樣的節奏、衍生品和面向，同時也開創了新的規則。由於大部分影集的目標是要抓住觀眾的注意力，還要抓得越長越好，於是會在敘事中拉出多條故事線，讓故事線以最不可能的方式交織，一旦太過牽強而迷失，甚至會回頭請出古典歌劇中常用的「天降奇蹟[58]」（Deus ex machina）技法來解套。進入新的一集時，也常會特別針對某角色交代他的完整心路歷程，好讓劇情更合理、更連貫。於是，溫柔寡言的角色變得暴力又邪惡，原先的配角變主角，而與我們已經產生感情的主人翁則突然變得無關緊要，或乾脆整個消失，讓我們萬分驚愕、措手不及。

58　由希臘語借譯而來的拉丁片語，字面意思為「機關降下的神」（god from the machine）。古希臘戲劇中，劇情陷入膠著或主角陷入困境時，扮演神的演員通常會搭乘機關突然現身舞台，讓故事完美收官。後常用來指涉虛構作品中以意想不到、突如其來的角色或方法替主角解圍。

影集續訂的可能性讓開放式結局成為必要手段，以至於神祕的「淨化」作用（catharsis）——一種內在的轉變，因親身參與故事進行而得到的成就與滿足感——不可能發生，或是難以好好體會。比起斷然畫下句點，這種不斷延遲「淨化」享受的複雜機制讓觀眾更易上癮，也更沉醉其中。在《一千零一夜》中打響名號的古老敘事技巧「欲知後事如何，且聽下回分曉」（fabula interrupta）如今光明正大回歸，扭轉我們的主觀感受，引發奇異的心理反應，將我們與現實剝離，像興奮劑一樣催眠我們。與此同時，影集以超載又非結構化的節奏形塑自己，這個節奏跟當今世界的特徵相仿，訊息傳播方式混亂，既不穩定，也高度流動。今日，這種意圖歸納出新公式的說故事形式，可以說是最具創意的追尋之一。如此看來，影集對於我們如何敘述未來，以及如何改寫故事、使其貼近我們的新現實，扮演著極為重要的角色。

但更值得探討的是，我們如今生存的世界充滿太多矛盾與互斥的事實，彼此針鋒相對、爭得咬牙切齒。

我們的祖先相信，獲取知識不只能為人類帶來快樂、幸福、健康、財富，還能創造一個平等而公正的社會。在他們心中，世界所缺少的，是萬物訊息中自然生成的智慧，而且這種智慧無所不在。

十七世紀偉大的教育家約翰·阿摩司·康門紐斯（John Amos Comenius）創造了「泛智主義」（pansophism）一詞。他主張，世界上存在一套普遍且全知的知識，這套知識涵蓋了世間所能夠想像到的一切認知。此外，這套主張還隱含了更重要的理念，那就是人人都有權接觸這些知識。若是能接觸到世界上全部的知識，不識字的農夫難道不會成為一個懂得反思個體和世界的人嗎？知識若唾手可得，豈不意味著人們有機會變得更理性，能用靜謐和智慧來引導生命嗎？

網際網路誕生時，這套主張似乎終於能徹底實現了。我所欣賞且支持的維基百科，在康門紐斯和其他具類似主張的學者眼中，應該是人類夢想的極致展現——如今我們得以創造並且接收巨量的知識，這些知識不僅持續更新、增補，而且非常民主地，在地球上幾乎任何角落都能存取。

實現後的夢想往往令人失望。事實證明，我們無法承擔如此海量的資訊。比起促進團結、歸納和解放，資訊反而分化了、分裂了，包覆在個人的小泡泡中，製造出大量互不相容，甚至公然互相仇視的故事，彼此為敵。

此外，網路不假思索地向市場輸誠，對壟斷者效忠，手中明明握有龐大的資料，卻不作公益之用，也不為知識的普及努力，反而竭力操弄使用者數據，就跟我們從劍橋分析（Cambridge Analytica）醜聞中看見的一樣。我們耳中聽見的不是世界的和諧，而是噪音，於是拚了命地想從難以忍受的雜訊找出一、兩段稍微悅耳的旋律，就算是最微弱的節奏也好。用一句莎士比亞的名言來形容這刺耳的現實再適合也不過：網路越來越常是痴人說夢，充滿喧譁與騷動。

很遺憾地，政治科學家的研究結果也與康門紐斯的直覺相反。康門紐斯認為，世界的資訊越普及、越唾手可得，政治人物就越能善用理性做出深思熟慮的判斷。但事情顯然沒那麼簡單。資訊足以使人不堪負荷，它的複雜度和曖昧性更助長了多樣的防衛機制——從否認到壓抑，乃至過度簡化，甚至改採意識形態與「只問顏色不問是非」的態度來逃避。假新聞的盛行，也讓人重新思考究竟何謂虛構。讀者一而再、再而三地上當、受騙、被誤導，以至於漸漸疑神疑鬼了起來。這種對於虛構事件的倦怠反應，也許是非虛構作品如此受歡迎的原因。在這場巨大的資訊混亂戰中，非虛構作品在我們頭上大喊：「我會告訴你真相，只有真相，沒有虛假。」還有「我的故事是有事實基礎的！」

當說謊成為危險的大規模毀滅性武器，儘管它的技術和功能是如此原始，虛構故事便失去了讀者的信任。時常有人語帶懷疑地問我：「你寫的這個，是真的嗎？」而我每次都認為，這個問題是文學終結的先兆。

這個問題，讀者問來天經地義，聽在作者耳裡卻宛如末日警鐘。我該怎麼回答？我該如何替漢斯．卡斯托普[59]（Hans Castorp）、安娜．卡列尼娜[60]（Anna Karenina）、或小熊維尼（Winnie the Pooh）解釋他們存在的本質與狀態？

我認為讀者的這類好奇心是文明的退化，顯示我們在參與以「生命」為名的一連串的事件時所動用的多向度能力有著重大缺陷，這些能力是具體的、歷史

---

59 德國作家托瑪斯．曼（Thomas Mann）所著的小說《魔山》（*Der Zauberberg*）主角名。

60 俄羅斯作家列夫．托爾斯泰（Lev Nikolayevich Tolstoy）所著的小說主角名，同時也是該小說書名。

的，也是象徵性的、幻想的。生命由事件所創造，但只有在我們能去說明、企圖理解並賦予意義時，事件才能轉換成經驗。事件是事實，但經驗卻截然不同，迥異到難以言喻。是經驗，而非任一事件，構成了我們生命的血肉。經驗是經過詮釋後置放於記憶中的事實。經驗是我們心智的某種特定基礎，也是意義的深層結構，我們可以用這個結構去展現我們的生命，並且仔細又深入地檢視它。我相信神話故事示範了這項結構的功用。每個人都知道神話並非真有其事，但卻會一直流傳下去。如今，神話不只藉由古老英雄的冒險事蹟流傳，更一腳跨入無所不在又頗具人氣的當代電影、遊戲和文學之中。奧林帕斯山眾神的生活已經轉移至美劇《朝代》（*Dynasty*），而英雄們的英勇事蹟則由《古墓奇兵》遊戲主角蘿拉．卡芙特（Lara Croft）繼續展現。

針對真實與虛假的涇渭之分，我們的經驗，也就是透過文學創造的那些故事，有屬於自己的一套看法。

我從未特別對哪個明確區分虛構與非虛構的定義感到興奮，除非我們將這種定義理解為某種聲明，而且是能交由個人評斷的。在虛構故事眾多的定義中我最喜歡的一個，恰巧也是最古老的一個，是亞里斯多德說的：**虛構永遠是某種真實**。

針對真實事件和虛構情節之間的分野，我也認同作家E．M．佛斯特（E. M. Forster）的觀點。他認為，當我們說「國王過世了，然後皇后也過世了」，這是真實事件。但當我們說「國王過世了，然後皇后也因悲傷過世了」，這就是虛構情節。每個虛構化的過程都包含觀點的過渡，也就是從「接下來發生了什麼事？」出發，進而開始用人類經驗去理解事件：「為什麼會發生那樣的事？」

文學始於這個「為什麼」，儘管我們只能一遍又一遍地回答，「我不知道」。

維基百科無法回答文學拋出的疑問，因為這些疑問超越了單純的資訊和事件，直指我們的生命經驗。

然而，在我們眼睜睜地注視下，小說和文學與其他敘事形式相比可能已逐漸邊緣化。影像的地位，以及其他更直接的傳播體驗——電影、攝影、虛擬實境——已成為取代傳統閱讀的有力選項。閱讀是一套相當複雜的心理感知過程。簡單來說：先將最難以理解的內容加以概念化及語言化，轉化成符號和象徵，然後再將這一切從語言「解碼」變回經驗。這過程不僅需要一定的智力，更重要的是需要注意力和專注力，而這兩者是如今充滿干擾的世界中越來越罕見的能力。

從仰賴親口講述和人類記憶的口語傳播，到古騰堡革命以降，人類在溝通與分享個人經驗這方面已經走了很長的一段路。藉由文字書寫，故事開始廣為流傳，能被捕捉下來加以編纂，還能一字不漏地複製。這項變革所帶來的主要貢獻，就是我們開始將語言和書寫視為思想本身。今日，我們正面臨一個同樣重大的革命，那就是經驗已無須借助印刷文字就能直接被傳遞。

我們不必再寫旅行日誌了，只要拍照上傳社交軟體就能立刻和全世界分享。不用再寫信，畢竟打電話簡單多了。何必寫大部頭的小說呢，不如直接打開電視開始追劇吧。比起和朋友出門相聚，在家打電動更有趣。讀一本自傳？沒意義，我早就追蹤了名人的 Instagram 帳號，對他們的一切瞭若指掌。

二十世紀的我們還在擔心電視及電影帶來的衝擊，但如今，文字最大的敵人甚至已經不是影像，而是一種截然不同的世界向度——一種直接挑動感官的體驗。

3

我無意針對當今故事所面臨的危機提出全面性的看法。我只是時常感到困惑，總覺得世界缺少了什麼——即便我們彈指就能輕易取得任何想要的資訊，但透過螢幕和應用軟體所感知到的世界總是莫名不真實、有距離感、單調扁平又黯淡無奇。如今，比起信誓旦旦說出「地球是平的」、「疫苗對人有害」、「氣候變遷是騙局」、「全球民主狀況極為穩定」等斬釘截鐵的概念，更令人擔憂的是「某人」、「某事」、「某處」、「某時」等字眼隱含的風險。有人企圖渡海卻溺斃於「某處」。「有場」戰爭已在「某地」持續了「一段時間」。個體的訊息在資訊的洪流中失去了臉孔，漸漸從我們記憶中淡去，變得虛幻，甚至消逝。

儘管我們努力用各種「好消息」去抗衡愚蠢又惡毒的仇恨言論及殘忍的影像，但仍遠遠無法彌補它們造成的傷痛，這份傷痛實在難以言喻，彷彿**這世界真的有病**。這種感覺曾經只是詩人神經兮兮的一己之見，如今已儼然成為無以名狀的傳染病，化為焦慮感，在世界各個角落蔓延。

文學是少數還在設法使我們貼近真實的領域之一，因為文學的本質始終是關乎心理層面的，也就是說，文學關注的是角色的內在動機和自我辯證，將別處體會不到的經驗向另一人揭露，或是單純刺激讀者在心理上去詮釋角色的行動。唯有文學能讓我們深入他人的生命，理解他們的動機，共享他們的情緒，體驗他們的命運。

故事總是環繞著意義展開。即便它隱而不說，甚至故意反對尋求意義，改而注重形式和實驗，或是認真擺出反叛姿態，設法挖掘新的表達形式。然而，就算是最行為主義、最刻意節制的故事，我們在讀的時候還是會忍不住問：「怎麼會這樣？」「什麼意思？」、「這是為什麼？」「會有什麼結果？」我們的心智每天接收數以百萬計的外在刺激，不斷為其賦予意義，這個過程促使我們的思維漸漸朝故事的方向演進，就連睡覺時也孜孜不倦地編織敘事。由此可證，故事是種組織時間長河中無窮資訊的方式，將資訊與過去、現在、未來串連，揭示它的循環，並依照因果關係安放。心智和情感，則是推動此機制缺一不可的功臣。

這也難怪「命運」會成為故事最早帶給人類的啟發之一。命運雖然總顯得可怕無情，卻也為我們的日常現實帶來秩序和穩定。

4

女士和先生們，

幾年後，相片中的女性，也就是在我出生前就已想念著我的母親，開始唸童話故事給我聽。

其中一則故事來自於漢斯．克里斯汀．安徒生（Hans Christian Andersen），主角是一個被人丟進垃圾堆的茶壺，正在抱怨人類對它有多殘忍——手把一斷，人類就把它給扔了。但如果他們不要那麼吹毛求疵的話，它其實大可繼續派上用場。其他壞掉的物品紛紛加入茶壺的行列，開始訴說關於自己渺小一生的偉大故事。

我小時候每次聽到這些故事，都會聽得一把鼻涕一把眼淚，因為我深信這些物品和我們人類一樣，有自己的問題和情緒，也都過著某種社會生活。餐櫃裡的盤子會彼此交談，抽屜裡的湯匙和刀叉攜手成家。同樣的，動物也具有智慧和自我意識，既神祕，又與我們高度相似，並以靈性的方式相互連結。就連河川、森林和道路也是活生生的存在，他們勾勒出我們生活的空間，賦予我們歸屬感，是撲朔迷離的「空間之靈」（Raumgeist）。環繞我們四周的風景同樣富有生命，太陽和月亮也是，還有天空中的所有天體——整個可見及不可見的世界，全都是活的。

我是何時開始感覺不對勁的呢？我企圖找出生命中的那個時間點，彷彿按下某個開關一樣，一切突然變得不同，變得單一，許多細節和奧祕也流失了。世界不再呢喃細語，轉而被城市的喧囂、電腦的低鳴、飛機從頭上呼嘯而過的轟隆聲，以及來自資訊汪洋、令人疲憊的白噪音所取代。

從生命中某個階段起，我們開始用碎片化的方式理解世界，將所有事物當成一個個不同的星系分開看待，而我們置身的現實也不斷坐實這個想法：醫生依照專科診治我們，稅收與鏟除通勤路上的積雪無關，午餐與大型牧場無關，我新買的上衣和亞洲某個老舊工廠無關。萬事萬物都是獨立的，各自活在自己的小宇宙中，並無絲毫關聯。

為了能更輕鬆應對這一切，我們被冠上數字、名牌、名片和粗糙的塑膠證件，試圖限制我們僅能取用偌大整體中的一小部分，而我們甚至早已無法看見那個整體。

世界正在死去，而我們沒能察覺。我們沒能發現世界正在變成物品和事件的集合，變成一處死寂的荒原，我們在荒原之上寂寞又徬徨地移動，被某人的決定牽制，任憑費解的命運擺布，成為歷史和機運這雙大手下的玩物。我們的靈性不是消失，就是變得膚淺又流於形式。再不然就乾脆開始追隨簡單明瞭的法則——物理的、社會的、經濟的——這些把我們當殭屍一樣操縱的法則。而在這樣的世界，我們的確是殭屍沒錯。

這就是我為什麼嚮往另一個世界，茶壺所在的世界。

5

我一直以來都對彼此相互連結、相互影響的系統特別著迷，我們通常很少主動意識到這些系統，總是偶然發現，以為是命運的交會，或是驚喜的巧合，我在《雲遊者》中探索過這些橋梁、螺帽、螺絲、焊接點和轉接器的存在。我對事實的關聯很感興趣，也喜歡找尋規則。我相信，作家的心智基本上是綜觀整合的心智，固執地收集所有微小的碎片，嘗試將它們再次拼湊起來，造出一個完整的世界。

我們該如何寫作，我們該如何建構故事，才能造出這碩大無朋、如星群般浩瀚的世界？

當然，我很清楚我們已經回不去以前那種故事，那種用神話、預言、傳說來表達世界的故事，那些口耳相傳、讓世界得以存在的故事。今日的故事必然更加複雜，維度層次更為多樣；畢竟，我們的確比以前懂得更多了，也知道看似遙遠的事物間其實存在著不可思議的關聯。

讓我們來回顧歷史上的某個時刻。

西元一四九二年八月三日，一艘名為聖瑪利亞號（Santa Maria）的小型帆船預計從西班牙帕洛斯港碼頭啟航。這趟航程的指揮官是克里斯多福．哥倫布（Christopher Columbus）。陽光明媚，水手在岸邊來回奔波，工人忙著把最後一箱補給品裝上船。天氣炎熱，但有一縷微風從西邊吹來，緩解了送行家屬的難受。海鷗趾高氣揚地在登船板上來回踱步，密切關注著人類的一舉一動。

我們如今穿越歷史看到的這一刻，最終導致近六千萬美洲原住民中的五千六百萬人死亡。在當時，這占了世界總人口的十分之一。歐洲人不經意地帶去了致命的禮物——當地居民無力抵抗的疾病和細菌。甚至，也帶去了無情的壓迫和殺戮。滅絕行動持續了好幾年，徹底改變了這塊土地的自然環境。原本田地上精心灌溉的豆類、玉米、馬鈴薯和番茄被野生植被所取代。短短幾年間，近一億五千萬英畝的耕地就變成了叢林。

隨著自然環境再生，植被消耗了大量的二氧化碳，減緩了溫室效應，進而使全球氣溫下降。

這是解釋十六世紀晚期小冰河期起因的眾多科學假設之一。而這個小冰河期，則為歐洲帶來一段長期降溫的氣候。

小冰河期徹底改變了歐洲的經濟型態。接下來的幾十年間，漫長的嚴冬、涼爽的夏季、劇烈的降水量導致傳統農業產量下降。在西歐，小家庭再也無法以務農來自給自足。一波波饑荒襲來，農業不得不開始走向專業分工。英國和荷蘭是受這波降溫衝擊最深的國家；他們的經濟體系再也無法倚賴農作，於是開始發展貿易和工業。暴風雨的威脅促使荷蘭開始填水造陸、築建圩田，將沼澤地和淺水海域轉作陸用。鱈魚活動範圍的南遷雖然使斯堪地那維亞半島損失慘重，卻造福了英國和荷蘭——兩國的航運及貿易實力開始急速發展。大幅降溫所帶來的切身之痛，斯堪地那維亞國家最有感。格陵蘭島和冰島的聯繫被切斷，酷寒的冬季使農作歉收，多年的糧食短缺與飢荒接踵而至。因此，瑞典將貪婪的目光投向南方，出兵波蘭，結凍的波羅的海也讓大軍輕易挺進，之後更捲入歐洲的「三十年戰爭」（Thirty Years' War）。

科學家一直在努力深入理解我們的現實，結果顯示，我們的現實是由一串相互連貫、密集交織的影響構建而成的。這番現象，僅僅用我們熟知的「蝴蝶效應」來形容是不夠的，也就是所謂細小的改變足以在未來引發規模極大的、一連串不可預測的結果。如今，我們面臨的是無限隻蝴蝶、無限雙翅膀，永不停歇地振動著——形成一道強大、穿越時空的生命浪潮。

我認為，「蝴蝶效應」概念的出現意味著一個時代的終結，我們不再堅定不渝地相信自己的影響力和控制力，以及生而為人的優越感。意識到這點並不會奪去我們創造、克服以及發明的能力，而是說明現實比我們人類至今所想像的更為複雜，而我們僅僅只是過程中的一小部分罷了。

有越來越多的證據證明，這個世界上存在著某種壯觀的、有時令人大感意外的關聯。

我們——人類、植物、動物、物品——全都沉浸於同個單一空間，受物理法則掌控。這共同空間有自己的型態，在空間中，物理法則塑造出無數的形式，彼此之間的關聯能無止境地連續下去。我們的心血管系統就像河川流域，葉片構造就像交通運輸系統，星系的運行就像洗手槽中下旋的渦流。社會發展的方式與細菌攻城掠地的形式相仿。從微觀到宏觀，都在在揭示了無窮無盡的相似性。我們的言論、思想和創造力並非獨立於世的抽象之物，而是屬於世界變幻不息的過程，在另個層次上的一種延續。

6

我一直在想，今日的我們是否可能找出一種新的故事基調，既普世、全面又共融，既師法自然，又脈絡豐富，同時還易於理解。

有沒有可能存在一種故事，能夠打破封閉不語的自我牢籠，揭示一個更寬更廣的現實，並充分展現其中的相互關聯？如此一來，我們就有機會避開常見的、顯而易見的、沒創意的陳腔濫調，轉而以**非**中心的、遠離中心的角度去看待事物？

今我高興的是，文學奇蹟似地保留了展現各式怪癖、幻覺、挑釁、諧擬與瘋狂的權利。我嚮往一種更高、更廣的觀點和視野，那裡的脈絡遠遠超越我們所能想像。我嚮往一種語言，它能表達出最模糊的直覺，我嚮往一種隱喻，能突破所有的文化差異。而最後，我也嚮往一種類型，既懂包容，也敢踰矩，並且同時深受讀者喜愛。

我也嚮往一種新型敘事者的出現——使用「第四人稱」（fourth-person）的那種。「第四人稱」當然不會只是一套文法結構，而是能廣納每個角色的觀點，同時又能從每個人的視野中跳脫出來，看得更多、更廣，而且足以忽略時間。是的，沒錯，我認為這種敘事者是可能存在的。

你是否曾好奇過《聖經》裡那位非凡的說書人是誰，是誰在大聲呼喊「太初有道」（In the beginning was the word）？當秩序從混亂中造起，是誰描述了世界的起源，描述它誕生的第一天，是誰在追蹤宇宙初始的變化，清楚神的想法，理解祂的擔憂，並且沉穩地大手一揮，在紙上寫下這無與倫比的句子：「神看著是好的」（And God saw that it was good）？他是誰，是誰知曉神的想法？

撇除神學上的疑惑不談，這神祕又溫柔的敘事者足以被視為意義非凡的奇蹟。這是種觀點，一種能俯瞰世間萬事萬物的視角。這樣全知全視的視角認定了一件終極事實，那就是一切事物皆相互連成一個單一整體，即便有些關聯我們尚未察覺。全知全視也意味著要為世界負起一種截然不同的責任，因為顯然每一個「這裡」的行為必定會連結到「那裡」，世界一端做的決定會影響另外一端，「我的」和「你的」之間的區分變得有待商榷。

因此，最好的做法或許是真誠地說故事，好在讀者心中喚起一種整體意識，激發讀者的能力，讓他們能用碎片拼湊出全貌，並且得以在一粒粒微小的事件中發現整座星群。去說一個故事，用以明示所有人、事、物都沉浸於一個共通的概念之中，而每一次的物換星移都使我們一遍遍地在腦中形塑這個概念。

文學的力量足以做到。我們應該放下過度簡化的文學分類，例如純文學與通俗文學、流行與小眾之分，對於類型也不應太過拘泥。我們應該放下「國家／民族文學」的定義，因為文學本是個宛如「**一體世界**」（unus mundus[61]）概念般的單一宇宙，同時也是一種共通的、心理上的現實，人類的經驗在此合而為一。「作者」和「讀者」扮演的角色同樣重要，前者奮力創造，後者持續詮釋。

或許我們應該相信碎片，因為正是碎片創造了星群，才能以更多維複雜的方式描述得更多、更細緻。我們的故事可以無窮地一則則串連下去，不同故事中的主要角色也能互相打交道，創建新的關連。

我認為，我們至今所理解的現實主義（realism）即將被重新定義，轉而尋找一個新的概念，能讓我們打破自我的限制，並且穿透我們用來認識世界的玻璃螢幕。因為如今，是媒體、社交網站以及網路與我們之間的間接關係在滿足我們對現實的需求。或許，無可避免地，在前方迎接我們的是種新的超現實主義（neo-surrealism），一些不懼怕悖論的嶄新觀點，這些觀點視簡單的因果關係為過時之物。的確，我們的現實早已成為超現實。我十分同意，在新的知識脈絡下，許多故事需要重寫，必須向新的科學理論取經。但我同時也認為，持續地向神話借

61 採用《榮格心理學辭典》（楓樹林，二〇二二，譯者周俊豪）譯本。西方哲學、煉金術、神學中的基本概念，二十世紀時被心理學家榮格（Carl Gustav Jung）引伸解釋為心靈與物質間的互動關係。

鏡、乃至和整個人類的幻想世界對話同等重要。回歸神話簡潔的結構，能為我們當今曖昧模稜的處境帶來穩定的感覺。我相信神話是心靈的棟梁，它的影響力或許會被低估，卻不可能被忽視。

毫無疑問，不久後將出現一名天才，他將能建構一個截然不同的、迄今仍無法想像的敘事，能夠廣納所有重要的事物。這種說故事的方法絕對會改變我們；我們會拋棄舊有的、狹隘的觀點，轉而欣然擁抱那些其實存在已久，我們卻始終忽視的新事物。

在小說《浮士德博士》（*Doctor Faustus*）中，托馬斯·曼讓他筆下的作曲家創建了一套足以改變人類思考模式的音樂形式。但他沒交代這套音樂的來歷，只針對曲子「聽起來可能是如何」提出一種想像。或許，這正是藝術家這個角色的本質——去預示某種可能存在的事物，使其能被人們想像。而「被想像」，正是存在的第一階段。

7

我寫虛構的故事，但我寫的故事從不只是恣意捏造。寫作的時候，我必須去感覺體內所有的一切。我必須讓書中出現的所有生命和物體穿過我，所有人類與超越人類的，所有生物與沒被賦予生命的。我必須用最肅穆的態度仔細檢視每一樣人事物，在體內賦予他們人性，將他們擬人化。

這正是拜溫柔之賜——因為溫柔是賦予人性、傳遞情感的一門藝術，所以才能無止境地覺察相同之處。創作故事，就是不斷創造生命，透過人類的經驗、人類所歷經的狀況和人類的記憶，為世界上每個微小事物賦予生命。溫柔使所經之處通通擬人化，讓發聲成為可能，提供了萬事萬物所需要的時間和空間，好讓他們來到這世上，好讓他們被表達出來。都是多虧了溫柔，茶壺才能開口說話。

溫柔是愛最謙遜的形式。它不在經文和教條中，沒人以它宣誓，也無人援引。它沒有特殊的標誌或象徵，也不會導致犯罪，或是挑起妒忌。

它在我們每次仔細且用心觀察另一樣人事物時出現，觀察某樣「自我」以外的東西時。

溫柔是自發而無私的；遠遠超越同理心等類似情感。它是種意識，是也許略帶憂慮地一起分擔命運。溫柔是深深關心另一樣人事物，關心它的脆弱、它獨特的天性、它無法逃避的苦難，以及在歲月面前的束手無策。溫柔能感知到我們之間的羈絆，感知到我們的相似與相同。溫柔是種觀看的方式，讓世界看起來是活的、有生命的、互相連結、相互合作的，彼此依賴著彼此共生。

文學建立於溫柔之上，溫柔對待任何自己以外的事物。溫柔是小說最基本的心理機制。多虧了這項神奇的工具，這項人類最精密複雜的溝通方式，我們的經驗得以穿越時間，碰觸到那些尚未誕生、但總有一天會回到我們筆下的人，回到筆下那些關於我們自己、也關於這個世界的故事之中。

我對於這些人的生活會是怎樣的光景，或是他們會成為怎樣的人毫無概念。我時常懷著愧疚和慚愧之心想著他們。

為了拯救世界，我們正在設法緩解氣候變遷、遏止政治危機，這些都不是平白無故發生的。我們時常忘記，這些問題並不是上天注定的結果，或僅僅是命運的一個轉折，而是一些特定的行動和決定造成的——經濟的、社會的、或是更普世性的層面，例如宗教。貪婪、不尊重大自然、自私、欠缺想像力、無盡的競爭和缺乏責任感，這些因素讓世界淪落為一個物品，可以被碎成小塊、被消耗殆盡、被消滅。

這就是為什麼我深信我必須繼續說故事，把世界說成像是一個活生生的個體，在我們眼前持續變幻生長，而我們則是這個世界中，既渺小、又強大的一分子。

（本篇致詞獲諾貝爾基金會授權同意大塊文化翻譯繁體中文版）

艾平（本篇譯者）
臺灣高雄人，國立臺灣大學國際企業學系畢，倫敦大學金匠學院性別研究碩士。喜歡為故事服務。

國家圖書館出版品預行編目 (CIP) 資料

犁過亡者的骨骸／奧爾嘉・朵卡萩（Olga Tokarczuk）著；鄭凱庭譯 . -- 初版 . -- 臺北市：大塊文化出版股份有限公司 , 2023.02
面；　公分 . --（to；133）
譯自：Prowadź swój pług przez kości umarłych
ISBN 978-626-7206-59-1（平裝）

882.157　　111020341

LOCUS

LOCUS

LOCUS

LOCUS